D0283697

COLLECTION FOLIO

Rezvani

La nuit transfigurée

Gallimard

Peintre-écrivain-dramaturge.
Vit depuis une trentaine d'années dans les Maures.
Passe une partie de l'année en Italie (Venise qu'on trouve, transposée, dans cette *Nuit transfigurée*).

*à la mémoire
de Salvat Etchart*

La musique est le seul domaine où l'homme réalise le présent. Elle nous est donnée à seule fin d'instituer un ordre dans les choses, y compris et surtout un ordre entre l'homme et le temps. On ne saurait mieux préciser la sensation produite par la musique qu'en l'identifiant avec celle que provoque en nous la contemplation du jeu de formes architecturales. Goethe le comprenait bien qui disait que l'architecture est une musique pétrifiée.

IGOR STRAVINSKI

I

Au moment où l'avion de ligne sera sur le point de se poser à la limite du delta, selon l'angle par lequel il abordera la piste on pourra apercevoir Isola Piccola avec sa construction en marbre blanc ainsi que la jetée semi-circulaire. Si le long-courrier survole la ville — donc se présente face à la piste par l'angle nord-ouest —, Isola Piccola apparaîtra un court moment au loin, à droite, avec ses hexagones superposés, comme la reproduction agrandie d'une série de cristaux en prolifération.

Par vent de borée, l'avion se posera dans le sens sud-nord. Alors on aura la chance de survoler brièvement à très basse altitude l'île entourée d'un anneau d'algues verdâtres et, en un éclair, on surprendra en vue plongeante les prismes enchevêtrés de la construction, décentrée par rapport à la géométrie semi-circulaire de la jetée de marbre.

Cette addition de facettes répond à la loi de symétrie qui veut que, lorsque dans sa forme primitive un élément géométrique se trouve modifié, tous les autres éléments géométriquement et physiquement identiques le soient aussi et de la même manière.

13

Chaque jour, aux mêmes heures, ils se déplaçaient par le quai ensoleillé, d'un côté à l'autre, butant aux deux ponts. Tout le monde les connaissait. La célébrité de Clare W. importait assez peu ici ; les gens les connaissaient pour ce qu'ils paraissaient. L'étrange beauté de la jeune femme immobile ainsi que la grâce parfaite de celui qui l'accompagnait suffisaient à exciter l'attention de ceux qui les croisaient — car les habitants de la ville ont un goût effréné pour l'aspect ; n'ont-ils pas inventé le *specchio* ? — et c'était au spectacle de tant de malheur et de beauté réunis qu'ils s'émouvaient, fascinés par le mystère de cet homme jeune et beau (qui aurait l'air d'un Russe : voyez ses pommettes hautes, ses lèvres un peu épaisses et ses yeux quand même assez obliques, non ?), conduisant, comme s'il y trouvait un inépuisable sujet d'orgueil, la jeune femme assise dont la tête renversée cherchait son regard clair pendant que lui se penchait sur elle et lui parlait.

C'est ainsi que nous les vîmes la première fois, écrira bien des années plus tard l'écrivain français (d'origine étrangère), et je peux dire que cette vision si désespérante et gaie — lui ployé vers elle, elle renversée, son cou blanc arqué en arrière — restera pour moi et Eleinad comme une des images les plus pathétiques jamais aperçues. Nous déjeunions dans un petit restaurant du quai. Ils passèrent, s'arrêtèrent, repartirent. Un vent de printemps un peu frais bien que bleu et ensoleillé creusait leurs vêtements, les plaquait sur eux, créant comme une agitation joyeuse à la traîne de leurs silhouettes de hauteurs inégales. Une petite couverture de fourrure tirée sur les genoux de la jeune femme et je ne sais quels vêtements mélangés de fourrure et de velours sombre faisaient penser à une beauté du Nord chaudement enfouie dans un traîneau. Lui, au-dessus, avait l'air plutôt d'une gouape chic avec son manteau anglais et sa casquette molle

14

d'où jaillissaient des cheveux d'un blond cendré, plats et assez abondants. Près de nous on prononça le nom de la jeune romancière. « Je la croyais morte », dit quelqu'un en italien. On répond : « Non, c'est bien elle, elle vit ici depuis quelque temps dans un *pianoterra* non loin du quai avec ce type ; on prétend même qu'elle vient de l'épouser pour la seconde fois, ce qui je crois est faux. »

Pendant ce temps, ils étaient allés jusqu'au bout du quai où nous les avions vus jeter en riant du pain aux mouettes. Ensuite ils avaient fait demi-tour et ils étaient venus s'installer à une table proche de la nôtre. Il avait ouvert le *Times*, elle était restée un moment les paupières closes, le visage tendu vers le soleil. Sans cesse des amis passaient, les embrassaient. Certains s'asseyaient un moment puis repartaient. La plupart étaient étrangers.

« Siréna ! » Tous semblaient prendre un plaisir sensuel à prononcer ce nom ; il flottait autour de la jeune femme comme le rappel métaphorique, je pourrais même dire allégorique, de son immobilité liée à tant de beauté déliée ainsi qu'à l'élégance avec laquelle l'irrévocable condamnation se trouvait à tout instant non seulement contournée mais transcendée. Il y avait dans cette sorte de mise à la chaîne, dans cette absolue dépendance de la partie inférieure du corps quelque chose de si bestial. On ne pouvait s'empêcher de penser, de se représenter, de combler le vide des interrogations par des images — mais voilà, Siréna refusait de donner prise à vos images en liberté, là était le sens de sa lutte, elle voulait accaparer toute la lumière, tout l'éclat en haut. Elle y réussissait. Elle parlait, elle était joyeuse ; ses mains, bien que raidies par des séquelles de tétanisation, étaient vives, très expressives. Par la grâce de ses

15

mains, elle semblait se tenir en l'air comme suspendue au-dessus du maudit fauteuil. Elle semblait ne pas peser. Elle était assise un peu de biais, les jambes croisées dans une pose affectant la désinvolture. Quoique morte à partir des hanches, elle réussissait par l'artifice des gestes et des sourires « délicieux » à faire croire qu'elle était là de sa propre volonté et que, d'un élan, elle aurait pu, si elle l'avait voulu, sauter sur le sol et aller se mêler aux foules verticales qui, à la belle saison, envahissent la ville.

Puis venait le moment. Comme s'ils quittaient les lumières d'une scène de théâtre, en général vers les trois heures de l'après-midi, Siréna et David disparaissaient dans leur *pianoterra* donnant sur un sombre *giardino* envahi de fraisiers stériles, de groseilliers, de framboisiers et de chats. Et c'est ici que commençaient les heures de désespoir. Les voilà dégrisés. Seule restera cette légère ivresse du vin blanc qu'ils avaient bu, comme d'habitude, en assez grande quantité, non seulement pendant le repas de midi, mais depuis leur réveil. Brusquement, David voyait Siréna se défaire, ses mains retomber sur ses genoux, son visage se creuser d'angoisse et de fatigue. Chaque fois qu'elle se retrouvait seule avec lui, elle ressentait sa condamnation comme une douleur qui serait revenue à la faveur du silence. Maintenant elle oubliait d'oublier. Oui, elle reprenait possession de l'impossible idée. David la voyait tout à coup se souvenir. L'éblouissante grâce s'estompait. Une jeune femme traquée se repliait au fond de son fauteuil. Plus de public !

Dans l'appartement rempli de livres, de photos (elle et David *avant*) punaisées aux murs, tout leur rappelait l'invraisemblable situation. Et puis voilà le manuscrit qui n'avancera plus, voilà la machine à écrire devenue inutile.

Alors, avec une vivacité faussement joyeuse, David se débarrassait de sa casquette, de son manteau, il se penchait et, entourant la jeune femme de ses bras, il l'arrachait au fauteuil et l'emportait à travers la chambre comme il l'avait fait ce fameux soir chez Bill. Il tournait sur lui-même et la déposait en riant sur le lit. Puis leurs rires s'arrêtaient et c'était l'insupportable silence.

Demeurèrent à leur table encore encombrée des restes du déjeuner un journaliste américain ainsi qu'un orfèvre italien. Après avoir bu un café, le journaliste avait allumé un cigare et, renversé sur sa chaise, il avait dit négligemment, désignant le couple qui s'éloignait :

« Siréna et son ombre. Oui, voilà ce qu'elle en a fait. C'est comme moi avec Diavolo. »

Entendant son nom, un petit griffon noir qui somnolait sous la table sauta sur une chaise et se mit à japper.

« C'est une très *bella donna*. Et en plus elle a écrit sans doute le plus beau livre de ces dix dernières années », dit l'orfèvre avec une conviction presque comique. Et il ajouta en baissant un peu la voix : « On se demande si... » La corne d'un paquebot emporta le reste.

L'écrivain entendit l'Américain répondre :

« Qu'importe ! » et une grande main gifla l'air. « Pour rien au monde je n'aimerais avoir le privilège d'être l'esclave de cette femme, croyez-moi. Quant à son livre si fameux, permettez-moi de ne pas être de votre avis. Vous l'avez lu traduit ?

— *Certo !*

— Alors le traducteur est un génie, mon vieux. Qu'est-ce que tu en penses, Diavolo ? » Le petit griffon jappa et fit plusieurs sauts sur place.

Eleinad et l'écrivain français les écoutaient intensément. Pour éviter de se faire remarquer, l'écrivain avait tourné sa chaise de telle manière qu'il voyait le journaliste et l'orfèvre réfléchis par la vitrine chatoyante du restaurant, avec, en surimpression, l'extraordinaire animation du quai : vol de mouettes et de pigeons, bateaux, foule de passants que des éclats de soleil annulaient par moments.

L'Américain s'exprimait tantôt en italien, tantôt en anglais. On voyait sortir de sa bouche de grands lambeaux de fumée. Il tenait son cigare assez haut, avec d'excessives précautions, en prenant bien soin d'en préserver le tampon de cendre qui peu à peu s'épaississait.

« Figurez-vous que Dav et moi nous nous sommes connus à l'université. Nous faisions partie de la troupe de théâtre. Nous avions monté le *Faust* de Goethe. Nous étions inséparables. Avant qu'il ne la rencontre, il était rare qu'on nous voie l'un sans l'autre. Peu de gens savent exactement ce qu'ils veulent dans la vie. Eh bien elle, elle a immédiatement su. À peine avait-elle posé les yeux sur lui qu'elle l'a voulu. Qui ne l'aurait voulu ? Au premier regard, elle a désiré le posséder. Exactement comme un homme avec une femme. Et de ce jour, elle a commencé à bâtir leur histoire... »

Le petit griffon s'était mis à aboyer et l'écrivain avait perdu quelques phrases. Agacé, il avait déplacé sa chaise, essayant de démêler la voix de l'Américain qui continuait comme s'il se parlait à lui-même. L'orfèvre se pencha un peu en souriant face au soleil, ce qui fit briller deux petits rubis comme deux gouttes de sang, incrustés dans le lobe de son oreille gauche.

L'Américain avait désigné du menton un homme qui en quelques rapides enjambées venait de traverser perpendiculairement le quai. Une grande vedette à moteur démarra avec bruit.

« Diavolo ne peut pas le souffrir. » Le griffon aboyait et sautait furieusement sur place. « Ce type, c'est le Diable en personne. Ah, ça suffit ! » Il frappa le chien qui se réfugia sous la table. « Vous le connaissez ?

— Un peu, dit l'orfèvre en évitant le regard de l'Américain. On dit qu'il...

— Oh, mon vieux, on dit beaucoup de choses sur lui ainsi que sur les deux autres. La plupart sont vraies. Sans blague, si le Diable existe quelque part, nous venons de le voir bien vivant sortir de chez Dav et Siréna, et sauter dans ce canot. Oui, mon vieux ! C'est sûrement le type le plus étrange et le plus riche que vous puissiez rencontrer non seulement dans cette maudite ville d'eau, mais peut-être au monde. Encore un, aussi, qui ferait n'importe quelle folie pour Dav. Mais voilà, il y a Siréna. Elle le tient par... comment dirons-nous ?... par un mélange de passé, de pitié, de... Mais je serais étonné si cette fois Diamond ne réussit pas à leur mettre la main dessus... » Il alluma un second cigare. « ... Et cette fois pour de bon. Et à éliminer Siréna.

— Éliminer ?

— Oui, comment dites-vous en italien ?

— C'est ça, *eliminare*. Vous êtes très dur avec elle. Personnellement, je...

— Vous n'avez aucune chance, mon vieux. C'est une vraie sirène, sans blague, à partir des hanches il n'y a plus rien d'humain. *Desinit in piscem mulier formosa superne*, comme disait votre vieil Horace, non ? Figurez-vous qu'à New York elle s'était fait faire... »

Lorsque l'écrivain et Eleinad entendirent de nouveau, ils crurent que l'Américain avait changé de sujet, mais il n'en était rien.

« ... suite confuse de mots cruels, d'abandons, de voyages dispersés, de solitude intolérable, de lettres d'amour, de conversations téléphoniques coupées de larmes et de serments. J'ai assisté à tout, n'est-ce pas le privilège du " vieux copain de jeunesse " que de ne rien rater ? Retrouvailles. Abandons. Retrouvailles. Abandons. Ce fut le lot de ce pauvre Dav à partir de la brusque célébrité de Clare. Figurez-vous, mon vieux, elle lui a volé jusqu'à son nom. Bref, la gloire les a chassés du secret. Le pacte brisé, et Dav devenu quoi ? »

Il commanda un troisième café et, après avoir observé un moment la cendre épaissie de son cigare, il poursuivit :

« Malgré moi, je suis devenu en quelque sorte leur mauvais ange gardien. Il faut croire que le destin m'a conduit vers eux — ou eux vers moi — chaque fois que les trois coups devaient être frappés. Depuis qu'elle a été descendue en plein vol par ce pompiste imbécile — non parce qu'il l'avait lue, notez bien, mais *vue* sur toutes les chaînes de télévision et que, brandissant d'une main son livre et un revolver de l'autre, il avait eu le malencontreux réflexe professionnel d'appuyer sur la détente plutôt que de prendre le temps d'entrouvrir le livre pour recueillir la signature qu'il était venu chercher —, oui, depuis que son vol s'est brisé net et qu'elle s'est retrouvée plaquée à terre, il lui a fallu non seulement une force de volonté, un acharnement que je suis bien obligé d'admirer, mais surtout une prodigieuse réserve d'égoïsme, non ? Sans cette parcelle de métal pas plus grande que le bout de crayon taillé et retaillé avec lequel elle s'était acharnée à écrire son fameux roman, Dav n'aurait peut-être jamais plus entendu parler d'elle. Il refaisait — comme on dit — surface... ou plutôt la surface de sa vie se reconstruisait autour de lui, chez moi, à New

York. Il s'était remis à écrire, cette fois une pièce de théâtre, revenant à cette première passion qui nous avait rapprochés, lui et moi, à l'université. Mais voilà, dès qu'elle fut jetée à terre, elle n'eut qu'à allonger la main pour le trouver là, déjà prêt, heureux d'avoir encore une fois l'occasion de se sacrifier. Je vous assure, comme un vampire boit le sang, elle boit la vitalité de Dav, elle boit à même son amour — je ne parle pas de son amour pour elle, non, mais de sa capacité d'amour. Elle espère, en le vidant de sa substance, réussir l'impensable transfert — car elle a toujours prétendu qu'un jour elle remarcherait, que ce n'est qu'une question d'orgueil, d'accaparement, d'énergie, de vitalité, et qu'il suffirait que quelqu'un accepte de lui faire don de son énergie vitale pour qu'elle se lève et marche. Mais malgré l'entière, l'immense bonne volonté de Dav, malgré sa stupide générosité, il faudra bien qu'elle finisse par accepter la réalité : elle ne remarchera jamais ! Il ne peut que la porter et prendre soin d'elle. Voilà pourquoi ils sont de nouveau ensemble. Diamond et les deux autres montent la garde, les surveillent, veulent les reprendre. Et tout cela par ma faute ! À l'époque, j'occupais, sous les combles d'une maison de style hollandais, à Manhattan, un immense labyrinthe où je donnais des fêtes *in-cre-di-ble*. Pour parvenir à mon luxueux grenier, il fallait grimper les étages par un horrible escalier tournant. Ce soir-là j'avais réuni la plupart des artistes en vogue ainsi que les plus prestigieux " amateurs " (il souligna le mot d'une grimace), parmi lesquels l'étincelant Diamond.

« Ils étaient tous là, à attendre avec une impatience morbide l'arrivée de Clare W., la grande Clare W. ! Mais, au fond, personne ne croyait sérieusement qu'une jeune femme qu'on disait abominablement diminuée aurait le cran d'affronter en une fois toutes les mauvaises langues de New York. J'allais des uns aux autres et, à toutes les questions, je répondais par un " Nous verrons bien " plein d'ironie et de mépris. Je savais qu'ils viendraient. Ils ne pouvaient pas ne pas venir. Quelle autre occasion aurait-elle trouvée pour faire un *come back* aussi retentissant ?

« Et, mon vieux, ce que vit Diamond ce soir-là le frappa, croyez-moi, au plus secret de lui-même. La splendeur de ce qu'il vit émerger de l'escalier sordide éveilla en lui une véritable fureur de possession. Aucun diamant, aucun tableau rare ne l'avait jamais mis en désir comme ce qu'il vit — et ce que nous vîmes tous — se matérialiser sous la lumière délabrée de la cage d'escalier.

« On peut dire que ce soir-là on vit la Beauté portant la Beauté dans ses bras. Gravissant les dernières marches sans le moindre essoufflement — comme si des mains invisibles soutenaient celle que sur le moment nul ne voulait reconnaître —, David finissait de franchir les étages.

« J'observais Diamond. Enserré par la foule des invités qui s'étaient précipités sur le palier, il se penchait par-dessus la rampe vers ce trou ressemblant à un puits rempli d'un liquide trouble tandis que se précisaient les deux visages d'une telle beauté... Je peux dire que tous, nous en ressentîmes comme une douleur. Il y eut des murmures d'admiration puis des applaudissements à mesure que sortait de l'ombre de la cage une sirène dont les bras nus entouraient le cou d'un homme jeune aux cheveux longs et plats en désordre. Cet homme, c'était Dav. Mais qui, en effet, aurait reconnu la sauvageonne Clare W. dans cette femme pâle et maquillée, à la chevelure dénouée ? Elle avait eu le coup de génie de se faire faire un étroit fourreau en lamé argent qui la gainait entière, la faisant paraître longue, fluide, insaisissable. Ce fourreau, au lieu de s'évaser à partir des genoux pour permettre la marche, se rétrécissait au contraire, serrant les jambes très étroitement l'une contre l'autre pour finir par une sorte de volant en franges de perles argentées d'où dépassaient les pointes de deux escarpins d'or.

— En effet, dit l'orfèvre, c'est un coup de génie. » Et les deux petits rubis incrustés dans le lobe de son oreille lancèrent des éclats couleur de sang.

« Vous imaginez combien cette cruelle plaisanterie souleva d'enthousiasme. Et les applaudissements redoublèrent lorsque Dav prit pied sur le palier. Avec grâce, il fendit la foule déguisée et alla déposer sa femme-sirène sur un canapé dont elle ne bougea plus de la soirée. Une curiosité chargée d'une sexualité trouble s'était saisie de tous mes invités. Et en même temps leur imagination perverse se refusait à disjoindre ces jambes privées de mouvement tant la peau en lamé qui les tenait prisonnières adhérait étroitement. Imaginez le cercle autour du canapé. Et elle, très à l'aise dans ce rôle qui lui permettait de se... comment dire ?... se soulever au-dessus d'elle-même, elle répondait avec beaucoup d'esprit, je dois le reconnaître, aux questions que l'alcool rendait de plus en plus ambiguës, si bien qu'à un moment, excédé, je frappai des mains et priai toute cette sale bande d'ivrognes et de drogués de la laisser. Je fis dresser des tables de jeux un peu partout, ainsi qu'une devant Clare.

« Et c'est ici que tout commence. Une femme noire — c'était Missia, mais je ne la connaissais pas à l'époque —, une grande négresse tenant un dahlia pourpre s'était approchée d'elle et, de la voix basse et rauque que vous lui connaissez, avait dit sans se préoccuper de notre étonnement : " Je suis Missia ", comme si Clare l'attendait, comme si elles s'étaient donné rendez-vous chez moi ce soir-là et que la fleur

23

monstrueuse qu'elle tournait entre ses doigts devait les faire se reconnaître.

« Voilà, mon vieux, avec quelles armes l'orgueil de Clare était entré en lutte contre sa condamnation. C'est cette nuit-là que Missia avait prononcé comme un défi son " Je te guérirai ". Et, je me souviens, Diamond avait renchéri : " Missia est une magicienne. " J'ai tout de suite compris ce qui le faisait s'exclamer ainsi et d'où lui venait tant de conviction. Il suffisait de suivre son regard. Il fixait Dav avec... comment définirais-je l'expression de son visage ?... avec une sorte de candeur éblouie, oui, c'est ça, de la candeur.

— Diamond !

— Eh oui, Diamond. Le Diable amoureux ! » Au mot « Diable », le griffon leva la tête et se mit à haleter en écartant largement la gueule comme s'il riait. « Regardez-le, il sait de qui on parle, hein, Diavolo ? Où est Diamond ? » Le griffon sauta sur la chaise et recommença ses jappements. L'Américain le fit taire d'une tape sur le museau.

« Pendant ce temps, sur un signe de Diamond, ce cinglé d'Abee distribuait les cartes, et la partie d'Incube commençait. Vous connaissez ce jeu ?

— J'en ai entendu parler. On prétend...

— Eh bien, mon vieux, ce qu'on prétend est parfaitement vrai. Oui, figurez-vous que, selon ceux qui y jouaient, à l'époque, tout pouvait arriver, oui, tout ! Il faut dire que parmi notre bande de blasés le pire a été souvent ardemment souhaité. Il y avait des gages de première, de deuxième, de troisième catégorie. Vous connaissez le Suicide Club ?

— Oui, j'ai lu ça dans le temps.

— Eh bien, mon vieux, la quatrième catégorie, si je me souviens bien, donnait droit à quelque chose comme un crime consenti... ou, disons, un suicide par personne interposée, quoi, des trucs absolument ignobles que par bonheur vous ne connaissez pas ici, dans votre ville bénie. " Il est bien d'accord que nous nous mettons en jeu et que les gages, pour commencer, seront de la première catégorie ", avait lancé Diamond, parmi les rires.

« Et voilà comment nous avons tous participé à ce qui, au départ, ressemblait à une merveilleuse blague, laquelle devait conclure la soirée sur une note grotesque — et combien tragique pour ce pauvre Dav. Peu à peu, les tables de jeux avaient été délaissées et mes invités s'étaient rassemblés autour de la dernière partie, violente, acharnée : " On joue la sirène, venez voir ! " Ces mots couraient comme un frisson de chambre en chambre et personne, bien sûr, ne voulait rater ça.

« Diamond fixait Dav, dont il s'était furieusement épris, comme je vous l'ai dit, dès qu'il l'avait vu émerger de la vis de l'escalier, et c'est avec un soulagement joyeux qu'il avait lu sur Missia combien violent aussi avait été chez elle le choc parallèle. Seul des trois ce cinglé d'Abee semblait avoir gardé son sang-froid.

— En effet, ce type est effrayant, dit l'orfèvre, vous avez vu la structure ?

— Oui, j'ai vu cette folie.

— Et vous avez vu la membrane avec le tas de poudre de diamant au milieu ?

— Non, mais j'en ai entendu parler.

— C'est quelque chose de tout à fait *in-cre-di-bi-le*. Vous connaissez Pat et Carol, les musiciens qui louent un appartement chez le docteur Scaniari ? »

L'écrivain français et Eleinad ne purent s'empêcher de tourner leurs regards vers les deux hommes. L'Américain le remarqua. Sait-il, pensa l'écrivain, que nous aussi nous logeons dans la maison du docteur Scaniari ?

« L'altiste et la violoncelliste ?

— C'est ça. Eh bien, vous savez pourquoi ils se trouvent ici avec les quatre autres musiciens ?

— Pour le truc de Schönberg ?

— Oui, donc vous êtes au courant ?

— Vaguement. Tout le monde en parle, mais on en raconte tant dans cette ville.

— Pourtant, cette chose qu'Abee a inventée, je l'ai vue. C'est une sorte de membrane de plastique.

— Oui, oui, je sais. Mais l'avez-vous vue en action, avez-vous vu la musique faire bouger le tas de poudre ?

— Non, mais...

— Alors, c'est peut-être une imposture... ou un truc génial. Qui sait ? Bref, Abee avait distribué les cartes et on s'était mis à jouer. J'étais là, Dav disons là, Missia ici, Diamond là et Siréna sur le divan, en face. Abee s'était assis derrière Missia et, sans prononcer une parole, il se contentait d'indiquer du doigt telle ou telle carte sur le jeu en éventail de la négresse. Missia jouait Siréna, Diamond jouait David, mais David avait gagné sur Diamond. Un billet à ordre signé du diamantaire était posé devant lui. Des invités, penchés par-dessus son épaule, avaient eu l'indélicatesse de déchiffrer la somme inscrite, et le chiffre fabuleux avait passé comme une étincelle électrique parmi le cercle ivre. Après avoir joué quelques parties, je m'étais retiré, bien que j'eusse souhaité gagner David, croyez-moi, ne serait-ce que pour l'obliger à s'éloigner momentanément de New York.

« Enfin, il ne restait plus en jeu que Siréna et Missia. Les cartes tombaient sur la table, produisant un petit claquement bref. Deux cartes encore... une carte... et ce fut un cri unanime : " La négresse vient de gagner la sirène ! "

— Gagner ? Gagner comment ?

— Mais gagner pour de bon. Siréna était à elle. Elle avait le droit d'en faire ce qu'elle voulait, ce qu'elle voulait pendant un temps donné... je ne sais plus combien au juste...

— Vous me faites marcher, dit l'orfèvre en détournant le regard.

— Et pourtant, ça s'est passé ainsi, mon vieux. Dav était très pâle. Il fixait Clare avec des yeux rétrécis. Il était ivre à mourir. Nous l'étions tous, d'ailleurs. Il avait dit en poussant vers Missia le billet à ordre du diamantaire : " Je vous la joue, vous ne pouvez me refuser ça. — Si vous voulez, lui avait-elle répondu, mais de toute façon vous l'avez perdue. Elle est à moi. — C'est à voir. — Alors voyons ! Abee ! avait-elle dit, distribue les cartes, veux-tu ? " David avait ramassé son jeu. Missia ne toucha pas au sien, le laissant tel qu'Abee l'avait jeté, face au tapis. " Jouez ", dit-elle. David hésita, puis frappa une carte. Tout en gardant les yeux plongés dans les yeux de Siréna, Missia prit au hasard une carte et la posa sur celle de David. Elle ramassa. Et ainsi de suite. Figurez-vous, en quelques secondes la partie fut terminée.

« Alors Missia s'était lentement dressée, elle avait soulevé Clare qui se laissait faire en souriant, et elle l'avait enlevée comme si elle ne pesait pas plus qu'un reflet d'argent entre ses bras de négresse. Mes invités s'étaient écartés en riant et, comme ils avaient applaudi à l'arrivée de la sirène, ils applaudirent à son départ.

« Dans la confusion, j'avais vu Diamond s'approcher de Dav. Il lui tendait le billet à ordre que Missia avait abandonné sur la table : " Il est à vous quand même. Gardez-le, je vous en prie. " Dav n'avait pas répondu. Il approcha le papier d'un chandelier et le tint entre ses doigts jusqu'à ce qu'il soit consumé. Puis il avait fait deux pas, imaginez, de là à là, mon vieux, et je le vis tomber foudroyé par l'ivresse. »

L'Américain regarda sa montre. Il fit signe au serveur, paya, ramassa la monnaie et, suivi de l'orfèvre et du griffon, s'en alla à grandes enjambées tout en continuant de parler.

II

Missia avait emporté Clare par l'escalier étroit. Et
dans le flou de leur mutuelle ivresse qui effaçait toute
réalité et donnait à ce rapt la beauté informe d'un rêve
(écrira bien des années plus tard l'écrivain français,
essayant de remettre ensemble les morceaux plus ou
moins cohérents de cette histoire), Siréna avait reçu
sur ses bras blancs, jetés autour des épaules de la
négresse, des baisers doux comme les larges gouttes
d'un début de pluie de mousson. Elle avait trouvé le
refuge. Le lieu. Plus de crainte. Plus de mort. Missia la
portait comme on porte un enfant vers la lumière. Le
temps que prit cette descente, Clare se crut ressusci-
tée. Il lui sembla même que ses jambes redevenaient
sensibles. « Ma pauvre chérie, ma pauvre chérie »,
disait Missia en faisant virer ses vastes hanches,
d'étage en étage, dans une sorte de valse lourde,
pendant que de très haut, comme venus d'un monde
perdu, tombaient par le trou de la cage les glapisse-
ments de la foule de dandys saouls.

Je ne me souviens plus (écrira encore l'écrivain), si
ce qui suit nous fut indirectement livré ce jour-là par
le journaliste américain ou si c'est David qui, plus
tard, nous le raconta, mais nous savons que Missia
emporta la jeune femme aux jambes paralysées vers la

29

longue Jaguar blanche qui stationnait au bout de l'impasse. « N'attendez pas les autres. À la maison ! Ensuite vous reviendrez les chercher. — Yes, sir », avait répondu le chauffeur. Et pendant tout le trajet, elle n'avait cessé de caresser le front de la jeune femme. Clare se laissait faire comme se laisse palper un accidenté. Et lorsqu'elles furent enfin seules dans l'hôtel particulier où Missia vivait avec Diamond et Abee, c'est avec la sûreté triviale qu'une poissonnière de la Guadeloupe met à retourner la peau d'un grand poisson que la négresse avait dépouillé la sirène du fourreau d'argent. Étroitement mélangées dans le lit, veloutées par le soleil levant, elles s'étaient endormies dans les bras l'une de l'autre.

Brusquement, David avait pris conscience du vide insupportable laissé en lui par l'absence de Clare. Pourtant, ce n'était pas la première fois qu'elle se séparait de lui. Jusqu'à présent il s'en était arrangé, sachant que Clare revenait aussi facilement qu'elle s'en allait. Mais voilà, entre-temps, il y avait eu la détonation, et de ce corps réduit avait surgi un être neuf, une figure impressionnante qui, dans d'atroces tourments, avait réussi à se hisser non seulement au-dessus d'elle-même, pensait David, mais au-dessus de l'humanité souffrante. Elle s'était refusée à subir. Elle s'était battue seconde par seconde avec sa demi-mort. Et elle l'avait vaincue. Oui, David avait assisté à cette lutte et c'est alors qu'il s'était vraiment épris de sa femme. Il s'était mis à l'admirer éperdument pour avoir eu le génie de transformer sa souffrance en quelque chose d'artistique, de surhumain, qui se situait, pensait toujours David, à la pointe extrême du dandysme. Et c'est tout naturellement que ce culte de l' « attitude » les avait conduits chez le journaliste américain. Et c'est tout naturellement que la mascarade, le jeu, le goût du geste avaient jeté Clare dans cette aventure à laquelle lui, David, ne pouvait rien — si ce n'est, de son côté, poursuivre le même défi avec Diamond. La mascarade et le jeu les avaient menés à ça ! Et, bien qu'étant maintenant réveillé de la mascarade et du jeu, lui, David, se savait tenu par les règles de ce jeu tant que Clare souhaiterait le poursuivre.

Et le voilà aux Indes, sur la terrasse bourdonnante de moustiques d'un vieux palais victorien — une de ces folies de stuc construite par l'un des derniers maharadjahs — au centre d'un parc luxueux, entouré de gardes sikhs en armes. Ainsi, en acceptant de suivre Diamond, il espérait ne pas rompre le contact avec celle que tout le monde nommait maintenant Siréna. Il poursuivait avec le diamantaire le jeu absurde entamé, il y avait maintenant plusieurs mois, chez Bill, à New York. Mais cette fois c'est sans espoir, se disait-il. (Comment, en effet, pouvait-il imaginer que Clare lui reviendrait si vite ?)

Étendu sur un lit de camp recouvert d'une moustiquaire qui pendait autour de lui comme un grand torchon mal essoré, Diamond guettait chaque mouvement, chaque souffle de celui qu'il adulait. Et il se disait : Tant qu'il veut, tout ce qu'il veut, ma fortune entière ! Si ça l'amuse, qu'il jette tout dans cet ignoble égout — et nous avec.

Missia, elle, avait emporté la jeune femme à Tallahassee, au bord du lac, non loin du golfe du Mexique. Dans les premiers temps, recluse au fond de la spacieuse maison blanche aux dentelles de bois ajouré, de toutes ses forces Siréna avait voulu croire. Bien que profondément sceptique, elle s'empêcha de penser. Elle s'abandonna. Elle se laissa manipuler par la grande femme noire. Soulagée de ne plus avoir à dominer son corps, elle avait l'impression d'être

31

venue à la vie une seconde fois. Maintenant elle allait réapprendre. Chaque jour, aux quatre coins du lit, Missia faisait brûler les herbes rituelles et, lentement, elle se mettait à tourner en écartant les bras. Et, quand encore essoufflée d'avoir tourné elle disait : « Lève-toi et marche », de toutes ses forces Siréna tentait de remuer les jambes et de se soulever. Mais elle se laissait retomber et fermait les yeux sur ses larmes :

« Tu vois bien. Je ne peux pas.

— Ma chérie, patience. »

Et Missia la prenait contre sa large poitrine et la caressait lentement, lentement. Comment Siréna aurait-elle eu le courage de lui dire qu'elle était sans espoir, ensevelie dans sa mort jusqu'à mi-corps ?

Et Missia recommençait à tourner en écartant les bras, le visage tendu. Entre ses cils, Siréna observait la grande, la lourde négresse, et elle était saisie d'émotion.

« Abandonne-moi. Tu perds ton temps, Missia. Tu ne peux rien pour moi. Personne ne peut plus rien pour moi. »

Mais Missia lui faisait signe de se taire et poursuivait ses rites obscurs.

Puis il y avait eu les mots étranges, une sorte de parole à demi chantée, à demi geinte. Et la lourde négresse s'était mise à tourner de plus en plus vite en haletant. Et Siréna était déchirée entre l'envie de pleurer et l'envie de rire. Mais, plus fort que son désespoir — ou à cause de la force de son désespoir —, le rire nerveux montait en elle, secouait son corps, et elle se mordait les lèvres pour empêcher le rire effrayant de sortir d'elle pendant que la négresse continuait à tourner dans la chambre et que d'étranges vociférations se mêlaient aux fumées jaunes des encensoirs.

À bout de souffle, Missia se laissait tomber sur le lit, près de Siréna.

« Ça ne se déclenche pas. Ça ne marche pas. Quelque chose ne va pas. »

Elle posait les mains sur elle, lui caressait le ventre, les hanches. Siréna se taisait.

Puis un jour, d'un coup, le rire si difficilement contenu sortit de la jeune femme. Sur le moment, Missia pensa : elle pleure. Siréna s'accrochait à elle, sanglotant ce rire terrible. Et Missia s'était réjouie :

« Enfin, ma chérie, enfin ! »

Elle l'avait prise contre elle, elle l'avait embrassée avec des rires exaltés. Puis elle l'avait soulevée et, franchissant en courant les marches de la véranda, elle avait traversé les prés qui descendaient en pente douce vers le lac. Elle l'avait portée jusqu'à la petite plage sous les bouleaux et, la gardant toujours contre sa poitrine, elle était entrée avec elle dans l'eau, que le soleil faisait briller en plaquettes d'argent. Pendant quelques instants, Siréna avait cru être entièrement vivante à nouveau.

« Et maintenant, nage, bouge les jambes.

— Je ne peux pas, je ne peux pas. »

Et Siréna s'était traînée jusqu'au sable, où elle était restée étendue, appuyée sur les coudes, le visage penché comme une bête exténuée :

« Ma pauvre Missia, tu perds ton temps : mon corps est mort ! mort !

— Non, ma chérie, c'est ta tête qui a tout tué en toi. C'est ton mauvais esprit que nous devons chasser. Alors ton corps se lèvera. »

Sans bruit, Diamond s'était glissé hors de la moustiquaire et s'était approché de David :

« Tu t'ennuies, David, partons ailleurs. J'ai jeté

33

l'Inde à tes pieds, mais nous pouvons nous envoler dès demain, tout de suite même si tu le désires. »

Des toits en terrasses du palais, ils dominaient les jets d'eau jaillis d'immenses bassins enchâssés de céramique bleue. Ils s'étaient avancés jusqu'à la balustrade au-dessus du vide et ils avaient longuement contemplé le parc. Plus loin, entre l'enchevêtrement des eucalyptus, les grilles. Derrière ces grilles, massée, la foule muette. Cette foule attendait. Aussi bien la nuit que le jour, elle attendait, patiente, d'une passivité qui blessait David. Et David vivait dans l'obsession de ces yeux de bêtes douces qui fixaient avec obstination les terrasses où apparaissaient par moments les silhouettes des deux étrangers.

David avait allumé une cigarette. Le feu avivé par les brèves aspirations éclaira son visage et son torse luisant de sueur. Aussitôt, une rumeur était montée de l'ombre et David avait cru apercevoir entre les grilles une multitude de sourires blancs comme des éclats d'os dans la nuit. Diamond avait dit avec ironie :

« Sais-tu quel nom ces misérables t'ont donné ? *Agnihotra* : éléphant. C'est ce que m'ont rapporté les gardes. N'est-ce pas comique ? *Agnihotra* a subjugué le Démon — car, pour eux, pas de doute, moi je suis le Démon.

— Ah, tais-toi ! avait supplié David, sans se retourner.

— Voyons ! Oublie ces animaux bipèdes. Tu tiens donc absolument à souffrir pour eux ?

— Je ne veux rien. Je souffre malgré moi.

— Alors, rassure-toi. Eux, ils ne souffrent pas. Ils n'ont ni recul ni imagination pour souffrir. Ils sont bien assez embarrassés d'être. Mais attention ! L'Inde entière, attirée par tes distributions de nourriture, va bientôt être là, sous notre terrasse, à geindre. Que feras-tu quand ils commenceront à s'entr'égorger ? »

Diamond lui avait touché l'épaule, David s'était reculé. « Au lieu de riz, pourquoi ne leur jettes-tu pas des roupies ? Que veux-tu, au juste ? Les sauver ? Me ruiner ? Si c'est pour les sauver, tu perds ton temps. Alors quoi ? Me ruiner ? Avec du riz, tu n'y arriveras pas. Tu veux de l'or ?

— Je te déteste ! »

Diamond se tenait devant lui, contre le vide, mince, les épaules étroites, la taille serrée dans un pagne blanc. Il riait d'un rire silencieux :

« Et moi, je t'aime. »

En bas, dans le parc, les cris avaient commencé. Au début, c'est à peine s'ils se distinguaient des vibrations des insectes nocturnes. Des sikhs agitaient leurs sabres. Penchés au-dessus du vide, David et Diamond devinaient leurs silhouettes en raccourci ainsi que de brèves lueurs de métal. Il y eut une plainte aiguë qui cessa aussitôt.

David descendit en courant, traversa rapidement la succession de salles et d'escaliers. Sur les dalles bleues, il trouva un enfant que des gardes maintenaient contre le sol du plat de leurs sabres. Il était vêtu de fragments de tissu couleur de poussière. Son crâne rond, irrégulièrement tondu, faisait penser à une tête d'oiseau. Un des gardes forçait lentement une des petites mains, dépliait un à un les minces doigts prématurément ridés, tandis qu'apparaissait une bouillie infime de gazon entre les doigts verdis de suc. Voilà ce que l'enfant était venu voler de l'« autre côté », une poignée de cette merveilleuse substance verte qui poussait au-delà des grilles, au bord des bassins ! David était tombé à genoux près de l'enfant et s'était plié comme s'il venait de recevoir un coup en pleine poitrine.

III

Il s'était glissé jusqu'à la fenêtre de la cuisine et, tout en fumant et buvant, il contemplait le petit *giardino* silencieux, éclairé par la lune. Les deux grenadiers blanchis, annulés par cette lumière morte, jetaient une ombre trop nette. Chaque branche dessinait sur le sol un signe de fer. Des ombres trop symétriques, trop solides, pensa David, pour un monde qui pour le reste paraît terriblement irréel.

Il se sentait indifférent, serein et triste. Lorsqu'ils s'étaient rencontrés, leur vie semblait si fluide, rien ne les entravait et pourtant il avait le sentiment qu'à l'époque il était moins libre qu'aujourd'hui. À présent, tout était réglé. Plus le choix. Clare! Il pense clarté en versant du vin blanc dans le verre qu'il venait de vider pour la troisième fois. Clare! Si vive! Si remuante! Si garçonne! Jeans trop courts. Socquettes roulées sur les chevilles. Chemise d'homme qu'elle nouait sur sa taille étroite. Souple. Cheveux de paille fauchés n'importe comment, en mèches raides sur les yeux. Et maintenant ce nom que je n'aime pas mais auquel elle tient par une sorte d'ironie (ou de superstition depuis que Missia le lui a donné). Une beauté à demi ensevelie, Siréna! Chaque geste demande de tels efforts! Le poids du monde sur nous! pensait encore

David en s'étendant de nouveau contre la tiédeur floue aux épaules blanches, aux bras presque fluorescents dans l'obscurité veloutée de la chambre.

Elle ne dormait pas. Elle avait senti à ses gestes, à la façon dont il s'était déplacé, l'accablement, la lassitude. Je t'empêcherai de me laisser tomber, David. Elle eut honte de ce « je t'empêcherai » mais ne put renoncer à exiger secrètement. J'ai besoin de toi. Mais elle se taisait. Pourquoi parler ? Rien ne les épouvantait comme ces paroles qui sortaient d'eux pendant leurs insomnies. C'était comme s'ils avaient passé un pacte : ils ne se parlaient plus la nuit.

La main de David caressa la hanche morte puis se retira. Siréna aurait souhaité entourer David de ses bras, se laisser aller contre lui, mais elle s'obligeait à respirer calmement. Il se dit : Tant mieux, elle dort.

Au bout d'un moment, il s'était assis, le dos calé par un oreiller. La lune rendait le noir de la chambre phosphorescent. Tâchant de ne faire aucun bruit, il avait pris une cigarette qu'il fuma doucement, soufflant par le nez une mince vapeur qui peu à peu alla se mêler aux traînées de lune. Depuis le lit, il voyait la tablette, couverte de feuilles manuscrites, posée en travers des accoudoirs du fauteuil. Il voyait les rayons étincelants des roues. Un peu plus loin, à droite, devant la fenêtre donnant sur le *giardino*, la table (qui devrait lui servir de bureau et sur laquelle jusqu'à présent il n'avait fait que retaper des bouts de texte de Siréna — aussitôt déchirés), et sur la table, bien au milieu, comme un instrument fantastique, la machine au clavier fragmenté par des éclats de lune.

Son regard s'attardait sur des détails infimes — le relief de leurs vêtements sur le dossier d'une chaise au pied du lit : robe de velours, costume anglais de coupe lâche, comme une chaîne de montagnes vue d'avion. Il ferma les yeux, les rouvrit sur les aplats brouillés d'une reproduction : la *Flagellation* de Gentile Bellini punaisée parmi quelques photos de Clare et de lui à différentes étapes de leur vie. Et encore une fois il pense à Diamond, à Missia et Abee tout en survolant rapidement les revues et les livres entassés un peu partout dans la chambre. Des cartes tombent l'une après l'autre, « ça y est, la négresse a gagné la sirène ! » et Missia se lève, lourde, belle comme une prêtresse d'un culte mystérieux et oublié, elle soulève Clare et l'emporte. Et voilà l'enfant qui serre désespérément quelques brins d'herbe verte arrachés au jardin merveilleux, voilà les gardes sikhs qui frappent du plat de leurs sabres les épaules squelettiques. Les coups de feu, dans la foule... Il fumait doucement et fermait les yeux sur Nagoya, sur Kuala Lumpur, sur Port Elizabeth, sur Le Cap, sur Tel-Aviv, sur Santa Rosalia, sur Eureka, oui, Eureka, cette ville pleine de fumée rejetée par les hauts fourneaux. Diamond, à peine descendu de son avion, était allé surprendre ce tailleur de pierre polonais auquel il avait confié quelques mois auparavant un rubis de vingt carats (l'un des plus beaux du monde, avait dit Diamond). Abee en avait calculé la taille, d'un risque à la limite du possible, sur le *Concerto n° 2* de Bartok. David avait tenu le lourd rubis dans ses mains et l'avait reposé avec indifférence sur l'établi du tailleur de pierre. Puis ce fut New York où Clare l'attendait. Clare lui tend les bras : « Je suis à toi de nouveau, mon amour ! » Ils partent pour Paris, puis pour l'Italie. Les voilà dans la ville. Il murmura : « Clare », ressentant une joie amère, presque une ivresse, devant l'ampleur du désastre qui les avait jetés dans ce *pianoterra* depuis maintenant deux ans. En tirant à petits coups sur sa cigarette, il revoyait la construction symétrique à laquelle Diamond avait décidé de les associer... non, pas associer, de nous inclure comme ces alchimistes fondeurs qui, pour donner une âme à l'airain, précipitaient des êtres vivants dans le magma en fusion, au moment de la coulée. Il se mit à reconstituer mentalement la jetée de marbre, cette sorte de tronçon d'amphithéâtre brisé, aux six gradins presque submergés par les eaux du delta. Abee, cet obsédé, disait avec un mélange d'ironie et de sérieux : « Le Nombre à trouver est inscrit dans le rapport des troncatures qui se développent verticalement. Je trouverai ce rapport au Nombre. Alors vous verrez la structure multiplier ses facettes, d'elle-même, comme un corps vivant, une figure sénaire douée d'une vie autonome qui finira, pourquoi pas ? par envahir l'univers. » David sourit dans l'ombre et alluma une nouvelle cigarette. Abee est un fou de génie dont Diamond serait la projection symétrique, avec, entre eux, au centre, Missia comme un diamant noir inentamable.

Il écrasa sa cigarette et, avec précaution, il s'allongea contre Siréna, rassuré par le poids de ce corps si vivant et chaud, si vivant quand même...

Ils ne dormaient pas mais se taisaient. Ils se savaient éveillés mais se taisaient. Ils attendaient l'aube. À un moment, elle s'était dressée sur le coude et, péniblement, elle avait commencé à déplacer sa hanche. Elle halète un peu en forçant ses jambes qu'elle soulève, l'une puis l'autre, d'une main. Voilà ! Elle a réussi à passer sur le dos. David sait qu'elle attend son aide maintenant. Il rejette le drap et, toujours sans prononcer une parole, il la prend sous les genoux. Sans hâte il la fait basculer de son côté. Les voilà allongés face à face dans le matin gris. Ils voient vaguement leurs visages un peu flous, suspendus, flottant dans le vide sans couleur de l'aube. La main de David caresse la joue de Siréna pendant qu'au large de la ville des frémissements roses frôlent les eaux en partie retirées du delta. Des touches infimes d'abord. La surface gluante de l'immense nappe d'eau se met à vivre, des irisations, des tressaillements entrecroisés... et, d'un coup, le soleil rose déborde les brumes, monte comme vitrifié puis disparaît très vite dans les couches hautes des vapeurs.

Dans le *pianoterra*, ils ne disaient toujours rien. La montée du jour se précisait. À travers ses cils rapprochés, Siréna voyait peu à peu se modeler le visage aux traits si particuliers dans leur perfection, à la fois sauvages et purs. Elle pensa : Oh, mon David, je te veux à moi. Dès que je t'ai vu, je t'ai voulu à moi. Oui, dès le premier regard, c'est sa beauté qu'elle avait voulu posséder, c'est sa faiblesse qu'elle avait voulue entièrement sienne. Immédiatement, elle avait senti que sous son plaisir d'être, derrière cette sorte d'installation dans la beauté un peu supérieure et tranquille de celui qui se sait « irrésistible », se cachait un flottement, cette sorte de peur que donnent les trop grandes facilités d'un charme auquel tout le monde succombe à l'instant. Le premier jour à l'université, elle était restée à l'écart. Elle ne pouvait détacher son regard de ce visage si étonnant. Lui ne l'avait pas remarquée. Ni ce premier jour ni les suivants. Ce n'est que bien plus tard, dans le *charter* qui transportait vers l'Europe les « lauréats », qu'ils s'étaient adressé la parole pour la première fois. C'est là qu'il avait pris conscience que depuis des mois il avait vécu sous son regard. Par le hublot il voyait la lune ovale presque à sa hauteur coupée par les rasoirs des nuages qui s'étiraient parallèlement à ce vol nocturne. Très loin, dessous, lorsqu'il se penchait, en écartant le rideau, il devinait l'océan froncé, convexe comme un prodigieux réflecteur d'acier, tantôt noir, tantôt irisé. Autour d'eux, les autres dormaient. Et ils avaient parlé de Volney.

Maintenant, ils n'étaient plus seuls, à l'abandon.

Les bruits de la ville remplissaient peu à peu les creux du silence. Des voix leur parvenaient, des pas résonnaient dans la rue. Enfin, la transfusion de vie allait pouvoir se faire. Le « miracle » quotidien de ce qu'eux, les Américains, nommaient avec un mélange d'ironie et d'attendrissement naïf le « bonheur italien », allait les soulever, leur donner l'énergie de passer de leur réalité (cette chambre de malade, le corps de Siréna, la quasi-impossibilité de poursuivre le livre) à l'effervescence du quai où, chaque matin, ils allaient respirer le « bonheur de vivre » des autres.

Sur Isola Piccola, quelque part au centre du delta, une jeune Hongroise prenait lentement conscience. Encore à demi endormie, elle palpait le drap près d'elle... remonta jusqu'à l'oreiller vide. Effrayée, elle ouvrit les yeux. Un instant se crut *là-bas*. Écarta avec un immense soulagement la moustiquaire. Alla pieds nus jusqu'à la baie hexagonale et le vit, seul, sur la jetée semi-circulaire. Au même moment un cargo s'engageait dans le chenal. Précédée de deux remorqueurs, la masse obscure émergea de la lumière du levant, comme suspendue, portée par cette lumière de lait. L'attelage vira autour de la bouée et, très ralenti, s'effaça. La pulsation des hélices résonna un long moment dans les murs de marbre et de verre comme un puissant cœur de feutre.

Il se tenait immobile, sur la jetée de marbre verdi. Sous lui, les six degrés coupés, de distance en distance, par des blocs rectangulaires s'enfonçaient dans l'eau brouillée. La faible marée laissait à découvert, sur le marbre, des traînées verdâtres d'une végétation plus proche de la moisissure que de l'algue. Comme absent, l'œil presque vitreux, il contemplait la surface gluante du delta. Quelque part, elle devait rejoindre le ciel, mais il ne pouvait saisir à quelle hauteur se faisait la jonction. Son regard ne pouvait s'enfoncer dans ce paysage d'eau et de vase, son regard butait sur le rien. Il n'y a pas d'horizon, pensa le peintre, et ce que la main réussit à saisir s'effrite et se décompose.

Il se tenait là, face à ce vide, et elle, d'en haut, le regardait.

Ce matin, l'eau était huileuse, c'est à peine si au bout de la dernière marche un léger ourlet gris se repliait, informe, produisant un doux chuintement.

Le peintre leva la tête. Un oiseau de mer traversait le silence. Accomplissant un arc de cercle, d'un coup il se laissa choir sur son reflet parmi d'autres oiseaux. Quelques cris aigres et de nouveau le silence.

Il était toujours là, immobile sur la jetée, et d'en haut la femme le regardait. Il attendait. Il l'attendait. Il savait qu'elle viendrait le rejoindre. Il était là et il l'attendait. Il pensait face à ce vide : Retourne-toi, fais-lui signe, mais il ne pouvait pas bouger. Il se sentait très malheureux. Il fixait sur le bord de la dernière marche le léger pli de l'eau qui remuait, aussi délicat qu'un voile de méduse. Il pensa encore : Cette tristesse qui vous enlève la certitude d'être. Je suis solitude, trajet solitaire vers la mort. Il leva la tête. Deux oiseaux translucides coupaient le ciel. Ils penchèrent ensemble sur l'aile et, d'une chute brève, se posèrent parmi d'autres oiseaux qui les menacèrent du bec. Elle ne peut aimer indéfiniment un homme décrété fou, pensa-t-il encore. Et toujours ce silence huileux, si lisse sur ces eaux imperceptiblement remuées.

Maintenant, la femme du peintre s'habillait, prise d'une brusque hâte. Elle doit le rejoindre, vite !

Lui ne bougeait pas, sur le ponton. Il attendait.

À l'ouest du chenal, il devinait la ville fondue dans les brumes basses. Et il se souvint, avec une indifférence qui l'inquiéta, de l'atelier, à Budapest, des grands tableaux lacérés, de la venue de Diamond, il se souvint de la mer rose-peint d'une étendue calme, vaporeuse, irréelle et à la fois de zinc, de céruse, de cinabre, d'un poids qui n'est ni celui de la terre ni celui de l'eau ni celui des nuages. Et en lui s'imposa l'agonie de la chauve-souris dont les membranes minces et souples brassaient l'eau comme un vol filmé au ralenti. Que fait-il chez le « psychiatre » ? Douchka est là, attentive, muette. Est-elle vraiment là ? On le « soigne ». « Vous allez tenir une liste des mots qui vous viennent en tête. » On lui avait remis du papier format lettre. « Je préférerais des feuilles grand-aigle, avait dit le peintre. — Désolé, camarade, on ne vous demande pas de dessiner, ni même de salir, mais d'écrire. À partir de maintenant, tout doit être écrit, là. — Je préférerais dessiner, s'obstinait le peintre. — Si vous n'êtes pas coopératif, vous nous mettrez dans la situation de vous obliger à écrire. — Mais je ne peux pas. — Il faut ! »

La femme du peintre baissait les yeux, elle se taisait. Le « psychiatre » s'était tourné vers elle et lui avait dit avec une bonhomie pleine de menace : « Surveillez-le. Nous vous tolérons à cette condition. » Le peintre s'était donc mis à former des mots qu'il ajoutait les uns aux autres. Qu'écrivait-il ? Une étrange liste où tout ce qu'il aurait voulu peindre était noté mais sans lien. Que de difficultés il lui fallait vaincre chaque jour pour faire surgir les mots figurant ce que son esprit délabré aurait voulu non pas concevoir, mais voir apparaître de soi-même sur la surface du tableau ! Mais là était la violence effroyable du traitement : substituer le concept à la forme.

Jusqu'à présent, on utilisait plutôt le procédé inverse : ceux qui prétendaient soigner obtenaient de bons résultats en aidant le « malade » à effectuer ce qu'on appelle une « régression ». (Procédé un peu trop anglo-saxon, insinuaient les esprits critiques.) Il devait abandonner peu à peu l'expression orale ou écrite pour le geste, puis le geste pour sa trace — la salissure. Des hommes et des femmes étaient couramment enfermés dans des cellules d'un blanc aveuglant dont les murs avaient été au préalable repeints et poncés afin de mieux recevoir le dessin gesticulé tracé par la « folie » des malades. Lorsque les murs, le sol et le plafond avaient été abominablement salis (au point qu'il ne reste pas une seule parcelle de l'enduit clair), on sortait le malade de sa cellule le temps de lui couper les cheveux, les ongles, de le baigner, et on le réintroduisait dans une nouvelle cellule immaculée où tout était à recommencer. Par un judas on s'assurait que le claustré n'écrivait pas mais salissait. Si, par malheur, un mot apparaissait, immédiatement un infirmier faisait irruption.

Mais, avec le temps, on ne sait pas pourquoi, le comportement des « malades » se transforma. Au lieu de salir par des gesticulations irraisonnées, voilà qu'ils se mirent à vouloir représenter. Et ce qui se dessina sur les murs des cellules apparut comme intolérable — pire que les mots interdits. Que faire ?

Certains « psychiatres » optèrent pour un durcissement de la méthode classique : murs blancs, giclées, gourdin, etc. D'autres, au contraire, obligèrent les « malades » à écrire des mots sans lien entre eux. Aucun mot n'était ouvertement interdit. Le « malade » était même encouragé à écrire le plus de mots possible sur la feuille blanche. Des mots bien rangés avec, pour qu'il n'y ait aucun malentendu, un point ou mieux encore une ligne vide pour les séparer. Rien n'empêchait d'écrire :

malheureux

à condition qu'il n'y ait pas :

je

et

suis

Il pouvait écrire :

terrifié
effroyable
répression
enfer

Mais pas question de relier les mots.

Avant de descendre, la femme du peintre jeta un rapide regard par la baie hexagonale. Il ne bougeait toujours pas, debout face au delta. Elle poussa une plainte : « Carel », et sortit dans le couloir en évitant de faire du bruit. Elle descendit rapidement le grand escalier de marbre, et c'est presque en courant qu'elle traversa les salles hexagonales. Mais, arrivée dans le hall, elle rencontra Diamond. Elle en ressentit de l'agacement. Elle aurait aimé ne pas avoir à parler. Il l'accueillit les bras largement ouverts, comme chaque matin, avec des démonstrations de joie hors de proportion. Il semblait tellement surpris, il jouait si bien la surprise de la découvrir dans son palais de cristal.

« Et ce pauvre Carel, comment se sent-il aujourd'hui ?

— Comprenez-moi, Diamond, il veut retourner à Budapest.

— Mais ils l'enfermeront de nouveau.

— J'ai peur que ce soit ça qu'il désire. Il veut retourner là-bas.

— Et vous, Douchka ? »

Elle s'était arrêtée, saisie par la question.

« Moi ?... Non. Non, jamais plus, oh non, jamais plus ! »

Il l'entraîna vers la salle à manger où Missia et Abee prenaient le petit déjeuner. Par la baie elle le vit : il n'avait pas bougé. Au même moment une forme étincelante frôla les eaux du delta, elle passa très vite, dans un bruit déchiré qui cessa presque immédiatement. Le peintre l'avait suivie du regard en tordant son corps dans un mouvement ralenti.

« Le vent a tourné, dit Diamond, ils atterrissent dans l'axe d'Isola Piccola. J'aime ça ! Je trouve très exaltant ces machines si puissantes. Le monde souterrain du feu et du minerai a envahi le ciel. Les forces cachées grondent au grand jour. Enfin les puissances infernales ont chassé les anges. Enfin commence le règne des démons. » Il l'avait dit en riant pendant qu'un second avion de ligne au train d'atterrissage baissé passait, effaçant ses paroles. « Tiens, mais que fait Carel seul sur la jetée ? Quelque chose ne va pas, Douchka ? »

Elle hésita. Ses lèvres tremblaient un peu. Elle finit par dire d'une voix qu'elle dominait mal :

« Il est brisé, vraiment brisé, comprenez-moi. Même moi j'ai peur de ne plus rien pouvoir. »

Et elle sortit en courant. Elle descendit vite l'escalier de marbre et se précipita sur la jetée où Carel se tenait toujours, immobile, le regard fixe.

« Carel ! »

Elle le serrait contre elle avec nervosité, un peu trop fort, comme s'ils se retrouvaient après une longue séparation ou une dispute. Elle ressentait pour lui cette sorte d'amour plein de pitié et de remords qui se

46

manifeste par des larmes d'exaspération. Lui se laissait faire et souriait faiblement. Son grand front chauve était humide de sueur.

« Douchka, laisse-moi, ne t'embarrasse pas de moi.

— Carel, cesse d'imaginer. »

Elle l'avait dit sur un ton plaintif, en lui serrant les mains de toutes ses forces. Il dit encore :

« Je souffre au-delà de tout.

— Carel, mon amour, emmène-moi. Partons. Moi aussi je souffre au-delà de tout. »

Par la baie hexagonale, Diamond, Abee et Missia observaient les deux petites silhouettes debout contre les eaux pâles du delta. Diamond dit :

« On croirait un de ces couples d'une espèce impossible à acclimater. Des antilopes ou bien ces petits lémures qui, après s'être pas mal agités, finissent par se laisser dépérir, serrés l'un contre l'autre au fond de leur cage. Retourner en Hongrie ! On ne retourne pas en Hongrie !

— Pourquoi cet acharnement, Diamond ? dit Missia. Toujours vouloir tout posséder trop vite.

— Au lieu de parler, vous feriez mieux de les observer, dit Abee. Je ne sais pas ce qu'ils se disent, mais à la façon dont ils se comportent je suis sûr qu'il se passe quelque chose de grave entre eux.

— Ah ? » fit Diamond. Et ses yeux se mirent à briller. « Qu'est-ce qui te fait dire ça, Abee ?

— Mais... comment dire ?... une sorte de décalage entre leurs gestes. Regardez-les. Dommage que la caméra soit débranchée ce matin. Je suis sûr que si je tirais l'épure de leurs mouvements le dessin serait étonnant et merveilleusement révélateur. »

Vus de loin, ils avaient l'air insouciants, gais. Ils se déplaçaient sans hâte sur le tronçon de marbre semi-circulaire. Ils s'arrêtaient, repartaient, Carel tournait autour de Douchka, Douchka autour de Carel, ils se prenaient les mains, se lâchaient pendant qu'au loin un tanker tiré par deux remorqueurs virait lentement autour de la bouée et s'enfonçait dans la partie resserrée du chenal.

IV

Le front appuyé sur la vitre, Diamond pensait :
Aller jusqu'à Budapest pour... Il revoyait l'atelier
dévasté, les tableaux déchirés que le peintre s'était
mis à entasser avec les châssis brisés où adhéraient
encore des lambeaux de toile peinte. Des morceaux
avaient été découpés un peu partout au rasoir — des
fragments pas plus grands que la main, la moitié
d'une figure arrachée, ou bien des bandes transver-
sales qui rendaient les tableaux méconnaissables.
L'atelier était jonché de dessins déchirés et piétinés.

Seules deux grandes peintures avaient échappé à la
fureur de la Commission de surveillance artistique. Et
ces deux tableaux représentaient... Non, Diamond ne
pouvait croire à un hasard si prodigieux. À force d'être
obsédé par eux, se disait-il, je les vois partout. Et
pourtant la ressemblance avait cette fragilité délicieuse des rêves inachevés. Est-il possible, se disait
Diamond en contemplant avec une fébrilité presque
comique les deux toiles, est-il possible que sans les
connaître il les ait en quelque sorte *reconstitués*, qu'il
les ait fait surgir de son imagination, ici, à Budapest, à
des milliers de kilomètres du modèle original ? Les
deux grands tableaux étaient là, intacts, lumineux,
d'une présence presque effrayante. Le peintre les avait

fait glisser l'un sur l'autre, soulevant par les croix des châssis les toiles peintes, et, dans le silence de l'atelier dévasté, il leur avait fait prendre la bonne lumière. Diamond avait dit, montrant les deux figures :

« Je suis très troublé. Ils ressemblent à... »

Il renonça à poursuivre, s'approcha des tableaux, alla de l'un à l'autre en poussant des sortes de gloussements. Le peintre semblait ne pas comprendre. Diamond insista :

« Vous ne pouvez pas les avoir inventés. »

Le peintre s'était immobilisé et avait jeté un regard bref vers cet étranger aux belles lèvres violettes, aux longues jambes, aux longs doigts bruns, à la chevelure longue et floue, arrêtant son regard à mi-hauteur, sur les genoux de cet homme assis maintenant à contre-jour, et il avait prononcé, dans un mauvais allemand :

« Ce sont moi. »

L'espace s'était brusquement creusé entre eux. Les yeux de Diamond si bleus, d'un éclat de verroterie bleue, s'étaient remplis d'émerveillement comme si la violence de cette affirmation lui apportait un immense bonheur.

« Donc ils n'existent pas en dehors de vous ?

— Ce sont moi », avait répété doucement le peintre.

Diamond pensa à Abee et aux théories sur l'ensemencement des cristaux, se disant, avec un mélange d'inquiétude et de jubilation : Tu les vois partout, tu les transportes avec toi partout, ils sont dans tout.

« Vendez-moi ces deux tableaux. Je ferai déposer la somme que vous déciderez en dollars, à votre nom, dans une banque suisse. »

Le peintre avait fermé les yeux et s'était passé les deux mains sur la figure avec lassitude. Une chauve-souris se noie dans un bassin. Où ? Quand ? Il ne sait plus. Diamond est assis à la place exacte où le critique s'était assis. Quand ? Un an ? Deux ans, peut-être. Oui, le désastre avait commencé par cette douce soirée de printemps. Lui et Douchka l'avaient rencontré par hasard en sortant des bains Gellért. « Vous savez combien j'admire vos œuvres. » Ils avaient marché sur le même trottoir, leurs serviettes humides sous le bras. Le peintre ne tenait pas à connaître le critique mais, comme ils marchaient au même pas, il n'avait pas voulu prendre le risque d'humilier cet homme si puissant et dangereux en prenant l'initiative de le quitter. « Je vous ai toujours défendu dans les réunions de la Commission, continuait le critique, bien que je ne sois pas complètement d'accord avec votre individualisme. » Carel ne disait rien. Il avait juste un peu souri. Il essayait de le tenir à distance avec son sourire doux et lointain. L'entendait-il vraiment ? Écoutait-il les mots obliques de cet homme ? Ils marchaient et le critique s'accrochait à eux. Ce type porte sur lui trop de veulerie, se disait Carel, comment le lâcher sans l'humilier ? Mais il marchait à leur pas et ne s'en allait pas. « Beaucoup parmi les artistes en place vous jalousent, vous le savez. Mais ne craignez rien, tant que je ferai partie de la Commission vous pourrez peindre en toute liberté. » L'air était doux, des quantités de gens se promenaient par groupes dans la tiédeur de cette belle soirée de printemps. Sans ce beau temps, le critique les aurait quittés et chacun serait rentré chez soi. Mais voilà, il faisait une de ces soirées heureuses qui désarment. Au moment où ils arrivaient devant la place des Héros, le critique s'était arrêté et, leur touchant le bras — comme s'il avait voulu en établissant ce contact s'adresser à leur sensibilité et non aux « camarades » de rencontre —, il avait dit, visiblement attendri, cette phrase ridicule venant d'un membre de la Surveillance artistique : « Vous autres, au moins, vous êtes des gens cohérents. » Cohérents ? Que veut-il dire par là ? s'était demandé Carel, un peu effrayé. « Vous autres », formule d'exclusion typique, avait pensé Douchka, et son cœur s'était serré.

Peu après dans la soirée, ils s'étaient retrouvés tous les trois dans l'atelier. Le critique s'était assis à cette même place où, deux ans plus tard, Diamond se tiendra avec son beau regard de rapace. Deux ans hors du temps... Il regarde entre les barreaux d'une fenêtre. Quelle fenêtre ? Il remarque une chauve-souris qui se débat dans la piscine du directeur. Quel directeur ? Où ? Dans le jardin ? Quel jardin ? Quelle clinique ? Quand ? Elle nage de feuille morte en feuille morte, elle tente de se hisser hors de l'eau, mais son poids enfonce les feuilles gluantes auxquelles elle se confond. Douchka voyait dans le regard de Carel cette expression neutre, grise, ce vide terrifiant comme la mort. Il voit sa mort, ah je suis sûre qu'il voit sa mort, s'était-elle dit. Elle s'était approchée de lui, elle lui avait pris les mains. Elle les avait serrées de toutes ses forces :

« Carel ! Reviens ! Ne t'enfonce pas ! »

Peu à peu, ses yeux étaient redevenus vivants et il avait paru étonné de voir Diamond dans l'atelier.

« Vous, vous allez me dénoncer, je le sais. »

Douchka s'était serrée contre lui et lui avait dit en lui caressant le front qu'il n'avait plus rien à craindre, que Diamond était un ami, qu'ils allaient quitter Budapest le soir même, que Diamond était un homme très influent d'Afrique du Sud, qu'il était venu exprès pour les sauver. Mais le peintre avait tristement secoué la tête :

« Personne ne peut plus me sauver. »

Il s'était tourné vers les deux tableaux qu'il venait d'appuyer au mur perpendiculaire à la lumière, et il avait tenté d'isoler le sujet de l'ensemble, de dissocier, de détruire mentalement par fractures successives ce qui s'était non pas construit mais établi comme de soi-même lorsqu'il avait peint cette surface d'opale rose, de mer rose avec, là, la jeune femme debout dans l'eau jusqu'aux hanches, légèrement décentrée sur la gauche — et sur son visage la charge d'un énigmatique chagrin. Mais à mesure qu'il reprenait possession par le regard de ce tableau, puis de l'autre où, entre deux eaux, on découvrait la beauté presque inhumaine d'un homme jeune aux pommettes hautes, aux lèvres régulières et charnues, il voyait avec une terrifiante netteté la chauve-souris. Où ? Quand ? Dans quelle piscine ? Dans quel jardin ? Quelle clinique ? Il lui suffirait de crier par le judas de la cellule pour la faire délivrer. Il pourrait la sauver. Mais voilà il ne peut pas crier. Même sa voix, ils l'ont faite prisonnière. Il s'était encore une fois adressé à Diamond :

« Qui êtes-vous ? » Et il avait ajouté en touchant les tableaux : « Ils sont moi. »

Et le visage de Diamond s'était épanoui, la belle tête auréolée de cheveux fous s'était tournée vers la femme du peintre puis vers le peintre. L'éclat de son regard brillait trop dans l'ombre. Pourquoi exorbite-t-il les yeux lorsqu'il sourit ainsi ? Tant de voracité est en lui, avait pensé le peintre que le malaise immobilisait. À sa droite il se rassurait de voir sa femme appuyée du coude et de la hanche à la cheminée. Un gouffre venait brusquement de se remplir d'une eau bruyante, et — en d'autres temps, en d'autres lieux — il ne peut s'empêcher de penser qu'il aurait suffi qu'il crie par le judas.

Douchka l'observait. Il avait senti dans son regard doux et triste une soudaine inquiétude. Elle avait dit :

« Carel, mon amour, ne restons pas dans l'atelier. Je ferai le tri toute seule. »

Il avait froncé les sourcils. Son front s'était couvert

de moiteur. Il avait fermé les yeux et il était resté un moment ainsi, immobile. Dans un ralenti silencieux, les membranes brassent l'eau, d'une feuille morte à l'autre, de plus en plus lentement, de plus en plus faiblement. C'est la fin, s'était-il dit, trop tard, pendant que Diamond prononçait :

« Vous verrez comme ils ressemblent à vos deux tableaux. »

Puis il avait commencé à se perdre dans des détails que ni Douchka ni Carel n'avaient écoutés. Il parlait de tankers, d'un chenal coudé, de bouées surmontées d'oiseaux de mer, de moustiques en nuages denses qu'il faut écarter devant soi, « comme ça, comme ça ». Ses mains longues aux paumes claires comme celles des nègres palpaient l'air, suggéraient des brumes. Il y a quelque chose de tellement hystérique dans son calme tremblant, avait pensé Douchka.

« Pour parvenir à mon île, vous verrez, avait encore dit Diamond, il faut entreprendre la traversée depuis l'aéroport par les chenaux balisés en S sur des eaux de boue, avec par endroits des nappes d'ordures qui de loin font croire à des cadavres empaquetés de lambeaux de ciré noir. » Il avait désigné un coin de l'atelier : « Supposez qu'ici c'est l'ouest, avec, sur l'horizon, la ville à peine visible, trouble, irisée comme la concrétion malade, le défaut sublime sur la lèvre de cette gigantesque nacre pourrie. Là, le nord, et ici, Isola Piccola, toute petite, avec, à mesure que vous vous en approchez, la structure. Mais la vision inoubliable, c'est demain que vous l'aurez : au moment où notre avion sera sur le point de se poser à la limite du delta. S'il aborde la piste selon l'angle idéal, vous pourrez apercevoir Isola Piccola avec la structure ainsi que la jetée semi-circulaire construite par Abee. Si nous survolons la ville — donc si nous nous présentons face à la piste par l'angle nord-ouest,

Isola Piccola nous apparaîtra un court moment au loin, à droite, avec ses hexagones superposés comme la reproduction agrandie d'une série de cristaux. Abee s'est inspiré de la cristallisation en hexagones de l'émeraude — ce qui donne une série de facettes ayant pour type le prisme droit à base hexagonale : quatre axes, l'un perpendiculaire au plan des trois autres, ces derniers étant identiques et symétriquement distribués. »

Pendant que Diamond parlait, Carel et Douchka continuaient à mettre de l'ordre parmi les restes de toiles déchirées.

« Par vent de borée, notre avion se posera dans le sens sud-nord. Alors vous aurez la chance de survoler brièvement à très basse altitude votre futur lieu de vie entouré d'un anneau d'algues verdâtres et, en un éclair, vous surprendrez en vue plongeante les prismes enchevêtrés de la construction d'Abee, décentrée par rapport à la géométrie semi-circulaire de la jetée de marbre. »

Le peintre entendait la voix du critique. Quand ? Où ? Avant ? Combien de mois, combien d'années avant ? Assis à la place exacte, dans la pose exacte du diamantaire. Et lui étaient revenues, avec une précision qui l'effraya, les insupportables confidences. Et le peintre s'était dit : Rien n'est plus laid que cette honte qui saisit nos « camarades » lorsqu'ils ont eu le malheur de se montrer « humainement vulnérables ». Tant d'années d'acquiescement leur ont blindé l'âme. Seules les tziganeries ont été conservées, les fameux « mots-violons » :

> Ne me quitte pas, ne me quitte pas
> Mon cœur, galoubtchik, non, non
> Ne me quitte pas...

On nage dans ce genre de sucre sentimental, pensait encore le peintre, mais de sentiments il n'en est pas question. Sentimentalisme tant qu'on veut : on pleurniche aux sanglots de nos violons mais on perdrait la face à avouer une passion. Il s'était retourné d'un coup vers Diamond :

« Peut-on avouer une passion chez vous ? »

Diamond avait ri :

« Mais bien sûr, voyons. Quelle question !

— Parce que chez nous, en Hongrie, la passion n'existe plus. C'est la principale victoire du socialisme. Et même ceux qui sont entrés en lutte contre le régime sont restés à jamais amputés de... »

Et il s'était remis à trier les œuvres détruites. Au bout d'un moment il avait demandé encore qui était cet homme. Et encore une fois Douchka lui avait répondu :

« C'est un ami. Il est là pour nous sauver.

— Mais l'autre aussi était un ami », avait répondu Carel.

Et c'est en retenant difficilement ses larmes que Douchka avait dit à Diamond :

« Mon Dieu, il se souvient. Quel bonheur, il se souvient ! »

V

Avec des gestes doux, attentifs, David habillait maintenant Siréna pour le concert. Elle s'appuyait sur lui, le laissant faire. Elle était émerveillée par sa bonté et à la fois secrètement exaspérée d'être si dépendante de celui qu'elle avait si bien su prendre, rejeter et reprendre, selon les succès et les insuccès de sa vie.

Chaque fois qu'il l'aidait à se changer, elle s'étonnait de l'inépuisable patience, de la délicatesse de ce témoin intime. Pendant cette pénible épreuve du déshabillage et du rhabillage, ils parlaient le moins possible, ils étaient, disons, absents l'un à l'autre — et à la fois aussi attentifs que le seraient deux ouvriers qui font équipe. Leurs mouvements s'accordaient; tout était réglé; ils arrachaient à l'ornière le chariot, et le résultat était chaque fois splendide. Les difficultés de ce qui ressemblait à une résurrection occupaient leurs esprits, les plongeaient dans un vide presque agréable; toute la tension se ramassait sur l'exact rituel, sans une variante, sans un manquement : deux acrobates bien rodés mais déchus qui répéteraient absurdement leur numéro, autrefois aérien, enlisés aujourd'hui dans la boue d'une planète dont la formidable pesanteur les enfoncerait dans le sol.

Et pendant cette remise en route besogneuse qui leur demandait à tous les deux tant d'énergie et de foi, Siréna ne pouvait s'empêcher — comme si chaque mouvement se doublait du halo décalé d'une sensation défunte — d'avoir en elle la mémoire du glissement de ses pas, de ce balancement du corps vertical, aérien, improvisant avec une aisance jaillissante les innombrables gestes qui vous transportent vers les êtres, les objets, les lieux, à la poursuite des éternels désirs. Elle pensait et se taisait. Elle fermait les yeux à demi. Des larmes affluaient. Elle ne voulait pas. Elle s'empêchait.

David la soulevait, la faisait doucement passer du lit au fauteuil. Elle tentait bien sûr de se moquer d'eux-mêmes. Dans l'effort, la joue de David venait un instant contre la sienne. Elle la retenait par un frôlement un peu incertain de la main et elle murmurait : « Je suis comme ces femmes de cendre, tu te souviens, à Pompéi ? » Ils se serraient brièvement avec en eux le souvenir de leurs ruptures, de leurs retrouvailles, de leurs souffrances désaccordées.

Puis, pendant qu'elle se maquillait, David allait chercher dans la cuisine deux verres et une bouteille de vin blanc. Par-dessus le miroir à main, elle l'observait, elle ne pouvait se lasser de sa beauté « presque inhumaine ». Son regard se remplissait d'une admiration douloureuse pendant qu'elle passait sur son visage lisse et blanc une crème puis de la poudre avant de souligner ses yeux gris clair d'un trait net — ce qui accusait le point bleu nuit de l'iris, donnant à son visage ce regard de faucon perché. Sur les brouillons manuscrits qui encombraient la tablette de son fauteuil, elle posait la brosse avec laquelle elle venait de démêler ses cheveux qu'elle ramassait d'une torsade lâche sur sa nuque. Ils étaient d'un blond argenté, trop fins et soyeux. Elle prenait une à une de minces épingles d'écaille qu'elle tenait entre ses dents et les enfonçait, en pliant le cou, dans la torsade qui avait toujours tendance à glisser de ses doigts maladroits. Ses gestes avaient quelque chose d'anguleux, de saccadé, comme si elle les projetait par la pensée pour obliger, par des réseaux annexes, ses tendons, ses muscles à exécuter le mieux possible ces mouvements apparemment sans importance mais qui pour elle étaient devenus essentiels — parce que sans importance. Elle n'était que trop consciente de la disproportion de cette tension par laquelle elle s'obligeait à se maintenir « en beauté », elle qui avant la chute ne prenait aucun soin de son apparence, se contentant d'exister par la vivacité de ses mouvements, leur justesse, l'impudeur de son jeune corps qu'elle laissait libre en toute circonstance dans une sorte d'oubli de son sexe. Si bien qu'avec David, lorsqu'ils s'étaient rencontrés à l'université, puis parlé dans l'avion qui les emportait vers l'Europe, ce fut avant tout la découverte de goûts semblables qui les attacha plutôt qu'une quelconque attirance sensuelle. Dans le chuintement fixe du long tube volant, ils avaient parlé de *Ruines ou Méditations sur les révolutions des empires* qu'elle avait ostensiblement posé sur la tablette devant elle. « Comment, vous aussi vous lisez Volney ? » Bien sûr, elle aussi ! Lire tout ce qu'il lit, ça faisait partie de son plan d'approche. Ils s'étaient amusés à ouvrir le volume au hasard et, dans des chuchotements pleins d'ironie à x pieds d'altitude, ils avaient lu ces sortes de phrases si européennes — ou, disons, si peu américaines : « Les temples sont tombés, les palais démolis, les ports comblés, les cités détruites et la terre dépouillée de ses habitants ne renferme que des sépulcres. » Puis ils avaient parlé de Virgile, de *La Tentation de saint Antoine* (la première version, bien sûr), et ils étaient passés à Ezra Pound tout naturellement. C'est alors que David avait dit ces vers qu'il connaissait par cœur :

> *Béatifiques esprits se joignant*
> *comme en un frêne en Ygdrasail*
> *Baucis Philémon*
> *Castalie est le nom de cette fontaine en le repli du mont*
> *la mer dessous,*
>   *mince plage.*

et il avait ajouté : « S'il fallait envoyer hors de notre galaxie, dans le plus petit volume possible, un témoignage de notre humanité, ce sont les *Cantos* que je placerais dans la fusée du souvenir. » Clare avait trouvé l'idée « magnifique, sublime ». Et dans l'ombre suspendue de cette carlingue de fer qui ressemblait à un affreux cinéma de quartier, ils s'étaient serrés avec la sensation merveilleuse de voler ensemble vers un avenir qui leur serait dorénavant commun. Et ce fut Naples, Pompéi, puis Venise où, se séparant du groupe des « lauréats », ils s'étaient évadés jusqu'à la tombe de Pound sur laquelle ils avaient fait le « serment naïf », racontera plus tard David à l'écrivain français, de devenir romanciers tous les deux et de s'entraider pour y réussir. Il fut décidé qu'ils rentreraient à Buffalo, loueraient une maison au bord du lac et commenceraient immédiatement leur « œuvre ».

Et voilà qu'à présent son nom était célèbre dans le monde entier. Son nom ! Celui de David, car je lui ai pris jusqu'à son nom, se disait-elle, je lui ai tout pris et ne lui ai rien donné. Et elle se souvenait de cette phrase de Platon : « Oh ! celui qui aime est béni par les dieux, beaucoup plus que celui qui est aimé. » Les dieux m'ont punie et je ne peux accepter ma punition. David, ne me lâche pas !

Avec l'engourdissement et la chute vers l'immobilité, un besoin forcené de coquetterie lui était venu. Elle avait commencé à prendre un soin dérisoire, combien dérisoire, elle le savait, à choisir ses robes, à se « faire belle ». Elle voulut se montrer. Elle aima se montrer. Être vue. Lire la surprise et l'admiration dans les regards. Se savoir attirante, désirée malgré (ou peut-être à cause de) la part devenue obscure de son corps comme cette princesse qu'un magicien avait transformée en statue de marbre noir depuis les pieds jusqu'aux hanches. Elle se fit appeler Siréna. Elle devint une sirène. Elle est une sirène, et derrière elle marche la splendeur. Oui, pensait-elle, je sais la splendeur de David, son visage aux belles lèvres pleines, ses yeux, ourlés de paupières bistres, obliques et doux sous la mèche qui sans cesse retombe. Il marche derrière moi, les mains posées sur le fauteuil, je le sens vertical au-dessus de moi et c'est un continuel réconfort. Je n'ai qu'à renverser la tête pour le voir à l'envers, comme un « jeune dieu allant contre le ciel ». Et je ne me lasse pas de découvrir dans les regards de ceux qui nous croisent un mélange d'étonnement, d'admiration, puis comme une subite tristesse — et même cette tristesse ne me déplaît pas.

Il venait d'entrer, sans bruit.

« Vous tombez merveilleusement bien ! »

Diamond alla jusqu'au lit et s'assit tout contre Siréna. Passant le bras sur les épaules décolletées de la jeune femme, il commença comme chaque jour à plaisanter :

« Je viens vous faire ma cour, à tous les deux. Réussirai-je aujourd'hui à séduire l'Ange, voilà ce que je me dis chaque fois que j'arrive devant votre porte. Acceptera-t-il, accepteront-ils ? Maintenant, tout est prêt pour vous recevoir. Vous serez parfaitement libres. Vous ne nous verrez que si vous le désirez. Les hexagones sont vastes. Abee les a calculés pour qu'ils laissent chacun indépendant. Plus de soucis pour vous, plus de questions matérielles, vous pourrez enfin écrire, l'un et l'autre, en paix. »

Il se tourna vers David et eut ce mot cruel :

« Missia s'occupera de Siréna, elle n'attend que ça. »

Il s'était saisi des mains de David et il semblait sur le point de s'affaisser sur les genoux. David ne retirait pas ses mains, il semblait penser à autre chose, le regard vague, un sourire sur son beau visage aux pommettes hautes et plates. Diamond pensa fugitivement à une jeune paysanne ou à ces filles prolétaires des grandes banlieues enfumées d'Irlande. Pourquoi l'Irlande ? se disait-il, c'est idiot. Il voyait les poignets aux os saillants, les grandes mains fortes qu'il serrait entre les siennes, et se précisait en lui le souvenir des mains de cette fille de ménage irlandaise, à Pretoria — dans la maison natale où il avait grandi avec Abee —, des mains de jeune garçon, larges, rougies par l'eau et le savon, quand, accroupie, elle lavait les dalles en serpentine de la galerie qui faisait en partie le tour de la maison. Tous les domestiques étaient noirs — c'était la loi. Par quel caprice du hasard cette fille de ménage irlandaise se trouvait-elle réduite à ces besognes d'esclave au pays de l'esclavage de couleur ? Il avait dit avec un petit rire gêné, tout en secouant les mains abandonnées entre les siennes :

« Tu as des mains de fille », et il sentit combien c'était absurde et faux puisque au contraire il pensait aux mains de garçon rougeaudes et un peu gonflées de cette domestique blanche qu'il n'avait jamais vue autrement qu'accroupie.

Son regard d'un bleu de verroterie glissait sur chaque objet, chaque détail de la chambre, s'attardant sur les photos épinglées aux murs, sur les livres, les feuilles manuscrites qui traînaient en désordre. Il pensait : Ils vivent là, tous les deux, et pas moyen d'introduire la lame d'un canif entre eux. Il dit :

« Vous êtes d'une obstination insupportable.

— Ah, bon ? » répondit Siréna en rapprochant les cils pour dévisager Diamond de près comme s'il se trouvait à une très grande distance d'elle.

Il dit encore :

« Combien de temps comptez-vous rester dans ce trou sans soleil ?

— Oh, pas bien longtemps, dit Siréna.

— Ah ? Pas bien longtemps ?

— Comment, vous ne le savez pas ? David ne vous a donc rien dit ? »

Et elle lança un regard vers le jeune homme qui observait deux chats au poil touffu en train de jouer parmi les groseilliers du *giardino*. Diamond tournait la tête, tantôt vers David, tantôt vers elle. Sur ses lèvres un sourire était resté, comme oublié, et Siréna voyait l'intérieur de sa bouche d'un bleu assez sombre — de ce même bleu luisant que chez les chiens chows-chows. Et elle pensa à Bill : « C'est le Diable, je t'assure. Vois combien Diavolo le déteste. » Elle dit :

« Nous hésitons entre Rapallo et carrément le Sud. Pour Rapallo il y a Pound, bien sûr, et surtout Vereker.

— C'est une blague ? fit Diamond en oubliant de refermer les lèvres, gardant toujours sur son visage ce faux sourire figé.

— Non, je vous assure, nous sommes sur le point de prendre une décision, n'est-ce pas, David ? »

David ne se retourna pas, s'obstinant à regarder le *giardino*. Il continuait à se balancer légèrement d'avant en arrière. Pourquoi ment-elle, s'énervait-il, pour quelle raison fait-elle monter les enchères ? Au fond d'elle il y a longtemps qu'elle s'y est décidée. Pris d'une subite colère, il pivota et lança en tordant la bouche :

« Ça aussi, ça peut se jouer, non ?

— Tout peut se jouer », dit le diamantaire visiblement soulagé — et même ravi.

David se balançait toujours sur ses longues jambes. La soie sombre de son gilet cintré brillait comme une cuirasse. Enfin, il dit sans les regarder — il semblait s'adresser aux chats dans le *giardino* :

« Jouez tant que vous voulez. Moi, je me retire de votre partie de cinglés. »

Il enfila son pardessus, enfonça jusqu'aux yeux sa casquette et sortit en claquant la porte derrière lui.

« Alors ? dit Diamond, les yeux brillants.

— Alors c'est oui, dit-elle. Mais laissez-moi le convaincre... bien qu'au fond de lui il soit convaincu.

— Vous dites qu'il est convaincu ou qu'on l'a convaincu ?

— Il s'est convaincu, si vous préférez. Mais jamais il ne voudra le reconnaître. » Elle se renversa sur le lit et ferma les yeux. « Diamond, je suis épuisée. »

Sa voix tremblait un peu et Diamond se réjouit de ce tremblement. Il pensa : Enfin ! Elle se rend ! Elle fit aller sa tête d'un côté à l'autre et se frotta le front de sa main longue et fine que le mal avait légèrement déformée.

« Je ne veux entraver personne », dit-elle au bout d'un moment.

Il posa la main sur les jambes mortes et dit :

« Tout est prêt pour vous recevoir.

— Encore quelques jours, le temps qu'il se fasse à l'idée. Qu'il croie y venir de lui-même. »

Diamond se retenait de respirer, il ne bougeait pas. Le piège fonctionne, se disait-il.

Et il s'en alla.

VI

Le soir même, au théâtre, tout le monde s'émerveillait, comme d'habitude, de les voir descendre lentement la travée centrale. Sous les regards qui ne pouvaient se détacher d'eux, David avait pris Siréna dans ses bras et l'avait posée sur un des fauteuils roses de la salle en stuc doré. Un placeur emporta la chaise roulante.

Siréna ressentait toujours à se montrer « dans le monde » ce même mélange d'humiliation et d'orgueil furieux. Elle jeta des regards obliques autour d'elle, tout en s'efforçant de rire à quelques mots chuchotés par David. Elle n'entendait pas ces mots. Savait-elle même pourquoi elle se trouvait là, dans cette foule bruissante ? Elle sentait, comme s'ils frappaient la peau de son visage, tous ces regards braqués sur elle et, pour ne pas rester offerte et passive à ces regards, elle se mit à s'éventer avec le programme puis, l'ouvrant au hasard, elle lut : *C'est aussi cette fureur énergumène qui l'attire : il a besoin de se mesurer au déchaînement vital du génie de l'œuvre...* Distraite par tous ces visages qu'elle reconnaissait maintenant un à un — bien que faisant toujours semblant de ne pas les avoir vus —, elle ne laissa pas son ironie habituelle s'amuser de cette phrase qu'en d'autres circonstances elle n'aurait pas manqué de lire à David. Elle remarqua à deux rangs devant, sur la droite, le couple français aperçu plusieurs jours de suite au restaurant du quai, appuya son regard sur eux, examina furtivement la salle, revint à la femme, puis au programme, cueillit encore des mots qui n'atteignirent toujours pas sa conscience... *route de braise et non de cendre... l'âme haute... turbulence divine... expérience souveraine de la sublimation... le feu sur nous... toute cette montée d'aube rougissante et cette part en nous divine qui fut notre part de ténèbres...* Elle se répéta en fermant les yeux : *qui fut notre part de ténèbres.*

Eleinad et l'écrivain français étaient arrivés un peu à l'avance ; la salle se remplissait doucement. Certains interprètes exceptionnels attirent un public exceptionnel. Ce soir-là, on pourrait dire que chaque visage était singulier. Il semble que sur le nom du vieux pianiste une sélection s'était faite d'elle-même et que l'exigence de ce merveilleux musicien avait rassemblé tous les artistes de la ville. On se saluait joyeusement de travée en travée ; des jeunes gens se levaient, allaient en embrasser d'autres ; une atmosphère de joie juvénile remplissait la salle aux stucs rose et or — jusque tout en haut des loges. À un moment, Eleinad et l'écrivain français entendirent une voix familière. Ils se retournèrent à demi : le journaliste américain venait de s'asseoir derrière eux. Il était encore accompagné de l'orfèvre.

« Ah, voilà Siréna qui se fait avancer par son bel esclave », dit l'Américain. Il s'était tu un moment, l'écrivain sentait qu'il suivait la lente descente du couple par la travée centrale. Enfin, il ajouta, sarcastique : « La splendeur ! » L'orfèvre lui fit remarquer qu'il parlait peut-être un peu trop fort. Mais il continuait : « Ah, il la soulève dans ses bras pour la faire passer de sa chaise roulante à l'un de ces ravissants fauteuils roses ! Voi-là ! Il donne un pourboire au garçon de salle qui emporte la chaise. Voi-là ! Il s'assied près d'elle, il lui baise la main. Croyez-moi, ils se savent regardés. Avouez, mon vieux, qu'il n'existe pas de couple plus resplendissant, plus délicieux ! D'ailleurs, il semble que personne ne se prive de les admirer. » L'orfèvre prononça quelques mots que l'écrivain n'entendit pas. « Que vous êtes méchant ! » dit l'Américain, ravi. L'orfèvre parlait très vite et prononça à plusieurs reprises : Diamond, Diamond, Diamond. « Allons, mon vieux, ne vous excitez pas, nous irons ensemble, je vous le promets, et vous la verrez, sa fameuse collection ! » Il bâilla fort et se mit à feuilleter à grand bruit le programme. « Quatre-vingt-deux ans ! Wohw ! Comment peut-il exister un pianiste de quatre-vingt-deux ans ?

— Ça vous étonne ?

— L'arthrite et tout ça. Je vais écrire mon petit billet hebdomadaire sur ce thème : De vieux os de quatre-vingt-deux ans exécutent l'*Appassionata*, etc. Marrant, non ? Ah, tiens, le voilà votre Diamond et ses deux ombres : l'une noire, l'autre blanche. Vous voyez ce grand type, c'est son demi-frère. Une histoire de famille assez romanesque, ma foi ! De quoi en tirer un feuilleton de six cents pages. Ça se passe en Afrique du Sud, à Pretoria, dans une des plus riches familles de diamantaires. À la suite de je ne sais quel décès ou de quel remariage, Diamond et Abee, le barbu que vous voyez en train de dénouer son écharpe blanche, eh bien, comme dans les sempiternels romans anglo-saxons, se retrouvent demi-frères. Bref, l'un est demi-sang indien, l'autre pur afrikander. Ils grandissent ensemble et entre eux grandit quelque chose de tout à fait normal, n'est-ce pas, entre jeunes gens, mais que là-bas... Tiens, Diamond les a vus ! Il se lève. Regardez ! Voyez comme il serre les deux mains de Dav et ne les lâche plus. Il en est positivement fou ! La salle entière les regarde. Pauvre, pauvre Diable amoureux ! Croyez-moi, il donnerait tout ce qu'il possède pour... (L'écrivain français d'origine étrangère ne bougeait pas, écoutant avec une intense curiosité.) Puis il y eut entre eux cette femme noire qu'Abee a épousée, m'a-t-on dit, et qu'ils ont fait sortir de là-bas... Ah, voilà le peintre et sa femme ! Celui-là, Diamond l'a sorti aussi, mais de Hongrie. On raconte ça.

— Je connais fort bien les détails de cette histoire, dit l'orfèvre. Diamond était à New York, il avait vu dans le bureau d'un de mes amis qui se trouve être le principal courtier du Diamond Dealers Club à travailler avec les pays de l'Est, il avait vu un tableau étrange. Sur le moment, il n'y avait pas fait spécialement attention mais quelques jours plus tard, alors qu'il était revenu sur Isola Piccola, voilà qu'il s'aperçoit que le souvenir de ce tableau le poursuit, il ne peut plus s'en défaire, il s'en obsède au point de retourner à New York. Mon ami le courtier lui dit l'avoir acheté à Budapest à des trafiquants, et c'est comme ça que Diamond apprend que le peintre est enfermé. Bref, deux jours après, il volait vers Budapest et, grâce au lobby des diamantaires, il réussissait à faire libérer le type et à le sortir de Hongrie avec sa femme.

— Très nunuche, mon vieux, votre histoire. Vous autres Italiens, vous êtes de grands sentimentaux. En ce moment, les pays de l'Est, c'est moins payant, figurez-vous, dans nos journaux. Ce qui marche, c'est... »

Leurs voix furent brusquement couvertes par les applaudissements. Un petit homme ressemblant à un grillon, bombant le torse dans un frac à queue de pie, venait de pénétrer d'un pas pressé sur la scène immense. Trois brèves inclinations et il s'était vite réfugié sur le tabouret à l'ombre du piano devenu soudain énorme, béant comme la gueule d'un grand poisson aux fanons d'acier. Profitant des dernières lueurs, l'écrivain français ramassa d'un rapide regard glissé le plus de visages possible autour de lui dans la salle. Et dès que sonnèrent les premières mesures, il commença à trier mentalement toutes ces faces blanchâtres qui continuaient à flotter sous ses paupières clignées, rejetant celles qui ne l'intéressaient pas et fixant, redessinant mentalement celles qui, dans le relâchement que lui procurait la musique, prenaient une vie spectrale. Sans trop de difficulté il isola Siréna et David puis, de l'autre côté de la travée centrale, Diamond, avec, près de lui, une grande femme noire et un homme barbu. Un peu plus loin, à l'écart, un homme très pâle dont le front haut faisait une tache lumineuse — comme si ce beau front maladif et intelligent irradiait. Assise près de lui, une jeune femme d'aspect délicat, aux cheveux coupés court, se tenait un peu de biais.

À un moment, décroisant les genoux, l'Américain donna un coup dans le dossier du fauteuil de l'écrivain, qui pensa : Il l'a fait exprès. Et à partir de ce coup il lui fut impossible d'entendre la musique. Il percevait trop fortement cette présence lourde et bavarde — bien que muette maintenant — à quelques centimètres de son dos. Des ondes de connivence passaient : Il m'a remarqué au restaurant, il sait que je l'écoute ; non seulement il sait que je l'écoute, mais il parle pour moi. L'idée lui parut du plus haut comique. Il a senti ta curiosité, il a deviné pourquoi toi et Eleinad restiez silencieux, aux aguets, chaque jour à la terrasse du restaurant. Il voyait le petit homme si digne sur son tabouret, avec, dans le dos, tombant droite comme une paire d'élytres, la queue de pie, il voyait ses mains souples et à la fois d'une extrême réserve dans le jeu, ces vieilles mains dont s'était moqué l'Américain. Et son œil glissait douce-ment sur la salle et il était saisi d'une émotion paisible, suspendue, douce et mortelle au spectacle de tous ces visages qui semblaient pétris dans de la mie de pain. La main d'Eleinad était dans la sienne, il la porta à ses lèvres et en huma le parfum sucré et chaud; les longs doigts souples, vivants, pressèrent les siens et, ne faisant plus aucun effort pour saisir la musique, l'écrivain se laissa aller au bercement des longues coulées du piano.

Puis de nouveau le journaliste américain remua derrière lui. Tournant légèrement la tête, il le surprit qui désignait à l'orfèvre le peintre hongrois et sa femme. Que se passait-il? Le peintre se penchait et paraissait agité. Il posa ses mains ouvertes en entier sur son visage, et il resta ainsi, immobile, face à la musique. L'écrivain ne pouvait plus détourner son regard de ces deux taches blanches bizarrement emmêlées qui maintenant se tenaient parfaitement immobiles, et il se mit à imaginer le peintre et sa femme sur l'île, possédés par Diamond, coupés de tout, victimes de la générosité diabolique du mécène. Il lui semblait entendre la jeune femme dire à Dia-mond : « Il faut laisser libre Carel, je vous assure, ne le retenez pas. » Et Diamond répondre en écarquillant ses yeux d'agate bleue : « Mais voyons, Douchka, vous savez bien qu'ils l'enfermeront de nouveau. Non, croyez-moi, il doit rester sur Isola Piccola. »

Soudain l'écrivain surprit dans les yeux de la femme du peintre une brusque panique. Mon Dieu, pourquoi ce type nous regarde-t-il comme ça? Voilà ce qu'il lut sur elle. Elle attira le visage du peintre contre sa bouche et prononça quelques mots. Et l'écrivain sentit, plus qu'il ne vit — car il n'osait plus regarder franchement dans leur direction —, il sentit que le grand front pâle venait de se tourner vers lui. Gêné, il tenta de se concentrer sur la musique, mais les sons lui échappaient, se dispersaient dans la vaste salle obscure où, lui semblait-il, des milliers de pensées à la dérive se croisaient au-dessus des visages blanchâtres ; et toutes ces pensées bruissaient en lui.

Siréna pense : Ah, que vais-je devenir ?

David pense : Dois-je dire oui à Clare ?

Diamond pense : Elle a accepté, elle a accepté !

Abee pense : J'ajouterai deux troncatures sur la face ouest de la structure.

Missia pense : Elle a accepté parce que je la tiens sous influence.

Le journaliste américain pense : À la sortie, tout à l'heure, tu dois t'arranger pour te trouver comme par hasard près de Diamond. S'il consent à faire quelques pas avec toi, rien ne sera plus facile que de le taper de... de carrément mille dollars. Oui, tant que ça, Diamond, et je vide le plancher.

L'orfèvre pense : S'il m'introduit sur l'île et si Diamond consent à me faire voir sa collection... Pourquoi ce type devant nous se tourne-t-il sans arrêt de tous les côtés ? N'était-ce pas lui au restaurant déjà ?

Douchka pense : Combien de temps ce serpent resta-t-il dans l'atelier ? Deux petites heures, et pendant ces deux petites heures il osa employer le mot « amour ». Peut-être même se risqua-t-il à employer le mot « passion ». Nous l'avons cru... presque. Nous l'avons plaint. Nous l'avons écouté.

Carel pense : Nulle part de liberté ! Ah, j'étouffe ! Ne me séparez pas d'elle ! En quelle langue prononcer de tels mots ? Je ne la mérite pas. Pourquoi le critique m'a-t-il désigné, si ce n'est pour qu'ils m'arrachent à elle ? Douchka ! Douchka !

Siréna pense : Qui écoute à un concert ? Sûrement pas moi. Ni David. Ni Diamond, qui ne cesse de fixer David... comme Bill, d'ailleurs. Et ce couple devant Bill. On dit qu'il est écrivain. Bill prétend qu'il vient chaque jour au restaurant du quai pour pomper ses bavardages. Il n'y a qu'un journaliste pour penser qu'un écrivain... Quel âge peut-elle avoir ? Quarante ? Quarante-cinq ? Ses yeux sont chauds, veloutés. À quoi pense-t-elle ? Elle semble concentrée sur la musique et pourtant voilà trois fois que nos regards se sont... Tiens, Diamond vient de faire un petit signe à David, et près de moi je l'ai senti se raidir. David, je te garde à moi à moi !

Eleinad pense : Que cette musique est triste triste ! Triste et calme comme si un grand cheval noir, avec des plumes noires sur le front, dansait presque sur place en cadence ralentie. Le grand cheval nocturne fait trembler en cadence son panache noir sur la salle, il ploie son beau col luisant en arc noir, doucement doucement, et sa peau tressaille par plaques et le cheval écarte les naseaux en exorbitant son œil aussi brillant qu'un œil de nègre. Je ferme les yeux. Il lève haut les pattes, en cadence, un sabot puis l'autre. Voilà qu'il sautille et le souple panache frémit au-dessus du beau front noir en losange. J'entrouvre les yeux. Deux taches pâles réfléchies par le couvercle incliné semblent chevaucher côte à côte. Le cheval noir se cabre et part, d'un rapide galop. Les mains du petit homme sont claires, elles laissent une traînée de clarté parmi les reflets du couvercle. Et je vois une jument au pelage presque rose. Le cheval noir la rejoint. Voilà qu'ils se côtoient dans un galop aérien, frivole, si libre et joyeux.

Siréna pense : Encore les beaux yeux chauds. Je souris. Oh, à peine, une ombre de sourire. Elle m'a répondu puis elle a tourné la tête vers l'écrivain français qui vient de lui prendre la main et l'a portée à ses lèvres. Il garde un moment cette main blanche devant sa bouche, et elle, elle penche son visage de clarté vers lui.

Eleinad pense : J'ai faim. Après le concert nous irons...

Siréna pense : S'il est écrivain comme le prétend Bill, il doit construire dans sa tête... De sa longue main blanche, elle a frôlé sa joue et s'est penchée vers lui. Il m'a regardée brièvement et, tourné vers elle, il a chuchoté quelques mots. Puis il a enfoncé rapidement son visage dans les cheveux fauves de la femme. Et il est resté ainsi sans bouger à la respirer je suppose. Elle, elle regarde la scène où le petit homme continue à... Comme c'est étrange, là-bas, Douchka vient de poser elle aussi sa main... non, pas sur la joue, sur les yeux de Carel. C'est effrayant, il reste droit et elle laisse sa main comme un écran sur le visage... Ah, je ne peux pas voir ça !... le visage de ce fou. L'est-il plus que moi, que David, que tous ceux qui sont là ? Plus jamais chevaucher flanc contre flanc, avec toi, mon David. Plus jamais courir ! Tu es une infirme.

Diamond pense : David !

L'écrivain français pense : Eleinad, ma chérie !

Abee pense : Trois troncatures sur la face est et le cristal commencera à se développer de lui-même.

Missia pense : Elle riait, elle riait. Je me fâchais : À Mossel Bay, à Port Nolloth, avec ces mots dont tu te moques, j'ai rendu la vie. Fais-moi confiance, laisse-toi aller, détends-toi. Mais le fou rire jaillissait d'elle. Je la menaçais du doigt mais son joli rire était si frais, si contagieux que je finissais toujours par rire moi aussi. Je tombais près d'elle sur le lit en m'essuyant les yeux avec l'ourlet de ma robe. Puis je la soulevais dans mes bras et je me mettais à tourner lentement lentement à travers la chambre.

Carel pense : Chaque note de cette musique frappe directement mes nerfs. Elle a posé sa main sur mes yeux et m'a dit : Calme-toi. Comme s'il était question de calme ! Cette musique est un vitriol. Elle a posé sa main sur mes yeux et je suis là, derrière sa main, à fouiller toutes ces images qui arrivent sur moi de tous côtés. Chaque note apporte et remporte un fragment. Il est là, effondré dans le fauteuil de l'atelier. Il fixe Douchka puis il me fixe moi. Aussitôt nous avons su, aussitôt nous fûmes sur nos gardes. L'homme d'appareil allait se déboutonner. Élevant son verre d'alcool comme un calice, il avait commencé : « De nous tous, Carel, vous êtes le seul à être cohérent. » Cohérent ! Combien ont été perdus pour ce mot ! Par cohérent, il entendait : passionnément amoureux. Même le silence, surtout le silence ne disait-il pas ma passion amoureuse ? Et il avait ajouté : « À Budapest, soyez incohérents, tant que vous voulez, vivez bien à fond la contradiction socialiste, soyez conscients de votre veulerie. » Il avait levé son verre : « À la veulerie d'État. À ma veulerie. » Douchka regardait ce type avec effroi. Et je m'étais dit : Chaque bassesse qui sort de sa bouche nous condamne. Pour tuer ce qu'il savait entre elle et moi, il devait commencer par se détruire, lui, devant nous.

Douchka pense : Je déteste cette musique. Elle est aussi indécente qu'un sanglot. Réunit-on des gens dans une salle pour sangloter sans fin comme ça devant eux ? Personne ne m'obligera ! Personne ne m'a jamais obligée ! Même eux, là-bas, n'ont pas réussi à m'obliger ! Allons, Douchka, avait-il dit, oubliez-le et je vous promets de m'arranger pour le faire libérer. Oui, c'était ce qu'il y avait entre toi et moi qu'il voulait saccager. Jamais nous n'aurions dû ce jour-là le faire monter dans l'atelier. Ah, cette musique va me rendre folle ! Et Carel, au lieu de le jeter à la porte, lui qui peut être si intransigeant, si sarcastique, pourquoi ne l'interrompait-il pas ? Ne vois-tu pas, mon amour, que chaque parole de ce « camarade » nous rapproche du désastre ? Voilà ce que mes yeux effrayés cherchaient à dire. Mais Carel ne bougeait pas, comme fasciné par un reptile. À vrai dire, c'est lui qui était en train de fasciner l'autre, oui, le regard de Carel obligeait le critique à parler, parler, à se noyer dans les mots. Et à mesure qu'il s'enfonçait, je le voyais se défaire ; les signes de sa puissance sociale se disloquaient sous le regard doux et un peu trop fixe de Carel. J'avais envie de crier : Arrêtez ! Mais l'irrémédiable venait de se produire : le critique n'était-il pas en train d'avouer, là, dans notre pauvre atelier, que s'il y avait un homme malheureux dans cette maudite Budapest c'était lui ? Pourquoi venir nous dire ça à nous qu'il ne connaissait pas ? Il se met à pleurer de vraies larmes. Il nous parle de cette femme, Vera, qui venait de le lâcher. Comment ne pas compatir ? Mais voilà qu'il semble reprendre conscience. Il se passe la main sur le front et je vois à ses yeux, derrière ce qui reste de larmes, qu'il ne nous pardonnera jamais son émotion. Une petite flamme meurtrière tremblotait pendant que résonnaient encore dans l'atelier ses mots. Mon Dieu, il pense déjà à se venger. En effet, la vengeance ne tarda pas. Quelques jours plus tard, il rédigeait la lettre. Cette lettre donnait la permission aux « camarades ». Elle donnait le signal... L'atelier dévasté, Carel enfermé... Et moi... et moi ne pouvant plus faire un pas sans qu'il soit là, à me suivre partout : « Douchka, oubliez-le et il est libre. »

Tout en observant avec une véritable ivresse amoureuse David et Siréna immobiles l'un contre l'autre, Diamond pense : Leurs deux profils comme sculptés dans du lait, superposés dans l'espace avec juste ce décalage artistique, ce tremblé de la lumière qui fait penser à une peinture hâtivement exécutée avec plus de médium que de couleur sur un fond de stuc et de velours cramoisi. Il se dit : L'œuvre est en marche. Nous allons réunir l'Architecture à l'Être, indissolublement. Son esprit va des uns aux autres, puise dans le parterre silencieux, fait surgir des visages jeunes et beaux qu'il isole et mêle. Oui, nous allons vous fondre dans le Grand Cristal ! Et une chaleur lourde commence à battre en lui tandis que là-bas, sur la scène, les mains immatérielles du petit homme semblent ne plus toucher le clavier. Et Diamond ferme intensément les yeux.

VII

L'écrivain français se pencha vers sa femme. Il ressentait un plaisir d'une si chaude sensualité à se trouver là, avec elle, dans cette salle où se tenaient immobiles tant de gens; l'univers entier rassemblé dans la pénombre, sous cette voûte étoilée de stucs dorés. Au loin sur la scène, il voyait deux petites taches blanchâtres — ainsi que leur reflet brouillé au revers du couvercle entrouvert du piano — et ces taches floues semblaient bouger « hors de la musique » pendant qu'au-dessus le front pâle du vieux musicien scandait comme si ce n'était pas la machine de bois laqué et les mains sur les touches de cette machine qui produisaient les sons mais le beau front vulnérable, intelligent, lumineux. Derrière l'écrivain, le journaliste venait de changer de position; encore une fois il avait heurté le dossier du fauteuil; l'écrivain n'avait pu s'empêcher de se retourner à demi vers la grande forme en veston blanc si désagréablement proche.

Il ramena son regard dans l'ombre, sous lui, et il vit les genoux de sa femme qui brillaient l'un près de l'autre; la robe avait un peu glissé vers le creux de son ventre, découvrant l'arrondi de la jambe, et en même temps il ne pouvait s'empêcher de chercher autour de lui dans la grande salle creuse les différentes présences qui l'occupaient, tout en ressentant mais plus au fond, comme ensevelie, quelque part au centre de son corps, cette souffrance morale de l'écrivain inactif qui depuis quelques semaines ne le quittait à aucun moment. Il se sentait divisé entre cette douleur morale, la musique, les images qu'il percevait proches ou plus lointaines. Et cette division en zones, en niveaux, en strates de conscience, en sensations contradictoires, accusait son sentiment de perdition. Il était englouti. Il croyait avoir laissé l'autre lui hors de cette salle, son second lui qu'il traîne partout et qu'il tente par tous les moyens de semer. Il s'était cru un moment (comme tout à l'heure dans la chambre traversée par les derniers rayons du couchant), il s'était senti en sûreté dans cette salle refermée. Et — tout en palpant le genou de sa femme —, dans cette sorte d'ivresse de culpabilité qui le brûle chaque fois qu'il songe à cet autre lui qui exige et attend que soit transmuée la vie en écriture, il ne cessait de tourner son regard vers le rang où s'étaient assis, dans une immobilité spectrale, l'architecte, Diamond, la femme noire, plus loin le peintre hongrois et sa femme, et là-bas un peu à droite David et Siréna. Et de nouveau le traversa l'insupportable sensation. Sensation de perdre l'équilibre comme s'il venait d'absorber une drogue ou un poison. Il lui semblait flotter, immatériel, vidé de son sang, et il palpait désespérément le genou de sa femme avec la certitude que ça y est, il va glisser à terre entre les fauteuils de velours rose et que le martèlement du piano, qui maintenant s'accélérait, finirait par tasser son cadavre aux pieds de cette foule en hypnose. Et se tournant imperceptiblement vers Eleinad, près de lui, il murmure en lui-même, tout en l'observant entre ses cils baissés : Sans sa réalité, sans elle qui vit intensément au point de me remplir, je sais

78

que j'irais au fond... j'y retournerais, car où me trouvais-je avant elle ? Délice d'être avec toi, mon amour, étonnement du flux de mon sang qui se précipite soudain de te savoir là, près de moi, inchangée, surprenante par ta beauté particulière, la singularité de ton esprit, ton intelligence, ton âme.

Et, comme l'homme à demi noyé qui d'un sursaut s'accrocherait des ongles au ciment d'une digue, il suscita, il ressuscita en lui cette chose aiguë encore si vivace dans le réseau de ses nerfs, cet aiguillon déposé en lui par le plaisir dont les spasmes n'ont pas fini de remuer sa chair. Il hume la main blanche tout en palpant un peu à l'aveuglette le genou lisse et rond. Il murmure encore pour lui : Est-ce possible ? Il est étendu sur le lit pendant qu'elle se prépare pour le concert. Dans la grande rumeur des bateaux, il est là, accoudé parmi les coussins en désordre. Un dernier rayon de soleil le touche entre les yeux et cette lumière rougie par un couchant somptueux nimbe sa femme, debout devant la glace de l'armoire à la Brassaï. Mon corps entier était (comme en ce moment de nouveau de nouveau) tendu vers ta beauté trouble, pensait l'écrivain en respirant le parfum sexuel de fleur de cette main de femme qu'il garde toujours contre sa bouche, et elle savait, se disait-il, elle savait combien fou était mon désir d'elle. Il ferma les yeux, abandonnant son esprit à la musique pendant que s'enchaînaient de lentes images : elle essaie une robe... une autre... change de bas... change d'escarpins... demande si elle lui plaît comme ça... comme ça... s'habille-t-elle comme ça ou comme ça pour le concert ?... ses jambes sont grises avec escarpins de daim vert... ses jambes sont blanches... puis noires avec escarpins de vernis noir... elle se tourne... se tourne... rieuse, espiègle, allumée comme moi, se disait-il encore, par le jeu de se vouloir désirée, et par la plénitude de plaire. J'étais sur le *letto*, immobile dans une flaque de *sole*, disant « viens » mais ne bougeant pas — bien qu'il m'eût suffi de tendre la main pour te faire tomber près de moi. Et elle fut dans ses bras. Et lentement il commença à toucher de ses lèvres chaque parcelle de ce corps merveilleux qu'à mesure il dévoilait. Puis elle fut à demi nue dans sa splendeur échevelée, renversée en travers du lit, et il tira les rideaux, les engloutissant tous les deux dans le mystère de sa beauté entr'aperçue, bouleversé par le clair et le sombre, absorbant sa beauté par les yeux, oui, la buvant par les yeux, mon amour, toi, toi, ma beauté aux grandes paupières closes, te touchant presque puis te touchant de partout, posant mes lèvres mes mains mon corps entier contre le tien, allant lentement vers le cœur de ma vie, vers ce point exact de la sensation nue... Applaudissements. Le petit homme s'inclinait. Tout le monde s'était levé. Battements des mains, irréguliers comme un envol d'oiseaux libres.

Puis le théâtre s'était lentement vidé et, dans la salle dont les lumières déclinaient, David et Siréna étaient restés seuls, immobiles et silencieux. Au fond de cet espace vidé où flottait encore la présence des « âmes » mêlées de la foule, Siréna avait d'un coup ressenti leur solitude avec une netteté glacée. Ah, je suis morte, s'était-elle dit, et elle abaissa ses paupières fardées et laissa aller sa tête en arrière alors que David la soulevait pour la déposer sur la chaise. Par ce geste familier, si déplacé ici, elle les avait *vus*, elle et lui, de l'extérieur, bannis, rejetés à la périphérie du monde des hommes. Sous cette voûte de stuc que l'ombre rendait trouble et lointaine, elle les *voyait* — elle et David — comme une concrétion informe de chairs, de chiffons, qui tenterait de remuer au fond d'une grotte submergée qu'encombreraient des fauteuils capitonnés. La fête a eu lieu, les spectateurs se sont retirés, et eux, seuls, abandonnés sous le grand lustre éteint, devaient se remettre en mouvement, reprendre la lutte. « Oh, non, je ne peux plus », avait-elle murmuré. Et allongeant le bras au-dessus d'elle, elle avait caressé la joue de David en renversant la tête en arrière, lui souriant d'un air navré.

Remontant sans se presser l'allée déserte où traînaient des programmes jetés, David roulait maintenant Siréna vers la sortie. Tendrement il avait posé sur les épaules de la jeune femme le manteau de fourrure qu'il venait de retirer du vestiaire (manteau qu'elle avait acheté à Buffalo avec ses premiers droits d'auteur). Le foyer du théâtre était vide, seuls les garçons de salle se tenaient — régulièrement doublés par les miroirs — debout devant les loges délaissées d'où émanait encore une odeur sauvage, charnelle. Et pendant que David la faisait glisser en silence par le couloir circulaire, Siréna — qui voyait David et se voyait passants immobiles dans le mur de glace — prenait conscience par l'effrayante solitude de ce lieu d'apparat, où même la solitude se trouvait doublée par les miroirs, qu'il n'était plus question pour elle, pour eux deux, de continuer. Et elle pensa à Missia, à Douchka, au peintre, elle souhaita un lieu retiré où tout serait facile et où surtout ses empêchements, ses incapacités seraient, disons, dilués dans le nombre. Elle pensa : Il est urgent que nous quittions cette ville. Et elle désira l'île.

Ils débouchèrent tous les deux sous le fronton du théâtre, découvrant, en contrebas sur la petite place envahie de brouillard, Diamond et sa suite. Tous ces visages étaient levés vers eux et leur souriaient. Et, comme à New York, chez Bill, mais ce soir du haut de ces marches pompeuses, Siréna ne voyait que le masque luisant et noir levé vers elle, le sombre, le large visage de Missia. Et de nouveau elle ressentit ce besoin de protection, d'abandon. Elle voyait son sourire de négresse comme un fragment de coquillage en plein midi brusquement découvert par l'échancrure d'un cuir noir, elle voyait le cercle blanc de l'œil sertissant une pupille d'un noir rougeâtre, elle savait d'avance l'odeur de fleur et d'humus de la femme noire, et elle désira le contact de ses mains sur elle, ces mains rassurantes et fortes — et surtout, oh surtout, entendre de nouveau la voix rauque ! Être enlevée dans ces larges bras de femme, vivre une seconde fois cette promesse de guérison, se perdre dans cette profusion de chair épaisse, profonde comme la terre.

Mais au moment où David allait la soulever, Diamond se précipita vers eux avec des gestes exagérés, presque insultants, pour empoigner la chaise et aider David à faire voler Siréna par-dessus le grand escalier. Par cet empressement outré, n'est-ce pas toi, mon pauvre David, que Diamond veut atteindre ? Par cette souplesse, par cette aisance à grimper les marches à notre rencontre, n'est-ce pas souligner encore une fois combien est lourd ce poids mort auquel ta candeur et peut-être ton orgueil t'ont enchaîné ? Et pendant qu'elle glissait dans les airs, entre les deux hommes qui la portaient, elle vit sur le visage du peintre... Que vit-elle ? Elle n'aurait pu dire quoi exactement. Une sorte de lumière... ou plutôt une phosphorescence. Elle fut frappée par la *beauté de sa folie :* une expression de faiblesse étonnée, de violence, de crainte et de tourments, comme si l'homme qui se trouvait mêlé au groupe souriant et attentif subissait au moment même un impossible supplice. Il semblait en extase, les yeux dilatés, et, oubliant son infirmité, elle ressentit en elle un mouvement vers... Mais déjà David et Diamond la déposaient comme une offrande, pensa-t-elle, devant

Missia qui tendait ses mains aux paumes claires. Un fin brouillard traînait au ras du sol et il sembla à Siréna qu'on l'enfonçait dans cette poudreuse humidité. Tandis qu'eux tous marchaient hauts et droits, elle, sur la chaise que Missia poussait maintenant, glissait entièrement ensevelie, le visage renversé en arrière. Penchée sur elle, Missia la recouvrait de son profond regard :

« Alors c'est vrai ? Tu viens ?

— Oui, murmura Siréna.

— Tu vois, je ne t'ai pas lâchée.

— Je sais.

— Je te garde sous influence.

— Oui, je sais, Missia, je sais. »

Un peu en avant, Diamond tenait David par le bras. Il s'arrêtait sous chaque lampadaire et le regardait de près comme s'il ne pouvait se rassasier de sa beauté. David jetait de brefs coups d'œil derrière lui sur le groupe que la brume effaçait un peu. Elles semblent si exaltées de se revoir, se disait-il, et il continuait d'avancer, tenu par Diamond, sans même entendre le débit saccadé de sa parole qui lui parvenait comme décalée, assourdie par l'impression d'irréalité de cette ville qui doucement s'enfonçait dans la brume. Enfin il s'entendit prononcer :

« Ce sera comme elle voudra.

— Quand ? Maintenant ? Ce soir ? avait dit Diamond. Tout est prêt pour vous recevoir.

— Ah, laisse-moi, Diamond, c'est à elle de décider !

— Alors nous vous emmenons tout de suite. » Diamond attendit que Missia et Siréna les rejoignent. « Vous avez entendu ce qu'a dit David ? Il s'en remet à Siréna. »

Le groupe s'était arrêté au coin d'une petite place qui donnait sur le quai. La vedette était là, Siréna n'avait qu'une parole à prononcer. Tous l'entouraient, verticaux dans la brume.

« Allons », dit Missia en posant la main sur son épaule.

Brusquement, Siréna eut peur.

« Non, pas une deuxième fois comme ça. »

Et elle revit Missia s'avançant comme l'ange obscur d'une annonciation dont le lys aurait été remplacé par une fleur de sang. Elle eut cette phrase qui mit tout le monde mal à l'aise :

« Cette fois je n'espère plus guérir. »

Elle fit signe à David, qui la poussa doucement le long de l'impasse conduisant à leur *pianoterra*.

VIII

« Isola Piccola, dit Abee au pilote.

— Yes, sir. »

Et la vedette, dans un grand bruit de moteur, se détacha du quai.

Scier le minerai dans le fil des craquelures puis décider exactement des facettes, les établir et enfin les polir longuement. Et peut-être alors, après tant de tension et de travail, découvrir une maudite soie qui fera perdre les trois quarts de sa valeur à la pierre, pensait Abee debout près du pilote. La vedette suivait exactement les courbes de la passe et chaque repère s'inscrivait et s'effaçait comme une goutte de verre en fusion sur le voyant du radar.

Dans le rouf, derrière, avaient pris place Diamond, Missia et les Hongrois. Mais Abee se tenait dehors dans la brume, tête nue, massif, très grand. Sa barbe striée de fils blancs recueillait l'humidité, ce qui la rendait riche du brillant irisé d'une infinité de gouttelettes. Par moments il faisait signe au pilote, et la vedette évitait une nappe d'ordures qui venait de surgir du brouillard.

Pendant le concert, Abee avait fixé intensément les mains du vieux pianiste, trouvant au spectacle de leurs mouvements mécaniques une jouissance pure.

Les sons lui apportaient bien l'écho vague d'une nostalgie, mais cette sorte d'attendrissement l'agaçait. Ce qu'Abee demande à la musique c'est le dessin d'une structure, un dessin réel, palpable. La production des sons impose des rythmes de déplacement dans l'espace, des croisements de lignes dont le calcul peut mener à l'extase absolue. N'avait-il pas découvert que l'archet d'un violoniste exécutant le *Concerto n° 2* de Bartok décrivait des séries de traits dans l'espace dont la synthèse offrait la plus parfaite structure géométrique sur laquelle s'appuyer pour la taille d'un rubis ? Il avait pris le risque inouï de faire tailler un sang-de-pigeon de vingt carats sur ce concerto. Le résultat avait stupéfié les connaisseurs et rendu Abee célèbre dans le milieu.

Ce qu'a fait ce vieux type tout à l'heure — pensait-il en essayant de voir au-delà des nappes de brouillard qui filaient des deux côtés de la vedette — devrait donner un résultat surprenant pour un saphir couleur de nuit. Et il revoyait les courbes nettes exécutées par la main gauche, pendant que la droite, avec intuition, intelligence, traversait sur des points rigoureusement exacts la trajectoire en spirale.

Il prononça à haute voix :

« Pourquoi pas un saphir bleu de nuit né de l'*Appassionata*, hein, qu'est-ce que tu en penses ?

— Yes, sir, fit le pilote sans détourner les yeux de l'écran du radar.

— Si le vieux acceptait, ce serait tentant de filmer le travail de ses mains puis d'en dégager l'épure, non ?

— Yes, sir », fit encore le pilote.

Sur l'écran du radar se dessinaient à un rythme plus rapide les signaux de balisage. Un mince trait lumineux tournait d'un bord à l'autre de la surface bombée du voyant, semblait s'en échapper, revenait, repartait, laissant derrière lui dans l'espace délimité par les graduations de la mire le spectre fluorescent des repères qui jalonnaient le parcours au travers du delta. Abee dit au pilote :

« Attention, encore deux signaux et tu y es.

— Yes, sir.

— Voilà, tu peux y aller, mon vieux.

— Yes, sir. »

La vedette vira, quittant le chenal principal.

« Doucement, nous y sommes presque. »

Peu à peu, sur l'écran se précisait à chaque balayage le fantôme phosphorescent de la structure.

« Hé, ne vois-tu pas ? Ralentis, bon Dieu !

— Yes, sir.

— Tu sais bien que la jetée ne dessine pas de spectre là-dessus !

— Yes, sir », continuait le pilote de sa voix indifférente.

Ses yeux étaient mi-clos, pareils à deux lames. Il ramena à lui la manette de vitesse. Le régime du moteur changea et l'étrave retomba un peu. Maintenant la vedette glissait sur son erre, à l'intérieur d'un cocon de brume aussi dense que du verre dépoli. Abee saisit la barre et fit signe au pilote d'aller à l'avant avec la gaffe. C'était à peine si on devinait le demi-cercle des marches de marbre verdi par la pourriture du delta.

Le bateau accosta doucement.

Aussitôt le moteur coupé, on entendit la plainte lugubre des trompes de brume. Vers l'est, une cloche tintait régulièrement. Tout à coup un vaste halo incandescent jaillit au bout de l'arc de la jetée. Les domestiques venaient d'éclairer la structure. D'ici on ne pouvait en distinguer la forme ; seules de grandes flèches de lumière s'écartaient en tous sens comme des rayons d'une roue et permettaient d'en situer le cœur.

« Tu as trois heures pour te reposer, dit Abee au pilote, ensuite tu repars chercher les musiciens.

— Yes, sir.

— Par ce brouillard ? dit Diamond.

— Et pourquoi pas ? Je serais curieux de tester la qualité du plastique et surtout les variations de tension avec cette humidité. »

Arrivés dans le grand hall hexagonal, ils se séparèrent. Chacun avait hâte de s'enfermer chez soi.

« Enfin ! » dit-elle à haute voix en pressant ses tempes entre ses doigts noirs aux ongles laqués. « Enfin ! »

La baie hexagonale était opaque. Le brouillard s'entassait contre la grande vitre comme une fumée de neige. Missia recula en tâtonnant derrière elle en direction de la desserte. Elle vira sur elle-même et réussit à s'emparer d'une flûte de cristal. La remplit de whisky. Avala sec. Raffermie, elle visa la salle de bains, le verre d'une main, la bouteille de l'autre, passa le miroir de la porte, se traversa, lui sembla-t-il, et là se reposa un moment contre la baignoire. Remplit le verre encore. Le vida. Se leva en geignant, se trouva embarrassée du verre et de la bouteille, déposa le tout n'importe comment dans le lavabo et quitta sa robe. Maintenant la voilà immense et noire en déshabillé de satin violet. Elle s'observe dans le miroir de la porte, fait un lourd demi-tour, fouille dans la garde-robe et se change. Se plaît mieux en satin jaune d'or. Récupère flûte et bouteille, va jusqu'à la coiffeuse ornée d'ampoules dépolies roses, comme on en voit dans les loges des danseuses de cabaret, et là, s'affale sur le pouf. Sa joue se pose sur la plaque de verre de la coiffeuse. D'un regard oblique elle fixe une photo glissée dans le cadre du miroir : renversée sur les coudes, Siréna ; derrière elle, le lac, les collines douces de Tallahassee. Elle ferme les yeux ; de ses lourdes paupières presse l'image en elle. Reste ainsi les yeux fermés à se balancer.

Puis, peu à peu, la grande forme jaune et noire se tasse devant le miroir illuminé. « La nuit tu dormais dans mes bras et ton souffle faisait un rond brûlant, là, sur ma poitrine, un rond de feu qui pénétrait jusqu'à mon cœur et me brûlait. Elle me dévore le cœur, elle est si blanche si blanche, si lumineuse avec ses cheveux d'argent. »

Une porte s'entrouvrit et se referma doucement.

« Je suis heureux que tu ne dormes pas. Tu en es sûre ? »

Elle répondit avec lassitude :

« Mais oui, je te l'ai dit. Ce qu'il faut a été fait. »

Elle se leva en s'accrochant à la coiffeuse ; massive, épaisse dans son déshabillé jaune d'or, elle se traîna jusqu'à la desserte, revint avec une flûte de cristal qu'elle remplit :

« Tiens, bois. »

Il dit en prenant le verre :

« Combien de temps encore ? »

Elle passa derrière le canapé où il s'était jeté, posa les mains sur les tempes de Diamond et les massa lentement. Il sentait ses seins larges contre ses omoplates. Elle chuchota :

« Elle t'a dit qu'elle accepte. En ce moment, je les vois, elle finit de le convaincre. Elle n'attend que ça, il ne le sait pas encore, mais elle n'attend que son consentement pour... » Elle baissa encore la voix : « Tout à l'heure, pendant le concert, leurs yeux à tous faisaient des traînées lumineuses à travers la salle. Je sais tout ! Crois-tu que j'ai dilapidé mon énergie ? Pas un instant je ne les ai lâchés pendant ces deux ans. À partir du jour où ils se sont retrouvés, je suis restée en contact par la pensée. Je suis restée *dans* la pensée de

Siréna. Je l'ai gardée sous influence. Dans deux jours, ils seront définitivement sur l'île. À toi. »

Elle se dirigea péniblement jusqu'à la baie hexagonale, montra le brouillard qui ressemblait à un barbouillage à la chaux appliqué à même la vitre :

« D'ici, je lis ce que disent leurs lèvres. C'est comme s'ils se trouvaient là, exposés à deux mètres derrière cette vitre.

— Et lui, dis-moi, lui ?

— Bien sûr, je le vois. Il est assis près d'elle sur le lit et il fait oui, oui, pendant qu'elle parle parle parle. »

Diamond s'était levé d'un bond. Il alla vers elle à grands pas nerveux :

« Ah, je ne peux y croire ! Non, je ne peux y croire ! » Et il se mit à marcher d'un côté à l'autre de la pièce hexagonale en tenant la flûte de cristal à demi pleine devant lui. « Tu veux dire...

— Oui, c'est ça, exactement ça. Que faisais-tu pendant le concert ? Que faisait David ? Et Douchka, que faisait-elle ? Et Carel ? Et Siréna ? Que faisaient tous ces yeux ? Qu'échangeaient-ils, que disaient-ils ? »

Diamond posa le verre et, prenant Missia aux épaules, enfonça ses regards dans les siens. Puis il la lâcha et rit :

« Très bien ! Parfait ! Merveilleux ! »

Elle l'attira par le cou :

« Tu vois. Alors, fais-moi confiance. Nous les tenons, mais cette fois nous devons agir avec eux de telle sorte qu'ils se croient libres. Libres mais *sur l'île*. Un peu comme tes petits Hongrois qui te servent de brouillon pour ces deux-là. Patience. Douceur. Ils doivent faire partie de la structure. Abee n'a-t-il pas édifié les hexagones pour que toutes les illusions soient permises lorsqu'on y a pénétré ? Ne rien brusquer. C'est de ton impatience à vouloir trop vite posséder que tu dois te méfier. Ce ne sont ni des pierres rares, ni des objets, ni des tableaux.

— Mais, Missia, qui de nous a tout brusqué chez Bill, ce premier soir ? »

Elle s'était assise devant la coiffeuse et le regardait dans la glace, debout, un peu plus haut.

« C'est elle, dans son désarroi, qui a mené le jeu. Qui a cru mener le jeu. À vrai dire, c'est nous qui avons mené le jeu ce premier soir.

— Toi.

— Tu as raison, moi. Je croyais réussir. J'étais persuadée que c'était possible. Elle ne l'a pas voulu.

— C'est pourtant elle qui s'était mise en jeu ce soir-là — et en quelque sorte lui à travers elle, non ?

— Ils étaient ivres.

— Nous l'étions aussi, tu te souviens ? Mais ivres d'eux ! »

Dans le *pianoterra* silencieux, David aidait Siréna à se défaire de ses vêtements. Comme les habillages quotidiens, ces déshabillages étaient exécutés dans une tension muette, avec cette impression presque insoutenable de va-et-vient, d'annulation du temps, de répétition inutile, de gestes sans cesse faits et défaits. Elle s'était dit tout à l'heure : Tu dois être splendide pour le concert. Maintenant elle se disait : Tu dois rendre facile ce qui est insurmontable. Et elle pensa à Missia pendant que David la soulevait dans ses bras et la portait jusqu'à la salle de bains. Elle dit :

« Oh, David, combien de temps as-tu déjà supporté ça ! »

Il ne répondit pas, continuant à l'aider. Il était doux, attentif. Elle dit encore, avançant chaque mot avec prudence :

« David. C'est oui, n'est-ce pas ? »

Il s'était dressé et son regard était parti en biais, se

91

fixant un moment sur une tache de mousse savon-
neuse sur le carrelage : une série de petits cratères
dans lesquels il se perdit pendant qu'elle continuait à
voix chuchotée :

« Je suis sans espoir... supporte plus cette comédie
frivole... comprends-moi, supporte plus votre compassion... refuse... ne veux plus être une chose qu'on
soulève... qu'on roule, tu comprends, qui s'épuise à
donner, à offrir une image lisse... Un moment j'ai cru
être plus forte que *ça*. Tu te souviens ? Je prétendais
être enviée, jalousée, détestée. Oui, faire envie, moi !
Je n'avais plus que mon orgueil pour me sauver. Oh,
David, nous ne pouvons continuer. Ce poids est trop
lourd pour deux. »

Elle resta un moment les paupières baissées à
regarder bouger ses doigts engourdis et prononça
enfin ces paroles — dont elle ne comprit le sens que
plus tard et qui, lorsqu'elles furent dites dans le
silence de la chambre, résonnèrent étrangement :

« Je n'en peux plus de tout prendre. Moi aussi
j'aurais tellement besoin de donner. »

David se détourna et alluma une cigarette. Il alla
vers la fenêtre et, le front posé contre la vitre, fuma un
long moment en silence. Il ne voyait qu'un vide
brumeux avec, là, dans le coin du verre opaque, le
vague reflet d'une femme. Il pensa : Nous sommes au-
delà du supportable. Et voilà l'aube déjà. Enfin il
prononça lentement :

« Parce que d'aller là-bas ce serait (il hésita) donner
quelque chose de toi ? »

Elle baissa la tête, réfléchit un moment et dit d'une
voix faible tout à coup :

« Que tu es cruel, David. Oh, je ne sais plus. »

Ils restèrent silencieux, seule la fumée qui entourait
David bougeait dans la chambre, s'enroulait et se
déroulait comme les stries du verre à l'intérieur d'une

agate. Elle pensa : Je mens, c'est de leur force dont j'ai besoin. Elle vit Missia, Abee, Diamond pendant que David prononçait :

« *Qui* n'ont-ils acheté ? *Que* n'ont-ils acheté ? » Il jeta sa cigarette et se tourna d'un coup : « Bien ! Alors ce sera comme tu en as décidé. »

Elle tendit les mains :

« Oh, David, calme-toi. Essayons, veux-tu ? Nous serons toujours libres de nous en aller, non ? » Ses yeux s'étaient remplis de larmes. Elle jeta les bras autour de lui : « David, oh David, nous ne nous quittons pas !

— Mais, Clare, qui parle de nous quitter ?

— Restons ensemble — mais pas seuls, comprends-moi, David. » Elle hésita : « Mais tu ne vois pas combien tu souffres ? Nous ne pouvons plus. Nous ne devons plus. »

IX

L'homme en uniforme kaki se tenait sur la passerelle du mirador, la pointe de la mitraillette dirigée
sous lui, vers la cour de la prison — invisible pour
l'écrivain français. Il y avait dans la pose de l'homme
armé de la nonchalance et de la tension. Une buée de
moustiques l'entourait et, d'un geste énervé, l'homme
tentait vainement d'éloigner cette résille vivante —
mais quelque mouvement qu'il accomplisse, l'arme
noire et compacte ne déviait pas de son angle de tir
possible.

Depuis qu'il se trouvait, avec Eleinad, locataire du
docteur Scaniari, l'écrivain français ne pouvait se
débarrasser d'une infinité de petits malaises conver-
gents qui tous accusaient son inquiétude. Tout l'enfonçait dans son écart, tout dans cette ville le rejetait,
l'empêchait de penser vraiment, de sentir vraiment,
d'être là vraiment, d'être lui vraiment. Et quand cette
sensation d'impuissance créatrice devenait trop
oppressante, il se levait de la table où il tentait
d'écrire et allait se dissimuler derrière le rideau d'une
des cinq fenêtres qui donnaient sur le mirador.
L'homme marchait par l'étroite passerelle au-dessus
de la cour invisible : trois pas d'un côté, trois pas de
l'autre, comme un balancier humain. L'écrivain res-

tait un long moment à observer puis retournait s'asseoir à sa table où il recommençait à se débattre parmi les éléments disparates de *ses* réalités. Quelles réalités ? Entre ce qui l'entourait et l'informe de ses angoisses s'étendaient des zones plus ou moins vagues d'où émergeaient des présences ni réelles ni tout à fait imaginaires. Par l'écriture, se disait-il, tu es entré en confusion. Et pourtant leurs voisins qui franchissaient la porte à l'instant — tous deux encombrés des sarcophages noirs et disproportionnés d'un alto et d'un violoncelle — n'étaient-ils pas la réalité ? Ne les entendait-il pas répéter tous les matins avec les autres musiciens ? Et le docteur Scaniari dont la voix montait à tout moment du jardin ne faisait-il pas lui aussi partie de cette réalité, ainsi que l'homme sur le mirador, la prison de l'autre côté du petit *rio*, la vedette qui chaque jour accostait devant les marches, là, sous le mirador ? (Près du pilote, l'architecte se tient, bien présent, le regard masqué par ces sortes de lunettes irisées qui donnent l'impression que le visage a été percé de deux trous par lesquels on aperçoit, comme à travers deux verres réducteurs, un monde lumineux et factice qui se situerait quelque part derrière la tête, à une distance sidérale.) Les musiciens venaient de poser leurs instruments dans l'entrée.

« Tiens, je ne savais pas que vous donniez sur la prison, avait dit l'altiste en traversant le couloir pour rejoindre l'écrivain debout dans l'angle mort d'une des fenêtres.

— Chut ! Ne touchez pas au rideau. Ce type se doute que je l'observe. Il n'arrête pas de marcher en surveillant nos fenêtres.

— On croirait un flic mexicain, dit la violoncelliste. Tu te souviens, Pat ?

— Sauf que celui-ci n'est qu'un gamin. Quel âge ?

Seize, dix-sept tout au plus, non ? Regardez cette moustache qui n'arrive pas à pousser, ses cheveux longs, crasseux, qui retombent sur le col. Rien n'est plus terrifiant que ces gamins armés. C'est comme en Asie du Sud-Est ou en Afrique. Savez-vous qu'ils ont tué une femme là-dedans ? Vous n'étiez pas encore ici au moment des coups de feu ? C'est le docteur Scaniari qui nous a raconté ça l'autre jour. Une sordide histoire entre un gardien et une prisonnière, paraît-il. Quelque chose d'assez romanesque. Ce genre d'histoire ne vous inspire pas ? Une prison, un gardien, une prisonnière ?

— Pourquoi pas ? dit l'écrivain, agacé.

— Par chance, nous autres musiciens, nous avons la dignité de nous mouvoir dans une discipline exacte. Pas de sentiments, pas d'amour, pas de haine, des chiffres, rien que des chiffres.

— Ne l'écoutez pas, dit la violoncelliste.

— Mais je ne plaisante pas. Depuis toujours — tout au moins depuis les Grecs —, les hommes ont pressenti que c'est par le sceptre de la musique qu'ils atteindraient à une vie idéale et céleste. Voilà pourquoi l'expérience sur *Verklärte Nacht*. Abee est un type extraordinaire. Il est tout simplement en train de retourner la musique. Ah, le voilà ! »

En hâte, ils récupérèrent leurs instruments et descendirent l'escalier. Arrivés sur le quai, ils firent un signe en direction des fenêtres et sautèrent sur la vedette, qui démarra.

L'écrivain resta un moment derrière le rideau à regarder s'éloigner la vedette. Il pensait avec amusement à ce que le musicien lui avait dit au sujet de *Verklärte Nacht*, l'autre soir, pendant le dîner chez le docteur Scaniari. Il avait décrit la construction en forme de cristal et, de l'ongle, il avait tracé sur la nappe un quart de cercle pour figurer la jetée.

« C'est ici que nous nous plaçons pour jouer, à une

distance rigoureusement définie par l'architecte. Les sons viennent frapper les plans inclinés des hexagones et, par une série de réflexions, se trouvent rassemblés en faisceau. Et ce faisceau de vibrations, l'architecte le recueille sur une vaste membrane en plastique, tendue sur un châssis d'acier, un peu comme un tympan. Et figurez-vous qu'on *voit Verklärte Nacht* se matérialiser sur cette plaque sensible.

— Se matérialiser ? s'était étonné l'écrivain français.

— Oui, matérialiser. Après chaque répétition, Abee nous passe le film et nous pouvons voir les figures que forme une poudre de diamant aussi fine que du talc qu'il a disposée au centre de cette membrane. Il a beaucoup tâtonné. Maintenant, il a placé la membrane à l'endroit exact. Et les sons réfléchis par la structure en vibration rassemblent dans une figure précise la poudre de diamant sur la mince surface tendue.

— Et quelle est cette figure ? » demanda avec un petit sourire incrédule le docteur Scaniari.

L'altiste leva un moment les yeux au plafond et réfléchit :

« Disons que ça ressemblerait à une bizarre cristallisation en train de se former. Ça se construit puis ça s'effondre, puis de nouveau ça se rassemble selon l'intensité de la musique. »

L'altiste s'était tourné vers l'écrivain et lui avait demandé s'il connaissait Diamond.

« Non, mais il semble que la ville entière ne parle que de lui.

— Oh, bien sûr ! Il est si divinement riche », avait dit la violoncelliste ; et ses yeux s'étaient mis à scintiller.

Un poète sud-américain assez connu qui se trouvait

là avait alors demandé à l'altiste s'il avait vu la collection de Diamond :

« On prétend qu'il y aurait sur son île une salle blindée remplie de tableaux, d'objets et de bijoux. Est-ce vrai, vous qui êtes un habitué ? »

Il y avait une sorte de colère dans le ton de ces paroles.

« Vous savez, nous autres, nous ne sommes là que pour faire de la musique. Le reste ne nous regarde pas.

— Vous autres, les musiciens, vous êtes des types bizarres. Alors, comme ça, vous jouez, puis vous repliez vos instruments et vous vous en allez ?

— Après avoir touché le cachet, dit en riant la violoncelliste.

— Quelle importance, le cachet ! À votre place, je donnerais tous les cachets du monde pour savoir. »

Et moi aussi, pensait l'écrivain français qui ne pouvait se défaire de cette histoire de membrane et de poussière de diamant, n'attendant que l'occasion d'en reparler avec le musicien. Ce qu'il fit à la fin du repas lorsqu'il réussit à le coincer dans le fond du salon.

« Je ne peux rien vous dire de plus, répondit l'altiste. Connaissez-vous le poème de Richard Dehmel, l'argument de *Verklärte Nacht* ? Deux personnages marchent seuls dans un bois au clair de lune. La femme raconte qu'elle porte un enfant. Poussée par la nostalgie du bonheur et de l'accomplissement, elle s'est fait faire cet enfant par un inconnu. La vie s'est vengée en lui faisant rencontrer l'homme qu'elle aime. L'homme lui ôte tout sentiment de culpabilité, répliquant que leur amour les lie, eux et l'enfant qu'il accepte comme sien. Ils marchent dans la nuit claire. Tout ça appuyé sur la tonalité en *ré* mineur puis majeur. Quoi, de la pure splendeur. »

X

Depuis qu'ils étaient venus s'installer sur Isola Piccola, Siréna avait souhaité que cela ait lieu ainsi : après le dîner (lorsqu'il n'y avait pas *Verklärte Nacht*), David restait à traîner dans la vaste salle avec Diamond et les autres, et c'était Missia qui enlevait Siréna par l'escalier de marbre jusqu'à l'hexagone que la jeune femme occupait avec David. Là, Missia déshabillait Siréna, l'aidait à faire sa toilette, puis elle la portait sur le lit où elle la massait longuement, la tournant de tous côtés avec une lenteur retenue et passionnée. Et Siréna éprouvait à se laisser pétrir par ces larges et fortes mains de négresse un apaisement délicieux, un oubli momentané de sa condition. Il lui semblait — comme aux premiers jours de Tallahassee — que son bassin, ses jambes percevaient une transfusion d'énergie. Entre ses paupières baissées, elle observait la femme noire, et elle tendait brusquement les mains vers elle :

« Oh, Missia, merci, merci ! J'avais tellement besoin de toi *aussi*. »

Et Missia l'attirait en riant contre sa poitrine et Siréna se laissait bercer et il lui semblait devenir légère, fluide et tellement petite.

Missia s'allongeait contre elle, peau contre peau

(comme à Tallahassee), et commençait à poser lentement, avec un tremblement de précaution, ses lèvres sur le visage de la jeune femme. Elles restaient ainsi sur le lit ouvert, immobiles, respirant à peine ; Siréna, d'une blancheur nacrée, ses cheveux répandus en fouets de lumière sur les épaules de la femme noire. Large, épaisse dans sa beauté contrastée par les plis soyeux des draps, Missia l'enveloppait. Et il semblait à Siréna que son corps reprenait vie, qu'une onde lente, un frisson, parcourait ses jambes. Et, bien qu'une part d'elle — comme un éclat de silex logé dans son esprit — sût combien était vain tout espoir, elle se reprenait à croire, se laissant aller au vertige de ce contact suspendu.

Souvent, David les trouvait endormies ensemble. Et il s'étonnait d'en éprouver un incompréhensible réconfort. Il allait s'étendre sur le divan du salon et attendait calmement que le sommeil le prenne lui aussi. Il restait dans la pénombre, en face de la vaste baie qui diffusait sur les murs glacés les phosphorescences du delta. Depuis combien de temps maintenant vivaient-ils sur l'île de Diamond ? Il se refusait à en tenir le compte. Il y était venu pour Siréna, et ici, le temps n'avait plus d'importance. Les journées ressemblaient à cette poudre de diamant déposée par Abee au centre de la membrane, les journées tentaient de prendre forme et s'effondraient sans laisser de trace particulière. Bien qu'à la longue (comme se superposerait une suite de dessins identiques recommencés constamment par la même main), le séjour de David et Siréna sur Isola Piccola avait fini par prendre un semblant de sens, ou pour mieux dire : un style. Ils étaient là, parmi les autres, prisonniers volontaires... ou voyageurs lancés hors de cet univers en direction de... dans cette sorte de nacelle impeccable aux facettes hexagonales. Ils allaient et venaient, se croisaient aux mêmes heures — car, une fois pour toutes, Abee, l'architecte omniprésent, avait très précisément réglé le temps intérieur de la structure. Tout s'articulait autour du « culte » de *Verklärte Nacht*. Presque chaque soir les musiciens prenaient place sur la jetée et Abee recueillait les schémas dictés par la musique de Schönberg. C'était principalement dans cette transmutation des sons en volumes que l'architecte puisait la Certitude. N'était-ce pas irréfutable ? Cette cristallisation de la musique contenait sous forme de solide l'Idée. « Il suffit de développer quasiment à l'infini la structure et y injecter à mesure des êtres humains pour que l'harmonie s'établisse. L'humanité débarrassée de l'incertitude connaîtra son âge d'or », disait Abee tout en visionnant le film de la précédente soirée musicale. Et il classait les données, s'efforçant de purifier le schéma en le dépouillant des oscillations parasitaires. Mais au contraire de l'harmonie, c'était une irritation croissante qui agitait la petite communauté.

Repliés dans leurs alvéoles, Siréna et David avaient bien tenté de reprendre l'écriture de ce troisième livre de Clare W. que tout le monde attendait. De son côté, Carel s'était efforcé de peindre sous le regard de plus en plus absent de Douchka. Diamond, Abee et Missia surveillant discrètement le tout. La grande salle bruissait de pensées entrecroisées, de regards rapides qui se levaient et se détournaient, chacun poursuivant le monologue que quelques tics sur les visages, quelques froncements de sourcils, de brusques raidissements pouvaient laisser imaginer.

Au début de l'installation de David et Siréna sur l'île, il s'était passé ceci : Carel était descendu à l'improviste chez eux. Assise dans son fauteuil, Siréna fixait à travers la baie l'informe surface du delta... et à plusieurs reprises le stylo avait roulé de ses doigts. Mon Dieu, avait-elle gémi, voilà maintenant que je m'endors à tout moment. Où est David ? Pourquoi n'est-il pas là ? Et soudain elle avait pris conscience d'un chuchotement assourdi. Elle avait pensé : Encore Diamond. Ah, ce n'est pas possible qu'il s'introduise comme ça à tout moment chez nous ! Puis les chuchotements s'étaient précipités et voilà que lui parvinrent, depuis l'entrée, des éclats de voix, et cette voix n'était pas celle de Diamond. Le peintre ! Que venait faire Carel dans leur hexagone ? Son accent ! Sa parole saccadée où se mêlaient des mots allemands, anglais, hongrois. Et dans cette voix émise par une bouche qu'elle ne voyait pas — et peut-être pour cela —, elle avait senti une insupportable souffrance. Est-ce possible qu'ils l'aient détruit à ce point ? se disait-elle au moment où David faisait entrer le peintre.

Très grand, très maigre dans son costume sombre, une chemise démodée à col haut serrée par une cravate noire au nœud relâché qui pendait de travers, il ressemblait à un acteur de théâtre, avec son teint blafard et cette tristesse de clown impassible. D'un pas légèrement hésitant, il avait marché jusqu'au fauteuil de Siréna. Des mèches de cheveux collés par la sueur pendaient aplaties sur son grand front blanc. Et dans la lumière du soir, Siréna avait vu de près le visage creusé de trous d'ombre, traversé de barres et de traits profonds. Il avait pris les mains de la jeune femme et les avait gardées entre les siennes :

« Vous descendez tout à l'heure pour *Verklärte Nacht* ?

— Oui, bien sûr, pourquoi pas ? » avait-elle répondu.

Le peintre avait lancé quelques regards derrière lui et, baissant la voix :

« Je trouve cette pratique répugnante. Pas vous ? »

102

Et il s'était mis à parler très vite dans une langue que ni Siréna ni David ne comprenaient. Puis, s'arrêtant, indécis : « Excusez-moi, je ne sais plus quelle langue je parle. Je ne sais plus ce que je dois faire ni qui je suis ni qui nous sommes... et où nous sommes. »

Et il s'était remis à parler en hongrois. Il faisait des gestes rapides, transpirait, riait nerveusement, s'adressait tantôt à David, tantôt à Siréna. Oui, il faisait penser à un comédien jouant avec fébrilité une pièce que personne ne pourrait comprendre.

Est-il possible de souffrir à ce point ? pensait Siréna, et elle eut un mouvement vers le peintre, oubliant son infirmité, s'oubliant peut-être pour la première fois depuis le drame, tant cet homme qui tentait de se confier à eux dans cette langue étrangère dégageait de désespoir. Ce qu'elle voyait dans ces yeux, sur ce visage, elle ne l'avait vu nulle part. Se peut-il, pensait-elle, qu'une douleur morale soit plus dévastatrice que... Et elle s'aperçut que dans sa tension elle venait de s'affaisser hors de son fauteuil. Comment avait-elle pu glisser ainsi ? D'où lui était venue l'énergie de ce mouvement ? Au moment où elle touchait le sol, David s'était précipité et, la soulevant, il l'avait déposée sur le lit. Mais le peintre semblait ne s'être aperçu de rien. Il les suivit en continuant d'émettre furieusement des mots incompréhensibles. Et soudain, cette fois en mauvais anglais, il prononça :

« Avez-vous déjà vu une chauve-souris voler dans l'eau ? »

Et il s'était enfui.

Siréna avait basculé péniblement sur le côté et, tirant une jambe puis l'autre, en la prenant à deux mains, elle s'était assise au bord du lit :

« Tu as vu, David ? Comme c'est étrange. Il m'a semblé tout à coup... que... que j'allais marcher. » Et

103

détachant les mots lentement, un à un, elle avait ajouté : « Il y avait dans ses yeux une souffrance insupportable. J'ai eu l'impression que, s'il m'avait dit : Marche, je me serais levée. »

XI

« Par cette phrase — racontera David, bien des années plus tard, de sa voix d'un calme feutré —, je compris qu'un nouveau coup venait d'être joué, en quelque sorte *d'en haut*, sur l'échiquier infernal. »

Il resta un moment, le regard vide, plongé droit devant lui comme si, quelque part sur le mur derrière l'écrivain français et Eleinad, se formait lentement une image transparente — si bien que, poussée par le malaise, Eleinad ne put s'empêcher de jeter un rapide regard par-dessus son épaule.

« Comment ne pas être anéanti par ce qui venait de se passer ? Où avait-elle puisé l'énergie de cet élan qui l'avait jetée hors de son fauteuil ? Ni ses muscles ni ses nerfs définitivement morts ne pouvaient lui permettre de se soulever, comme elle l'a fait sous nos yeux, et de rester, comment dire ? en l'air, oui, je vous assure ni assise ni encore tombée, en l'air, presque debout, oui, presque titubante, je vous assure, les bras tendus vers le peintre, les mains ouvertes, avec dans les yeux, sur le visage, une expression lumineuse, lavée. De tout son être elle se tendait vers sa prétendue folie, comprenez-vous ? de tout son être elle voulait le soulager de l'enfer mental dans lequel il s'agitait. »

David avait regardé l'écrivain. Avec une élocution légèrement bégayante, il ajouta :

« Croyez-vous qu'il soit possible par... le don... de soi, ou si vous préférez... l'oubli de soi... de, d'atteindre à, comment dire ? à un tel niveau que les choses terrestres deviennent tout à coup accessoires... que la pesanteur, l'espace, soient... »

Il n'acheva pas.

L'écrivain et Eleinad échangèrent un regard. Que répondre ? Avaient-ils le pouvoir de répondre ? Que savaient-ils de la douleur physique ? Que savaient-ils de la douleur morale ? L'écrivain haussa les sourcils et écarta en souriant les mains devant lui dans un geste d'impuissance.

« Vous êtes sceptique ? prononça David.

— Je... » fit l'écrivain. Et il n'acheva pas.

« Et vous, Eleinad ? »

David penchait la tête, son beau, son splendide visage avait pris une expression un peu lasse.

« Je, je ne sais pas. Je pense qu'arrivé à un certain degré de souffrance... Non, vraiment je ne sais pas. »

L'écrivain fut ému par le ton désolé, presque effrayé d'Eleinad.

David venait d'allumer une nouvelle cigarette et, se renversant un peu sur son fauteuil, il envoya une pâle fumée au-dessus de lui. Que se passa-t-il ? Par le hasard d'un courant d'air, la fumée se ramassa, se contracta comme un corps vivant ; puis brusquement s'allongea, partit en biais, se tordit en spirale, se reprit et forma presque d'un coup un anneau, un grand anneau blanc qui resta un moment à se dissoudre.

« Une aurore boréale, non, vous ne trouvez pas ? avait dit David d'une voix gaie, tout à coup. Eh bien moi je crois... non pas au surnaturel, mais au naturel lorsqu'il n'a pas été tué en nous... ou plutôt lorsqu'on arrive à le ressusciter en nous. Clare n'a jamais réussi à remarquer, et c'est à peine si elle a réussi à un certain moment à... à avoir cette sorte d'élan, vers la supposée folie du peintre, qui la fit se tenir plus tout à fait assise ni complètement affaissée, comprenez-moi. Et chaque fois que ça s'est produit, j'ai cru, oui, j'ai cru à une force mystérieuse prête à se révéler, j'ai cru à une force cachée en elle qui, le jour venu, la soutiendrait pour faire un pas puis un autre... Comme j'ai cru, je vous avoue, aux *pouvoirs* de Missia. Quels étaient-ils ? Étaient-ils effectifs ou agissaient-ils sur les forces cachées en Clare ? Où commençait la suggestion ? Là où les chirurgiens s'étaient arrêtés pouvait en tout cas commencer la magie. Même si c'était pour rien. Et si la magie était impuissante, alors pourquoi pas la fascination que pouvait exercer sur elle un *fou* ? »

David se pencha en avant, les coudes posés sur les genoux, ses grandes mains aux poignets osseux pressées bien à plat l'une contre l'autre. Après un temps d'hésitation, il continua sans retirer sa cigarette de ses lèvres — ce qui l'obligea à garder un œil à demi fermé :

« Dans la mesure où nous acceptons que ce mot mal taillé recouvre approximativement quelque chose qu'il ne pourra jamais signifier. Fou ? Croyez-vous qu'on peut être *vraiment* fou ailleurs que *là-bas*, au pays des certitudes ? Disons momentanément déséquilibré. Ils l'avaient mis hors de lui — par *ils*, je dis bien les autres là-bas, et *aussi* ceux d'ici. Et ceux d'ici plus que les autres, sans doute. S'il avait été *vraiment* fou, je ne crois pas que Clare se serait si... follement — là, le mot est juste, car il y avait quelque chose de vraiment fou dans cette brusque fascination —, si follement obsédée de ce type qui, je vous assure, n'avait rien d'autre pour lui plaire que sa souffrance morale et assez de lucidité pour *savoir* qu'il souffrait un enfer qu'aucun de nous ne connaîtrait jamais. C'est ce mélange d'égarement et de lucidité, j'en suis sûr, qui entraîna Clare. Dans cette histoire, aucun de nous n'a agi de lui-même. *L'ensemble* s'est mis brusquement en mouvement, un peu comme ces constellations sur les horloges baroques dont vous voyez, à l'heure des solstices, les étoiles se répartir autrement. Et ce mouvement se produisit au moment exact, je vous assure, choisi par les trois démons qui nous tenaient en leur pouvoir — comme si Abee, du bout du doigt, avait avancé la grande puis la petite aiguille qui commandaient le mécanisme de notre minuscule et dérisoire constellation. »

XII

À partir de l'installation de Siréna et David sur Isola Piccola, Carel s'était remis à peindre. Chaque jour, il était là, derrière la baie, et il peignait tout en suivant le vol en dérive des grands oiseaux clairs. Il voyait aussi les cargos et les tankers virer lentement sur la bouée et s'effacer dans la lumière. Non, rien ne lui échappait. Il lui semblait orchestrer les marées, et, selon les glissements de la lumière, il infléchissait les couleurs de son tableau, persuadé, dans la confusion de son esprit, que la transparence de l'air, l'angle de la lumière et ses diffractions étaient dictés par le travail de sa main. Et pendant qu'il peignait, elle, Douchka, derrière lui, écoutait le frottis rapide de la brosse sur la toile. Lui ne se retournait jamais ; il allait et venait à grandes enjambées, clignait un peu des yeux pour mieux saisir toutes les variations de l'immense trou laiteux. Quand le vent changeait et que les avions de ligne atterrissaient dans l'axe de l'île, il laissait son regard dériver à la suite des grandes machines aux empennages blanchis de givre, et il s'étonnait de ne plus désirer fuir Isola Piccola.

Imprégné de médium et d'un mélange d'ocre jaune, de blanc, de bleu, le pinceau glissait sur la toile. Le peintre le tordait un peu et frottait rapidement, ce qui laissait parmi les roses huileux de la surface un petit nuage gris légèrement strié. Puis de nouveau il trempait le pinceau dans le médium, passait rapidement sur la palette, mélangeait l'ocre jaune, le blanc de zinc, le bleu de céruléum et faisait glisser la brosse grasse et molle qu'il laissait un peu dégorger, d'un brusque retournement du poignet, sur les roses vitreux, déposant un frottis de matière transparente. Tout en faisant aller sa main de la palette à la toile, bien que sans jamais le regarder vraiment, il voyait le grand plan lisse du delta qui ce soir prenait une consistance visqueuse, et il ne pouvait s'empêcher de penser à une membrane caoutchouteuse sur laquelle maintenant une petite tache claire grandissait vite : la vedette d'un blanc dur, presque crayeux, rayait d'un trait net la surface où se creusait l'envers du ciel.

« Voilà Abee », dit le peintre d'une voix oppressée et, sans cesser de peindre, il ajouta : « Il ramène les musiciens. Donc *Verklärte Nacht* ce soir ! »

Derrière lui, Douchka ne bougeait pas. Elle continuait à suivre la main du peintre, fascinée par le mouvement régulier, apaisée par ce mouvement de va-et-vient.

Il cligna des yeux, recula de quelques pas et revint, faisant aller la brosse du godet à la palette puis sur la toile, pendant que son regard continuait à saisir la double vision proche et lointaine : le pinceau ici, et là-bas les six musiciens qu'il distinguait maintenant rassemblés près du pilote, autour de la haute et sévère silhouette d'Abee. Et, tout en continuant à frotter et à tordre son pinceau, Carel pensait : Ils doivent s'extasier des couleurs que renvoie la structure frappée par les derniers éclats du soleil. Et moi et Douchka à l'intérieur de la beauté, prisonniers !

Ce matin même, en prenant leur petit déjeuner, Abee, Diamond et Missia avaient observé le peintre et sa femme avec une intense curiosité. Le couple allait et venait, comme il le faisait souvent, sur la jetée semi-circulaire. Abee avait dit sans cesser de mâcher :

« Vous n'avez pas remarqué, depuis que les deux autres sont sur l'île, combien nos petits Hongrois se sont transformés ? Quand tu les as ramenés, souviens-toi, Diamond, ils bougeaient autrement, ils tenaient leurs coudes, leurs mains autrement, ils posaient autrement leurs pieds sur le sol. Ils avaient quelque chose de circonspect, d'inquiet, ils ne savaient comment être avec ce qui les entourait. Ils étaient... comment dirons-nous ? Ils puaient encore le déses-poir, non ? Ils se serraient l'un contre l'autre frileuse-ment ; leurs gestes, si j'en avais tiré l'épure, auraient dessiné quelque chose d'assez étroit, d'informe. Dans le désespoir, sur quoi se replier, si ce n'est sur les pauvres valeurs d'une vision morale du monde, sur la patrie, la religion des pères, ou le jardin verdoyant de l'enfance ? » Il essuya sans hâte sa barbe striée de longs poils blancs tout en fixant au-dehors le couple sur la jetée. « Depuis ils croient peut-être ne pas avoir changé, mais il suffit de les regarder marcher pour voir qu'ils ont basculé dans notre monde : ils sont devenus pervers.

— Allons, avait dit Diamond.

— Oui, tu n'as pas remarqué comme ils se sont compliqués en quelques mois ? Là-bas, ils survivaient, ils n'avaient qu'une idée en eux : survivre tout en restant... quel mot emploierons-nous ?... nous dirons *propres*. Ils étaient nets, inentamables. Ils étaient de ceux qui ont la naïveté de se faire brûler vifs pour l'Idée.

— Mais lui, avait dit Diamond, lui ne parle que de

retourner là-bas. Il ne demande encore qu'à se faire brûler vif, comme tu dis.

— Des blagues ! Sois tranquille, nous l'avons contaminé — ne serait-ce qu'en la contaminant, elle.

— Parce qu'*elle* est contaminée ? » Diamond avait fait quelques pas joyeux et se retourna brusquement : « Contaminée comment ?

— Mais regarde-la, regarde comme elle baisse les paupières en souriant d'un air contraint quand il lui parle.

— Et c'est à ça que tu vois qu'elle est contaminée ?

— À ça et à une multitude de petits riens. Disons qu'elle a appris à se sentir vivre par le regard des autres. Plus exclusivement celui du peintre, je dis celui *des autres*.

— Des autres, ou *d'un* autre ? » avait demandé Diamond d'une voix un peu essoufflée. Et il avait pensé : Faut-il vraiment, comme le prétend Missia, en passer par là ?

Abee l'avait fixé un moment en riant silencieusement. Ses grandes dents carrées, un peu voilées par les fils chinés de sa barbe, donnaient l'impression que sa bouche était remplie de petits cailloux bien polis :

« Ah, mon vieux, le jeu est là, non ? »

Carel et Douchka s'étaient assis sur la dernière marche de la jetée. Ils parlaient vite, on le voyait à leurs lèvres. Carel semblait vouloir persuader Douchka, qui inclinait la tête et faisait : non.

« Dommage, avait dit Diamond. Alors tu crois qu'ils voudraient...

— Ils ne veulent rien, ils croient penser encore librement, ils croient ressembler encore à l'idée qu'ils ont d'eux-mêmes. »

Diamond s'était avancé jusqu'à la baie et avait posé son front contre la vaste vitre hexagonale. Un avion de ligne d'un blanc de givre frôlait les eaux, son train d'atterrissage dégagé ressemblait aux serres prêtes à se refermer d'un oiseau de proie schématisé. Diamond avait prononcé, sans se retourner :

« Mais moi je veux David ! »

À ces mots, Missia avait répondu :

« Fais-moi confiance. Ceux-là te le ramèneront. »

XIII

Maintenant il distinguait nettement les musiciens ;
leurs cheveux bougeaient dans le vent de la course,
mais surtout il voyait se préciser le visage velu,
masqué de lunettes irisées, de l'architecte. Et comme
chaque fois qu'il prenait conscience de la proximité de
cette présence compacte, inflexible, décidée, inhumaine, immédiatement il se fit dans sa gorge comme
un nœud et sa pensée commença à s'obscurcir. Il
prononça quelques phrases en hongrois et, le pinceau
levé, il observa, immobile. Sur chaque repère délimi-
tant la passe, se tenait un goéland. À mesure que la
vedette avançait, un à un les vastes oiseaux prenaient
leur essor, s'élevaient d'un vol lent et paresseux puis
se reposaient des deux côtés du sillage mousseux.
Carel pensa à la boucle sans fin d'une séquence unique
et se dit : *Verklärte Nacht* toujours recommencée. Et
son grand front clair se couvrit de sueur à la vue de la
longue longue perspective de repères parallèles sur-
montés par ces sentinelles aux becs jaunes. Sans
lâcher son pinceau, il dit :

« Ce soir je ne pourrai pas. Je préfère ne pas
descendre. Je ne peux plus supporter de voir bouger la
musique. Pourquoi *eux aussi* veulent-ils toujours obliger, forcer ? Pourquoi ne pas laisser chacun libre ?

— Mais tu es libre de ne pas descendre, tu le sais bien, Carel. Nous sommes tous libres, ici. »

Dans l'ombre bleutée qui doucement embuait le delta, le ciel prenait des beautés de viandes écorchées. Quelques nuages en désordre avançaient assez vite d'ouest en est et l'espace hexagonal se colorait par réflexion du passage rapide des ombres et des couleurs.

Carel jeta brusquement son pinceau et cria en hongrois :

« Non ! Je sais maintenant que jamais je ne peindrai ici. »

Derrière lui, Douchka ne bougeait pas.

La vedette approchait : il percevait les grondements des moteurs. Il alla jusqu'à la baie et vit partout des oiseaux de mer qui enfonçaient leur tête dans des sacs en plastique gonflés et noirs. Il pensa : Ah, nous sommes perdus, perdus ! *Là-bas* c'était la piscine, la chauve-souris, ici c'est le vide. Et il s'appuya des mains contre l'épaisse vitre remplie par ce vide. Douchka dit :

« Carel, descendons ensemble. »

Il ne se retourna pas, pensant : Elle, elle veut descendre. Et la souffrance l'envahit.

« Non, vas-y, si tu veux, je préfère être ici. » Il souhaita intensément qu'elle reste, mais il ne se retourna pas. Elle vint vers lui, lui toucha le bras. Il dit : « Vas-y, toi, descends, je vous rejoindrai plus tard. »

Sous lui, la vedette accostait. Les musiciens, encombrés de leurs instruments, sautèrent sur la jetée. Le peintre les voyait maintenant en raccourci se diriger vers l'extrémité des gradins semi-circulaires où six chaises avaient été disposées en cercle ainsi que six petits pupitres. Il faisait presque nuit et, dans la pénombre, Carel vit en bas, sous lui, Douchka. Elle

115

venait de rejoindre Diamond et David. Elle portait une robe légère qui lui donna l'impression qu'elle était nue. Il ressentit une vive douleur dans la poitrine. Ils étaient là, écrasés sur le marbre blanc de la terrasse ; ils parlaient en riant, et lui, les regardait d'en haut, brûlant de jalousie. Diamond avait pris Douchka et David par les épaules et, tout en parlant et riant, les rapprochait par petites secousses, comme par jeu, jusqu'à ce que leurs fronts se touchent. Une membrane noire remua dans l'eau, lentement, lentement, et il se dit : Je l'ai perdue. De toutes ses forces, il souhaita s'éloigner de la baie, mais il se sentait comme collé à la grande surface froide. Plusieurs fois encore Diamond rapprocha leurs fronts. Enfin Douchka se dégagea et jeta un rapide regard au-dessus d'elle. Elle est rose de plaisir, se dit Carel, et il crut lire sur le visage aimé de la gêne, de la pitié. Les deux autres levèrent la tête. Il se recula mais il eut le temps de les voir lui sourire et lui faire signe. Il fit non, de la tête, et il eut l'impression que son visage se convulsait dans une grimace atroce pendant qu'il saisissait le couteau à palette et le plantait à plusieurs reprises dans la toile, en gémissant :

« Destruction ! Destruction ! »

« Allons, dépêchons ! » cria Abee en finissant de retendre la membrane sur son cadre d'acier. Il s'installa devant une console lumineuse et coiffa ses écouteurs. « Bon, tout le monde est là ?

— Un instant, dit Diamond, il manque Carel.

— Il préfère rester seul, dit Douchka.

— Qu'on aille le chercher. Dépêchons ! »

Les musiciens s'étaient placés au bout de la jetée, les partitions faisaient six petites taches claires carrées. Les instruments de bois verni dégagés de leurs housses luisaient d'un éclat doux dans la lumière du soir.

Et soudain la chose se mit à tressaillir. Comme chaque fois, pendant que les musiciens s'accordaient. Sur un simple frôlement d'archet, le tas de poudre grise commença à changer de forme. On aurait dit une matière vivante secouée de légers spasmes. Vus depuis la terrasse, les six musiciens assis à contre-jour devant l'immense vide du delta ressemblaient à des figures vieillottes qu'on aurait découpées aux ciseaux dans une feuille de papier noir. Ils en avaient la fragilité, le tremblotement, le ridicule d'un autre temps.

Les musiciens se figèrent un instant et, d'un coup, ce fut la longue, l'extatique poussée du premier accord. Et à chaque montée légèrement bégayante des sons qui peu à peu s'enflaient en coulées profondes, le petit tas, au centre de la membrane, qui jusqu'à présent était resté informe et mou, commença à changer lentement d'aspect. Des doigts invisibles trituraient cette poussière grise, la soulevaient, la faisaient se tenir en plis droits, lui donnaient des formes tranchantes pareilles à de petites dunes aux crêtes dures ressemblant à des roses de sable. Puis brusquement tout s'effondrait pour aussitôt se rassembler et reformer des angles encore plus vifs, plus nets, structurés. Et chaque fois que cette matière tremblotante compliquait et multipliait ses pans brisés, Diamond, qui se penchait comme en hypnose sur la membrane, poussait une plainte d'émerveillement. Près de lui David et Douchka se tenaient un peu en recul devant ce morceau de poussière qui, à mesure que la musique prenait de l'ampleur, déployait des troncatures d'une plus grande complexité.

La nuit avait tout effacé. Seul le fanal rouge qui balisait le faîte de la structure colorait les terrasses par diffraction. Au loin, à l'autre bout de l'immense plan d'eau, la ville s'était illuminée. Vue d'Isola Piccola, ce n'était qu'un mince fil de points brillants au ras de la surface huileuse, doublé de traînées mouvantes qui s'allongeaient et se contractaient au rythme de la respiration du delta — comme si toutes ces lumières cherchaient à s'enfoncer à la verticale et à disparaître au fond de l'eau. David se détourna de la membrane et dit assez fort :

« Quelle imposture ! »

Derrière lui, une voix dit :

« Vous êtes tous des imposteurs. »

Il se retourna et vit Carel qui, sans bruit, s'était glissé près de Douchka.

La musique s'interrompit. Abee pria David et Carel de se taire ou de s'en aller.

« On recommence, cria-t-il vers les musiciens. Envoyez les lumières, maintenant ! »

D'un coup, la structure s'illumina et des projecteurs éclairèrent les six musiciens qui apparurent comme soulevés au-dessus de l'eau, étirés sur les pieds minces de leurs chaises. Abee donna quelques indications puis frappa le cadre d'acier de la membrane — ce qui fit s'effondrer la matière grise au centre du tympan.

« Pourquoi tout ce théâtre, dis-nous, Abee ? » prononça à voix forte Carel. Et il ajouta quelques mots étrangers que seule Douchka comprit.

« S'il te plaît, Carel, silence ! Attention, on repart. »

Les musiciens avaient cessé de tourner les pages des partitions et s'étaient immobilisés, les coudes détachés du corps, leurs archets prêts à frotter les cordes.

Et de nouveau l'étirement doux et soyeux des premières mesures, de nouveau les longues vagues sensuelles du sextuor donnèrent vie à la matière qui scintillait sous les projecteurs.

« Je trouve ça écœurant, chuchota David en se rapprochant de Carel.

— Vous êtes tous écœurants », répondit Carel.

Abee se retourna, exaspéré :

« Taisez-vous, s'il vous plaît ! Vos voix émettent des vibrations qui faussent tout. Éloignez-vous. Ou du moins détournez vos visages de la membrane. »

Les musiciens relevèrent leurs archets.

« On recommence une dernière fois ! cria Abee. L'écho est excellent. Vous êtes parfaitement orientés. »

Cette fois le petit orchestre joua d'une traite la pièce entière. Au centre de la membrane, le tas informe s'était remis à bouger.

Un peu plus tard, alors qu'ils se trouvaient tous réunis autour d'une table chargée de nourriture, s'adressant aux musiciens, Abee avait dit :

« Rien n'est plus exaltant que de libérer la musique du brouillage des sons, de la voir, de la toucher, de l'élever dans l'espace et d'en faire une structure solide, irréfutable. »

Carel recommença à s'énerver. Cherchant péniblement ses mots parmi les trois ou quatre langues qu'il parlait toutes aussi mal, il finit par dire :

« Vous détruisez, comme *là-bas* eux détruisent. Vous c'est après, eux c'est avant.

— Si on veut, dit Abee, agitant un os de poulet. Une destruction, pourquoi pas ? On peut voir ça comme ça. Personnellement, je pense qu'au contraire, de voir, de toucher la musique pour en fin de compte en tirer ce cristal dans lequel nous nous trouvons, est un incontestable progrès. Habiter la musique, habiter l'Épure, n'est-ce pas vers ça que nous tendons tous ?

— Les insectes aussi », répondit Carel.

Ils dînaient face à la baie remplie par la nuit verticale, immense miroir hexagonal où tous surprenaient à tout moment leurs doubles comme si la baie

119

était de glace fumée et que, de l'autre côté, suspendus dans un monde triste et assourdi, des souvenirs humains s'agitaient autour d'une table.

« C'est nous que vous détruisez avec vos machines, vous me détruisez comme eux *là-bas* m'ont détruit. Moi je ne veux pas que ma peinture serve, tu comprends, Abee, je veux rester un homme inutile. Personne ne doit jamais habiter ma musique. » Carel ferma les yeux et se renversa sur sa chaise en poussant un gémissement, puis il se leva et dit en les regardant tous : « Je sais que vous allez me dénoncer. Mais je veux pouvoir dire ce que je pense. »

Abee tourna vers lui le regard mort de ses lunettes irisées :

« Bientôt tu n'auras même plus à prendre le risque de dire, nous lirons directement dans ta pensée.

— Abee, je t'interdis de le faire souffrir ! »

Siréna venait de le crier à travers la table avec une véhémence qui surprit.

« Désolé, désolé ! dit Abee en riant. Pourtant, c'est très sérieux, figurez-vous qu'on a inventé aux États-Unis une sorte de caméra qui permet d'enregistrer l'activité cérébrale. Pas des graphiques, non ! les images mentales. Cette caméra *donne à voir* les images mentales que forme le cerveau. Pas les pensées, non, non, les images. Ou disons plus froidement : les objets mentaux. »

Carel resta un moment sans pouvoir parler. Son grand front chauve s'était couvert de minuscules gouttes de sueur. Enfin il prononça avec de plus en plus de difficulté :

« Cette caméra dont tu parles, je te le demande très sérieusement, Abee, existe-t-elle vraiment ou c'est une provocation ?

— Mais non, dit Abee en déchiquetant de la viande qu'il tirait avec ses dents d'un os qu'il brandissait par moments. Non, non, mon vieux, c'est une invention toute récente et je compte bien posséder aussitôt que possible un si merveilleux outil. »

Carel essuya son front avec la serviette de table qu'il avait gardée à la main. Il dit en avançant les mots avec encore plus de difficulté :

« Alors tu pourras filmer les images qui se forment là ?

— Certainement, fit Abee, j'y compte bien.

— Mais alors, si tu montres les images que forme mon cerveau, si tu me voles ces images, ma main ne pourra plus... ma main n'inventera plus...

— C'est possible.

— Pour capter des images, il faut qu'elles soient éclairées. Avec quelle lumière comptes-tu éclairer ces images à l'intérieur de ma tête ?

— Aucune. L'appareil capte les *pixels* émis par ton cerveau, les points électriques, si tu préfères. Les images mentales apparaissent alors dans une sorte d'espace tridimensionnel. Ça ne veut pas dire que les images surgissent dans un espace tridimensionnel réel, mais seulement dans un milieu qui possède certaines propriétés fonctionnelles communes avec ce type d'espace. C'est, si tu veux, un peu comme la matrice tridimensionnelle dans la mémoire d'un ordinateur. Il s'agit d'un espace tridimensionnel non pas physique mais fonctionnel.

— Tu es obscur, mais tu ne m'auras pas.

— Tu ne pourras y échapper.

— Alors tu m'auras enlevé toute possibilité de me sauver par la peinture. »

Abee alluma lentement un cigare :

« Mais, du même coup, je t'aurai délivré de la souffrance.

— Mais moi je veux souffrir », cria Carel.

Diamond écoutait, le regard brillant, sa bouche

121

bleue largement ouverte sur un sourire qu'il semblait avoir oublié sur son visage. Brusquement il se leva, fit quelques pas à travers la salle et dit, sans qu'on sache s'il parlait sérieusement.

« Carel a raison, Abee, un artiste *doit* souffrir. Sans souffrance, pas de musique pas de peinture pas de livres, rien ! Et quand il a le privilège de faire passer toute sa souffrance dans son œuvre, alors nous autres nous sommes là. »

XIV

« C'est ce même soir, à la suite de ces paroles, que nous avions ressenties comme une provocation, racontera David, que Diamond nous entraîna dans cette vaste salle où s'entassaient ses fameuses collections. Il est difficile d'imaginer tant d'objets, de tableaux, de meubles, de pierres précieuses et de bijoux rassemblés dans un même lieu. Tout ça traînait en désordre comme si Diamond, après s'être emparé de ces choses, les avait jetées là sans le moindre soin. Seulement d'accaparer ces choses lui importait — et non ces choses, vous comprenez. Elles étaient là, dans ce coffre-fort immense, à l'abri des regards, mortes, oubliées. Et je suis sûr qu'il ne mettait jamais les pieds dans cette salle, si ce n'est pour se débarrasser des derniers tableaux ou de la poignée de pierres qu'il venait d'acquérir ou de faire tailler. Non, il n'y mettait jamais les pieds ! En tout cas, pas à l'époque, car plus tard, c'est ici, dans cette salle blindée, sans fenêtres et pratiquement sans air qu'il s'enferma — comme l'ont raconté tous les journaux — pour s'y laisser mourir avec pour seul témoin Tognone. Oui, Tognone qu'on a trouvé errant parmi les trésors du redoutable héritage. Tognone, l'unique " part " qui ne fut pas reversée à Bill.

123

« Donc, ce soir-là, nous avions tous pas mal bu, et la musique de Schönberg nous avait bizarrement excités — pas la musique elle-même mais sa transmutation en *chose*, puisque Abee, comme vous le savez, puisait à chaque séance musicale des concepts de formes à partir des contractions de cet absurde tas de poussière qui en effet, je peux en témoigner, bougeait avec une sorte d'énergie diabolique. Oui, Abee avait du génie, le génie d'avoir réussi à compliquer l'expérience en mêlant à la poudre de diamant des parcelles métalliques — des agents d'induction, si vous préférez — que des électro-aimants dissimulés autour de la membrane excitaient, surmultipliant les vibrations des cordes, comprenez-vous ? donnant à la musique un sens de plus : ce *toucher* qui lui permettait de modeler ce tas informe qu'Abee avait placé au centre de la membrane.

« Nous étions donc entrés, à la suite de Diamond, dans ce lieu qui, bien qu'hexagonal et comme le reste de la structure d'une architecture rigoureuse, semblait imprécis et délabré, tant les choses qui s'y entassaient gisaient sans ordre, comprenez-vous ? sans *vie*, oui, sans *vie* — car même les choses ont besoin d'amour. »

David s'était tu et resta un moment, les yeux fixés sur le vide ou plutôt sur l'image qu'il semblait renoncer aujourd'hui (tant d'années après) à décrire. Enfin il fit un geste : *bah !* et poursuivit d'une voix neutre et détachée, sans regarder l'écrivain français ni Eleinad, qui ne bougeaient pas et se retenaient de poser des questions — car ces paroles qui remontaient de l'oubli devaient rester intactes avec leurs trous et leur désordre.

« Saisis d'étonnement, nous avancions par des travées inégales, un labyrinthe informe comme on en voit dans certains entrepôts de ferrailleurs ou de chiffonniers — sauf que le moindre objet, le moindre tableau, Diamond avait dû s'en emparer au prix fort. Et c'est ici qu'eut lieu un incident pénible, le premier d'une série qui nous enfonça peu à peu dans une sorte de cauchemar collectif dont nous sortirons tous détruits.

« " Pose-moi ", avait ordonné Clare à Missia qui l'avait portée jusque-là. Je me souviens, Missia avait tourné sur elle-même, comme si elle cherchait un lieu commode où la laisser ; et c'est alors que Diamond, toujours trop empressé, l'avait guidée jusqu'à un sarcophage d'albâtre qu'il dégagea d'un revers de main des petits objets et des bijoux qui l'encombraient. " N'est-ce pas splendide ? " avait-il dit en désignant d'un geste théâtral Clare qui, maintenant à demi allongée, s'était accoudée sur la surface transparente et polie, ressemblant à ces statues gisantes romaines ou grecques telles qu'on les voit sur les anciens tombeaux. Et voilà que la chose se produisit. Était-ce par hasard ? Le connaissant, je pense que Diamond avait suscité ou tout au moins avait saisi au bond l'occasion. Autour du précieux sarcophage, de nombreux tableaux se trouvaient posés un peu n'importe comment. Il y avait, parmi ces tableaux modernes et anciens qui se chevauchaient, un grand Bellmer noir et blanc représentant une femme surmultipliée dans les différents moments d'un mouvement obscène des jambes. C'était une sorte de dessin peint, je me souviens, un peu comme si une araignée avait déposé en tous sens un fil clair sur une surface noire et que ce fil clair s'était enchevêtré pour former comme par hasard, bien que d'un dessin très ferme, des jambes qui s'ouvraient et se fermaient dans un mouvement fluide et tournant. On aurait pensé à des quantités de surimpressions photographiques dont il ne serait resté qu'un dessin épuré. Et ce tableau, sur lequel Clare se détachait maintenant, semblait par un bizarre jeu d'ombres l'emprisonner, oui, exactement comme une toile d'araignée... mais c'étaient des jambes vivantes, comprenez-vous ? un dessin vivant de jambes, la trace d'un mouvement vivant. Et Clare était là, immobile au centre de ce tourbillon de vie, elle était là comme une nymphe. En réalité, à part Carel, aucun de nous n'avait *vu ça*, ou tout au moins aucun de nous, à part Carel, n'avait sur le moment pris conscience de l'insupportable image. Tout à coup il s'exclame : " Les jambes, les jambes ", montrant d'un air hagard le tableau, Clare, l'ensemble, et voilà qu'il se met à parler à toute vitesse dans une langue inconnue. C'était affreux, indécent, ce type qui criait dans une langue que personne ne comprenait — à part Douchka, qui s'était élancée vers lui. Mais il la repoussa et aucun de nous n'eut la présence d'esprit de le retenir lorsqu'il fit tomber le tableau à plat sur le sol et qu'il se mit à le piétiner dans une crise de délire indécente, laide à voir. " Laissez-le, laissez-le, disait Diamond, mais laissez-le ! " Il nous empêchait d'intervenir et semblait heureux, oui, heureux de ce que Carel était en train de faire. Sur le moment, je ne compris pas pourquoi Diamond semblait si réjoui de cette scène dégoûtante, mais par la suite je me rendis compte que l'acte de destruction commis par Carel le comblait : un peintre détruisant le tableau d'un autre peintre ! Lui, Carel, commettant *ici*, en Europe, le geste de ceux qui *là-bas* avaient saccagé la plus grande partie de son œuvre !

« Diamond ne fut pas le seul à se réjouir de ce que Carel s'abaisse si pleinement, si totalement. Un peu à l'écart, Abee observait la scène, et lorsque Carel, brusquement comme réveillé, se rendit compte de ce qu'il venait de faire, Abee le frappa de quelques mots cinglants qui, je vous assure, l'achevèrent. Il resta un moment vacillant, indécis sur le tableau piétiné et nous le vîmes lentement tomber à genoux et demander pardon dans cette langue que nous ne comprenions pas. Il s'adressait à chacun de nous et, bien que nous ne comprenions pas un mot de ce qu'il disait, nous savions qu'il mendiait un impossible pardon. Douchka vint doucement l'entourer de ses bras, le releva, tenta de l'entraîner. Il semblait ne plus savoir où il était. Il nous regardait, ou tout au moins il paraissait nous chercher du regard, mais je suis sûr que, dans l'état où il se trouvait, il ne voyait rien ni personne. Nous étions tous là, dans cette salle encombrée d'œuvres précieuses, et il me semblait que jamais un groupe humain ne s'était trouvé plus seul, plus coupé du reste de l'humanité — car toutes ces œuvres étaient mortes, oui, Diamond les avait tuées, détruites avec son argent (plus sûrement, je vous assure, que Carel ne l'avait fait du tableau) — comme il était en train de nous détruire tous autant que nous étions sur l'île. Ce soir-là, nous aurions dû fuir, repartir avec les musiciens, quitter non seulement l'île mais la ville, le delta, le pays, oui, fuir à l'autre bout du monde, mais aucun de nous n'avait le pouvoir de le faire, comment vous dire ? Nous ne dépendions déjà plus de nous, nous nous trouvions tous liés les uns aux autres, nous ne pouvions plus reculer, mais nous ne le savions pas encore. Nous étions dépendants, nous faisions partie d'un *ensemble*, quelque chose s'était mis en mouvement et tout le reste — l'île, cette salle remplie de trésors, la structure dans laquelle nous nous trouvions et même *Verklärte Nacht* —, oui, tout le reste n'était qu'un contenant ou, si vous préférez, un espace qu'Abee, Diamond et Missia avaient divisé en cases sur lesquelles nous ne pouvions déjà plus nous déplacer librement. Disons que, ce soir-là, la première pièce du jeu auquel nous étions condamnés venait d'être avancée. À partir de là, plus rien n'était pareil, comprenez-

127

vous ? Cette scène — Carel détruisant le tableau d'un autre peintre — *donnait le ton* par sa cruauté impensable. Et je n'ai jamais pu me défaire de l'idée qu'elle ne s'était pas produite fortuitement, qu'elle avait été plus ou moins décidée puis dictée à Carel par le trio infernal. Comme de nous tous Carel était le plus vulnérable, il était normal que ce soit par lui que commence ce travail de décomposition de la personnalité, cette alchimie par laquelle Diamond, Abee et Missia avaient décidé de nous *refondre* (terme qu'Abee osa employer un jour devant nous).

« Sur le moment, nous avions tous été secoués par le spectacle de cette crise, mais ce n'était après tout qu'un aspect disons " normal ", un peu plus aigu mais " normal ", de cette douleur obscure dont souffrait Carel. Il s'était excité, il n'avait pu supporter ce tableau, il avait fait ça comme il aurait pu faire autre chose, n'importe quoi d'autre, comprenez-vous ? Il avait improvisé son geste, ce n'était qu'un geste de détraqué. Comment aurions-nous pu imaginer que ce geste n'était pas qu'un geste de fou, mais qu'il lui avait été imposé ?

— Imposé ? fit l'écrivain français, et il échangea un bref regard avec Eleinad.

— Oui, imposé. Rien ne se produisait naturellement sur leur île. Tout faisait partie d'un *ensemble* — comme je vous l'ai dit. Nous étions devenus, si vous préférez, des éléments, oui, des éléments de *leur* folie — comme il arrive que dans un rêve on utilise des gens, disons que nous étions dépossédés, ou plutôt qu'ils (eux trois, Diamond, Abee et Missia) étaient en train de nous inclure dans cette espèce de rêve à trois qu'ils poursuivaient depuis tant d'années. Mais, sur le moment, dans mon innocence, je n'avais pas vu le rapport entre le geste de Carel et la présence de Clare, non, je n'avais pas vu ce qui avait été si intolérable à la sensibilité détraquée du peintre. Et ce n'est que plus tard, lorsque nous nous étions retrouvés seuls, Clare et moi, et que je faisais allusion à la scène, qu'à travers Clare je commençai à entrevoir... non ! j'anticipe. Je n'entrevis rien alors. Au contraire même, je fus choqué, agacé, désagréablement surpris par sa réaction. Car elle, elle avait senti ! Oui, figurez-vous qu'elle avait senti... non, elle n'avait pas senti, disons plus exactement qu'elle s'était sentie utilisée. Missia ne l'avait pas posée innocemment devant ce tableau si vivant, si délié. C'était, si vous voulez, un *langage* qu'ils (eux trois) avaient fabriqué pour frapper très précisément l'émotivité du peintre et, à travers lui, la nôtre. C'était évidemment une idée d'Abee que d'avoir établi ce *rapport* entre Clare et ce tableau si plein de mouvement. N'était-ce pas du même style que le *rapport* entre le jeu du musicien et la taille d'un rubis ou d'un diamant ?

« Dès que nous fûmes seuls ce soir-là, Clare dit, d'un air absent et préoccupé : " Pourquoi m'ont-ils utilisée tout à l'heure avec cette incroyable méchanceté ? " Je ne comprenais pas : " Utilisée ? " Il faut donc qu'elle ramène toujours tout à elle, me disais-je. Le peintre a le délire, et que s'est-il passé ? On l'a " utilisée ", elle ! Je ne sais pourquoi cette idée m'agaça. Je suppose qu'une part de l'électricité dégagée par le peintre s'était diffusée en nous, car au bout de quelques phrases nous nous disputions avec une âpreté, une violence dont nous nous serions crus depuis longtemps incapables. Nous étions seuls au cœur de la nuit, au cœur de la structure, perdus au milieu du delta, et nous nous disputions. Et pour la première fois depuis le drame, moi, je lui fis le reproche, oui, moi, je lui reprochai, *je lui reprochai son infirmité !* Aussitôt je lui en demandai pardon — mais trop tard, l'ignoble reproche était sorti de moi, les mots jetés entre nous, la chose nommée, les termes arrêtés à jamais comme ces images qu'on extrait d'un film et qui restent arrachées à leur avant et à leur après. Et ces mots crachés dans l'exaspération de la nuit, ces mots de lassitude se dressèrent immédiatement entre nous — et jamais plus nous ne pûmes nous en défaire. Pourquoi nous trouvions-nous là, sur leur île, si ce n'était justement pour éviter pareil relâchement ? Nous passâmes une nuit de souffrance absolue, nous ne pouvions plus nous taire, nous nous jetions dans les mots pour fuir les mots, nous nous agrippions désespérément aux mots car nous n'avions plus la force mentale pour nous élever au-dessus des mots et penser. Que penser ? Notre situation était-elle *pensable* ? À un moment, j'étais tombé à genoux devant elle. Ce fut l'électrochoc qui peut-être nous sauva cette nuit-là. Un immense silence se fit entre nous. Clare attira ma tête sur ses genoux et nous restâmes ainsi jusqu'au matin aussi immobiles que des statues. Peu à peu la structure s'anima. Nous entendîmes les domestiques aller et venir sur leurs pieds nus. Puis la voix d'Abee nous parvint du dehors, ponctuée par l'exaspérant " Yes, sir " du pilote. Ensuite, comme chaque matin, Diamond frappa quelques petits coups à notre porte. Comme nous ne bougions pas, il s'en alla. »

XV

« Une nouvelle journée commençait, ou plutôt quelque chose d'autre commençait avec ce nouveau jour. Quelque chose d'indéfinissable. Nous étions en juillet. Le vingt-deux, je me souviens. L'air était moite, collant, et les moustiques commençaient à former ces sortes de nuages mouvants qui en cette saison rendent le delta gris poussière. Lorsque nous nous retrouvâmes tous pour le déjeuner du matin, je sus qu'un nouveau *coup* allait être joué. Dans la vie normale, une action, une pensée, un désir ne peuvent se concevoir isolément; les choses découlent les unes des autres, elles glissent les unes dans les autres, nous sommes prisonniers de la continuité. Seuls la folie, peut-être, ou l'art permettent d'introduire dans la coulée de la vie ces coups de ciseaux, ces ruptures qui brusquement isolent un moment en " séquence ". Ici, sur l'île, les événements n'allaient pas de soi, ils ne se fondaient pas, *ils ne vivaient pas*. On les aurait dits pensés d'en haut. Une volonté détraquée semblait les inventer. Encore une fois, je ne peux comparer ce qui se passait qu'aux *coups* successifs d'un jeu dont nous ne connaissions pas les règles. Ça se jouait par-dessus nous. Nous nous trouvions, disons, sur telle case ou telle autre... et nous nous rendions compte tout à coup que nous étions passés sur une autre case — et ça, c'était terrifiant!

« Oui, pourquoi Clare nous avait-elle expulsés de notre solitude si ce n'était pour conjurer cette sorte de fatalité? — car elle pressentait comment, le jour venu, je la blesserais, avec quels mots, moi, je la poignarderais, avec quels regards, quelles grimaces. Tant que nous vivions isolés, seuls, tant que rien ne venait brouiller notre réalité, nous nous étions maintenus en état de tension, comprenez-vous? »

(Et pendant que David poursuit, l'écrivain français se souvient du quai ensoleillé, de la promenade du couple — lui penché sur elle, elle la tête rejetée en arrière vers lui. Il se souvient de Bill et de son petit chien, il revoit les musiciens, l'orfèvre, eux-mêmes — Eleinad et lui.)

« Pouvait-il exister pour Clare et moi plus grand bonheur que celui-là? Il a fallu qu'elle détruise, comme elle a toujours tout détruit. Vous ne me croirez pas, mon amour pour Clare était si maladif, si exclusif, que sans me l'avouer vraiment j'étais pacifié — j'ai honte de le dire — par ce mal qui me l'avait livrée entière cette fois. Pouvez-vous comprendre ça? Je m'étais épris de sa souffrance. J'étais comme enivré par mon rôle d'esclave — ou plutôt du rôle d'esclave que je m'étais donné. Oui, enivré par cet alourdissement et ce perpétuel combat contre l'inertie. Savoir que sans moi elle ne pouvait vivre et que moi j'étais devenu une part de son corps, comprenez-vous? la *moitié* de Clare, si vous préférez. Et je ne désirais rien d'autre qu'être cette part d'elle. Mais c'est ça justement qu'elle n'acceptait pas. »

(Ne voit-il pas, pense encore l'écrivain, qu'elle le voulait — mais pas à sa dévotion? Elle l'aimait indifférent, distant, tel qu'elle l'avait connu à l'université. Son esprit conquérant, ambitieux, aimait trop l'obstacle, la lutte, la victoire sur l'impossible pour accepter un David soumis — donc compatissant.)

« À aucun moment, non, à aucun moment elle ne se soumit. Et chaque nuit, couché contre son corps immobile, je l'ai sentie au plus profond de son sommeil, oui, même dans le relâchement de la nuit, je l'ai sentie se rebeller. Elle cherchait l'issue, le moyen d'échapper — ce qu'elle fit une première fois avec Missia. Tallahassee restera leur secret — comme l'Inde restera le mien. Elle me revint. Elle repassa des bras de Missia dans les miens. Voilà ! nous venions de fermer une première boucle. Et par une bizarre ironie, comme elle s'était ouverte, cette boucle se referma à New York. Nous quittâmes Missia, Diamond et Abee, pensant ne plus jamais les revoir, espérant reprendre notre vie, mais nous ne nous doutions pas du pouvoir qu'ils avaient pris sur nous. Quelque chose d'eux était resté fiché en nous. À distance, ils commencèrent à nous surveiller ; ils nous tenaient sous influence. Sans cesse Clare le disait. Elle sentait sur elle *le regard*. Nous nous installâmes à Paris puis nous nous enfuîmes à Rome, mais à Rome comme à Paris *le regard* nous suivait. De multiples signes nous alertaient. Tous les obstacles tombaient devant nous. Il suffisait que Clare émette un vœu, ou moi, pour qu'aussitôt la chose désirée vienne entre nos mains. C'était comme un étrange enchantement.

« Nous voulûmes brouiller notre piste ; nous retournâmes en France, dans le Sud, à Beauvallon, oui, je sais, pas loin de chez vous. Et leurs stratagèmes se multiplièrent, montrant combien vive était leur impatience de nous posséder de nouveau. Nous repassâmes en Italie et ce fut le *pianoterra* près du quai. Au même moment, au centre du delta, ils achetaient l'île et commençaient les travaux de la structure. Cette fois nous étions pris. Nous n'avions plus le courage de nous enfuir. Ils avaient donc attendu deux ans, il leur avait fallu deux ans pour nous forcer. Savez-vous que même Bill ils l'avaient attrapé, oui, même Bill nous le retrouvâmes comme par hasard installé non loin du quai, plus que jamais aux abois, et cette fois complètement à la solde de Diamond. Qui n'avons-nous soupçonné d'être acheté par Diamond ? Vous-mêmes, un moment, lorsque nous vous croisions sur le quai et que nous vous trouvions installés à une table proche ou alors au concert, oui, même vous !

« Mais ceux qui devaient nous faire retomber entre les mains de Diamond se trouvaient en Hongrie. Nul autre que lui (ou eux trois) n'aurait imaginé un truc aussi diabolique. C'est à croire que Missia, Abee et lui avaient *inventé* Carel et Douchka. Pourquoi n'auraient-ils pas fait surgir du néant deux créatures chargées d'une histoire aussi violente et *irrésistible* ? Oui, c'est à croire que l'un comme l'autre possédait une charge d'émotion exactement calculée pour parler à nos sensibilités (celle de Clare, la mienne). Je ne sais dans quel conte allemand un sorcier pétrissait des êtres de chair qu'il s'amusait ensuite à mettre en présence — ou peut-être était-ce dans un film ? Pourquoi ce cinglé d'Abee n'aurait-il pas fabriqué Carel à partir d'une épure sortie d'une de ses machines à penser ? Et pourquoi sur sa lancée ne se serait-il pas amusé à perfectionner l'œuvre en y ajoutant son complément femelle ? Tout était tellement artificiel sur cette île ! Ou, si vous préférez, tout devenait tellement faux dès qu'on y avait posé le pied. C'était comme si on pénétrait à l'intérieur d'un cristal et qu'on voyait brusquement la réalité se distordre à travers les diffractions de ce cristal. C'était un lieu magique, je vous assure, et nul n'y abordait sans y perdre quelque chose de soi. Pas seulement les êtres mais les choses, les objets, les œuvres se trouvaient

134

déviés par je ne sais quelle force qui déplaçait leur sens — ou, si vous préférez, leur rapport. Sur cet espace clos, posé à fleur d'eau, tout se *situait*, tout était mis en présence, rien ne pouvait rester autonome. On pouvait être plus ou moins sensible à ce phénomène. Les musiciens, par exemple, ne le ressentaient qu'à peine — si ce n'est pas du tout. Ils restaient extérieurs. Ils n'étaient que des exécutants. On les payait pour venir et repartir. Entre les deux, ils jouaient leur partition, ils se trouvaient inclus dans un *rapport* préétabli, ils se situaient hors du risque. C'était assez troublant de les voir tous les six traverser l'île et ne pas s'y enliser, être maintenus au-dessus de cette espèce de bourbier par la partition écrite comme sur une passerelle en métal inoxydable. Pourtant, quelle musique balbutiante, pleine de vagues incertaines, apparemment! Non! Eux ils jouaient toujours exactement chaque note, sans jamais une variante. Pensaient-ils ce qu'ils jouaient? Chaque note, chaque fléchissement des cordes, ils les répétaient comme s'ils les avaient enregistrés une fois pour toutes. Alors, pourquoi pas une bande magnétique? Eh bien parce qu'ils (Abee, Diamond, Missia) pouvaient se payer des êtres humains même là où une machine aurait apparemment pu les remplacer. N'était-ce pas le suprême dandysme? Il leur fallait des esclaves — non, pas des esclaves, des exécutants, des machines humaines capables de tirer des gémissements, exacts, prémédités, de leurs cordes. Ils jouaient un rôle esthétique dans ce rituel qu'Abee avait eu le vice d'imaginer et d'appliquer strictement. Une bande magnétique aurait été trop simple, comprenez-vous? Il fallait à Abee et aux deux autres de ces sortes de mises en tension hétéroclites. Cette théâtralisation. Ce grouillement dépareillé. Nous-mêmes (Clare, moi), nous nous en rendîmes très vite compte : ils prétendaient nous réduire à n'être que des éléments de cet ensemble dépareillé qu'ils édifiaient. À moins que l'ensemble n'ait été qu'un camouflage, un prétexte pour mieux nous diluer, nous anéantir. Comprenez-moi, l'île n'aurait été que l'île et nous avec eux sur l'île, au bout de quelques heures tout aurait été dit, ou plutôt rien n'aurait été dit puisqu'il n'y aurait rien eu à dire. Mais voilà leur diabolique génie : ils avaient construit un ensemble de formes, de rites, d'êtres humains, duquel celui qui y avait été inclus ne pouvait plus s'évader. »

XVI

Ils étaient donc tous là, comme chaque matin, assis à la grande table, devant la baie. Tout en buvant du café et en mangeant des toasts, leurs regards se perdaient dans le vide du delta. Personne ne parlait. Chacun se laissait absorber soit par la vue (peut-on nommer *vue* un vide d'eau et de ciel brouillé par les nappes moirées des moustiques ?), soit par le vide tout aussi profond, insonore et symétrique qui s'était creusé chaque jour un peu plus dans les esprits. La proximité continue du delta, cet enfoncement du regard dans l'illimité, les avaient à la longue tous rendus un peu vagues, non concernés. Au contraire de ces prisonniers qui après de longues années de claustration sont pris de vertiges, de peurs atroces dès qu'ils se trouvent dans un espace libre, ils (David, Siréna, Douchka, Carel) étaient en permanence comme hypnotisés par cette surface fuyante au point de craindre l'enfermement même relatif des hexagones. Ils vivaient tournés vers ce vide d'eau et de ciel, accrochant leurs regards sur les oiseaux blancs, les repères de la passe, la bouée qui marquait le chenal et sur laquelle venaient virer les tankers tirés par leurs remorqueurs. Tout se déroulait avec la lenteur des rêves dans ce paysage suspendu. Sauf les violents mais brefs passages des long-courriers, tout allait au rythme de la lumière montante puis déclinante. Et voilà que, ce matin-là, Abee dit tout à coup :

« Vous voyez cet îlot ? » Montrant à l'est de l'aéroport une mince bande de terre qui n'apparaissait qu'à peine — et encore fallait-il que le contre-jour matinal la dessine brièvement pour qu'on en saisisse la réalité : « Que diriez-vous d'un pique-nique à l'ombre de son unique arbre ? »

Étonnés, ils regardaient tous Abee. Un pique-nique ! Un arbre ! Cet obsédé du rite et de la répétition proposer quelque chose d'aussi incongru ! Ils en furent presque amusés. Bien sûr, Diamond s'enthousiasme. Immédiatement il donne l'ordre que des paniers soient préparés. Siréna est toute joyeuse ; Douchka aussi, même Carel, semblant oublier ses tourments, dit oui. David sourit ironiquement en observant Missia. Assise près de Siréna, elle plisse les yeux en direction de l'îlot redevenu maintenant invisible. Son large visage se tourne lentement vers Abee et, bien que rien ne bouge sur cette femme compacte et tranquille comme un tracteur ou un camion au repos, David sent passer entre elle et Abee un sourire imperceptible.

« Bon ! dit Abee en se levant, à onze heures et demie précises, sur la jetée. »

Siréna tend les bras vers Missia, qui la soulève et l'emporte. Et au moment où Missia virait sa lourde masse pour passer le seuil en évitant que les jambes de la jeune femme ne heurtent le dormant de la porte, le regard de Siréna s'attacha un bref instant à celui de David et David crut y distinguer quelques éclats de larmes.

Douchka, Carel et David étaient restés seuls dans la grande salle vide. Brusquement, Carel chuchota quelques phrases incompréhensibles.

« Je t'en supplie », dit Douchka et, se tournant vers David : « Je ne sais que faire, il... »

Carel l'interrompit dans un désagréable anglais :
« Ne prends pas ce ton hypocrite pour lui parler. Je t'interdis de le regarder comme ça, tu entends ! »

Et de nouveau il proféra des phrases incompréhensibles avec des inflexions douloureuses, fixant tantôt David, tantôt Douchka d'un regard rétréci. Puis reprenant son impossible anglais :

« Et maintenant, traduis ce que je viens de dire. Tu ne peux pas ? Tu caches ton visage dans tes mains ! » Il fit un pas vers David : « Et toi, tu dois me dire oui ou non.

— Carel, je t'en supplie ! cria Douchka.

— Je te le demande, David ! Tu ne dis rien ? De toute façon, peu importe. Alors, j'aimerais que tu m'expliques : pourquoi as-tu réussi à me faire détruire ce tableau malgré moi hier soir ? » Il se détourna et regarda par la baie. Derrière lui, David et Douchka se tenaient immobiles. « Et vous échangez des regards dans mon dos. » Il se retourna brusquement. « J'ai été ignoble, vraiment ignoble par votre faute à tous les deux. Vous m'avez poussé à cet acte répugnant. À l'avenir, débrouillez-vous pour échanger ces sortes de regards lorsque je ne suis pas là. Cessez de me faire souffrir. Je n'en peux plus de souffrir, comprenez-vous ? Savez-vous ce que je souffrais là-haut pendant que Diamond vous rapprochait ignoblement l'un contre l'autre, front contre front ?

— Ah, Carel, je t'en supplie !

— Pouvez-vous l'imaginer ? Souffrir, sais-tu, David, ce que ça veut dire ? Siréna t'a-t-elle fait souffrir comme celle-là me fait souffrir ? »

Douchka lui prit les mains. Il la repoussa et cria quelques phrases en hongrois.

« Carel, tu ne peux me dire des choses pareilles ! »

Elle avait prononcé ces mots à demi tournée vers David comme si elle le prenait à témoin de ces paroles qu'il n'avait pu comprendre.

Et Carel s'en alla à grandes enjambées. Elle eut un élan pour le suivre, puis se laissa retomber. Elle resta un moment la figure dans les mains :

« Je suis perdue, vraiment perdue. Tout est perdu. »

Par la baie, David voyait la vedette blanche. Le pilote venait de l'amarrer. Il posa la main sur l'épaule de Douchka. Il dit d'une voix indifférente, plate :

« Tu devrais ne pas le laisser seul. »

Elle leva les yeux sur lui, le vit flou, déformé comme à travers une loupe.

« Là-bas c'était simple, brutal, sauvage, tu comprends ? si ennemi. Il avait besoin de moi. Nous savions qu'il fallait résister *ensemble*. Ici nous n'avons que des amis, et nous voilà tellement éloignés tout à coup. Il n'a plus confiance en moi. Tout le fait souffrir, je ne peux bouger sans qu'il souffre. Tu ne peux imaginer quelle nuit nous venons de passer ! »

Maintenant David voyait sur la jetée les deux domestiques philippins transporter des paniers, des plaids, un grand parasol. Abee leur donnait des ordres.

« Tu devrais monter auprès de lui », répéta David tout en continuant à regarder au-dehors. Et la prenant doucement par la nuque, il la poussa un peu pour qu'elle se lève.

« Non, David, il n'a pas besoin de moi — et moi je n'ai plus rien à lui donner. Il croit qu'il ne peut pas se passer de moi, mais moi je sais ce qu'il attend de moi. Il attend que je le délivre de moi. Ce qu'il t'a dit tout à l'heure, s'il l'a dit en hongrois, ce n'est pas pour que tu l'ignores, c'est au contraire pour que ce soit *par moi* que ces mots t'atteignent. Et ces mots, il sait qu'à un moment ou à un autre, je te les traduirai. »

140

Toujours assise, un peu au-dessous de lui, elle regardait David intensément et pensait : *Pourquoi fatal ?* pendant qu'avec un plaisir presque insupportable sa chair recevait de près la beauté sensuelle de ce visage d'homme, cette lumière douce, apaisante qui émanait de la peau, des traits obliques, des paupières cernées d'ombres bistres, du regard un peu mélancolique, des lèvres surtout qui avaient quelque chose d'enfantin dans leurs renflements. Elle aurait aimé toucher son sourire, ah, si elle osait lever les mains et suivre des doigts les merveilles de ce visage comme on ne peut s'empêcher d'effleurer la surface lisse et parfaite d'une colonne de marbre ! Et elle comprit tout à coup l'intensité de la jalousie de Carel et elle eut mal. Elle comprit surtout que la fatalité était là, devant elle, et c'est avec agacement qu'elle détacha la main de David restée amicalement sur sa nuque. S'arrachant à la douceur magnétique de ce contact, elle se leva et s'en alla, laissant David seul devant la baie.

Jusqu'à présent, elle avait *vu* David, disons que ses yeux prenaient plaisir à se poser sur David, à glisser sur la surface de sa beauté, mais à aucun moment elle n'avait éprouvé le besoin de toucher cette beauté. Tout au début, les deux ou trois premières fois où ils s'étaient vus (avant que l'habitude ne les mette sur la réserve), ils avaient échangé de brefs et profonds regards. David l'avait pénétrée du regard et elle s'était laissé pénétrer par *ce regard d'homme inconnu*, elle avait ouvert large son regard de femme à cet homme, et elle en avait éprouvé une satisfaction brève, secrète, mais forte et rassurante, un contentement sensuel vite effacé et qui, à la longue, s'était renouvelé avec de moins en moins de sensualité jusqu'à devenir cet échange banal qui accompagne le bonjour et le bonsoir. Elle avait toujours plaisir à voir David — mais

141

sans le voir vraiment. Elle l'avait assimilé, elle avait assimilé sa splendeur, elle l'avait rayé de ses étonnements. Sans Carel, sans la jalousie de Carel, peut-être n'aurait-elle jamais *revu* David tel qu'il était : terriblement attirant. Mais Carel, dès le premier instant, avait *su* ; et constamment il avait ressenti la fatalité de David, on pourrait dire *à la place* de Douchka. Carel s'étonnait à sa place, Carel ressentait à sa place ce qu'elle s'interdisait de sentir. Il ne pouvait refuser la certitude d'une si puissante fatalité, et il souffrait de trouver harmonieuse cette fatalité, de la trouver juste, inévitable et, comme le condamné qui supplie qu'on fasse vite et bien, il avait à plusieurs reprises supplié David de faire vite et bien ce qu'il savait devoir arriver. Mais chaque fois les mots anglais s'étaient dérobés et ce sont des phrases incompréhensibles qu'il avait lancées vers David, sachant que, le moment venu, ce serait par les lèvres de sa femme aimée que ces phrases seraient prononcées.

XVII

Il était environ midi lorsque la vedette toucha terre. Une barque grossièrement peinte en rouge et vert échouée sur une petite grève de boue montrait que l'îlot n'était pas complètement abandonné. Quelques filets de pêche séchaient accrochés à des murs effrités. Sur la partie haute de l'informe langue de terre, un arbre était là, dressé vers le ciel comme la grande main osseuse d'un géant que la vase aurait aspiré. Un peu plus loin, appuyée aux ruines d'une ancienne usine, une cabane construite avec des bois flottés et des morceaux de bâches en plastique semblait occupée.

« Coupe le moteur, dit Abee.

— Yes, sir. »

Le brusque silence fit sortir sur le seuil de la cabane une femme longue et anguleuse, vêtue de noir. Elle resta immobile, la main en visière, à observer la vedette.

« Bon, dit Abee, débarque les paniers.

— Yes, sir. »

Ils se tenaient tous devant le rouf, un peu étonnés, mal à l'aise de découvrir ce petit morceau de terre informe perdu parmi les eaux du delta. Le pilote sauta sur le débarcadère et on lui passa les paniers.

« Mais c'est absolument immonde, dit Siréna, quelle idée de venir patauger là-dedans ! On se croirait échoués sur un tas d'ordures. Vraiment, Abee, tu es un des types les plus vicieux que je connaisse. Moi je m'attendais à de l'herbe, des fleurettes, je ne sais pas. Quelque chose d'heureux, d'ensoleillé, un pique-nique, quoi ! »

Missia venait de la poser sur le toit du rouf et Siréna jetait des regards incrédules sur l'îlot enfoncé dans la vase.

« En effet, dit Abee, je suis désolé de ne pas avoir mieux à vous offrir, mais si je vous ai invités à venir ici, c'est pour que vous voyiez ce qu'il y a à voir à partir d'ici et non ici. J'ai découvert cet îlot l'autre jour en cherchant un point fixe pour faire un relevé précis de la structure. Regardez. » Il désigna au loin un léger scintillement. « Lorsque le soleil sera à la verticale, vous verrez le pourquoi de cela. »

David sauta sur le ponton et s'engagea sur un petit sentier qui montait jusqu'à l'arbre. De l'autre côté de la dénivellation, il eut la surprise de découvrir un grand champ plat, couvert de touffes d'artichauts soigneusement tirées en lignes parallèles. Un homme et un enfant se trouvaient enfoncés à mi-corps parmi ces plantes qui, vues d'un peu loin, ressemblaient à des palmiers nains. L'enfant poussa un cri, l'homme se retourna et, comme la femme devant la cabane, il mit la main en visière et observa en silence.

Diamond avait rejoint David. Il était vêtu de clair. Ses chaussures blanches et le bas de son pantalon étaient éclaboussés de boue. Brusquement il s'immobilisa : il venait d'apercevoir l'homme et l'enfant dans le champ d'artichauts. Ils restèrent un moment à se surveiller, en suspens dans la lumière blême du delta, et David eut la désagréable impression d'avoir déjà vécu cette scène. Soudain il prit conscience du cri et

144

de l'enfant. Ce cri avait réveillé en lui un autre cri : un son unique, déchiré, qui avait laissé après lui un silence spacieux. Le petit poing se crispait à terre, et le pied du garde sikh posé sur le poignet maigre appuyait, et l'enfant gémissait pendant que peu à peu ses doigts s'ouvraient, lâchant les quelques brins d'herbe arrachés au gazon anglais des radjahs. Et voilà que David prenait conscience qu'il se trouvait encore là, seul en face de Diamond, et le cri de l'enfant vibrait toujours entre eux comme s'il venait d'être lancé depuis le fond de la nuit indienne. Ils se tenaient face à face — comme cette nuit-là — avec entre eux — comme là-bas — la moire mouvante des vols de moustiques. Et voilà que brusquement Diamond venait de fléchir le genou devant David. Non ! non ! il ne l'a pas fait ! se disait David. Et pourtant il a osé le faire ! Oui, Diamond avait eu ce mouvement incongru, parodique, obscène — comme si le temps était aboli et que de nouveau ils se trouvaient *seuls* sous des regards sans importance. Diamond s'était courbé devant la beauté de David, avec juste ce qu'il faut de distance ironique, pendant que l'homme et l'enfant, à mi-corps dans les artichauts, regardaient. Ce fut aussi bref qu'un trébuchement. Non, ni l'homme ni l'enfant accroupis dans la boue, pas plus que le groupe de l'autre côté de la dénivellation, n'étaient en mesure de comprendre ou même d'imaginer ce qui venait de se passer, car Diamond était déjà debout, gardant sur son pantalon impeccable la tache boueuse de son agenouillement.

« Alors, ça te reprend ! » dit David, mettant dans ces mots une intonation volontairement vulgaire. Il ne regardait pas franchement Diamond mais un peu à droite de son épaule.

Là-bas, l'homme s'était penché de nouveau sur son travail à fleur d'eau. Seul l'enfant semblait les fixer, immobile, enfoncé à mi-poitrine dans les feuilles dentelées.

Évitant de ramener les yeux sur Diamond, David ajouta, comme s'il parlait à l'enfant, loin dans le champ :

« Tu sais, je crois que je n'ai plus rien à foutre dans votre jeu de cinglés. Clare m'a congédié cette nuit. »

Diamond le dévisageait avec une intensité muette où se mêlaient un éblouissement outré et une anxiété trop appuyée.

Depuis que David et Siréna s'étaient installés sur Isola Piccola, Diamond avait encore — si c'est possible — exagéré ses tics de comportement : maintenant il se caricaturait carrément. En se parodiant, ou plutôt en parodiant sa propre parodie, en jouant l'ironie de l'ironie, le dandysme du dandysme, la distance de la distance, Diamond montrait à quel point de prudence malade il en était arrivé avec David. Voilà à quel niveau il espérait établir une complicité avec lui. Il semblait lui dire à tout moment : Je sais, je suis un type odieux, mais aime-moi un peu d'en être au moins conscient ; je mérite, oui, je le sais, ton mépris, vois comme je me vomis moi-même ! Ne lui avait-il pas dit : « Il y avait une fois un prince russe si parfaitement beau que devant sa voiture un homme s'était tiré une balle dans la tête, pan ! comme ça, en pleine rue. Un mot de toi ! Allons, ose ! » (Et David avait pensé : Sûr, il en est parfaitement capable.) Ce genou planté dans la boue, la marque indélébile, visible, là, sur le costume blanc, comment David pouvait-il recevoir cette sorte d'hommage sans « foutre son poing sur la gueule de l'impossible richard » ? (Il se posait la question en ces termes.)

Ce matin-là, sur l'îlot, pour la première fois, David — par les mots qui lui avaient échappé dans la nuit — se trouvait délié de Siréna. Il pouvait, oui, s'il le voulait, « foutre son poing sur la gueule de l'impossible richard », il pouvait s'en aller... il pouvait...

C'est au moment où il redescendait vers le débarcadère qu'il encaissa le choc : c'était donc ça ! À première vue, la chose paraissait si simple, si naturelle : Carel *recevait* Siréna des mains de Missia. Il se tenait, maigre et long, sur le ponton de bois vermoulu — avec, sous lui, le reflet grêle des perches gainées de vase qui ondulait, rendant, si c'était possible, encore plus instable, improvisé, ce que David ressentit intuitivement comme une dépossession décidée, un délaissement définitif. La vedette à l'étrave aiguë, d'un blanc moderne et impeccable, montait, descendait, oscillait sur le lourd, le régulier mouvement de l'eau, et Missia, penchée, faisait précautionneusement passer Siréna par-dessus la lisse. Le pilote voulut l'aider, mais elle ne s'en soucia pas. David vit avec un déchirement qui sur le moment lui parut ridicule, disproportionné, les bras gracieux (bien qu'un peu maladroits) de sa femme se dénouer du cou épais de la négresse pour aussitôt se nouer sur celui de Carel. Oui, elle venait de jeter les bras sur la nuque du peintre avec cette sorte d'abandon possessif, cette lassitude triste, cette mollesse pleine de défi que lui, David, ne connaissait que trop pour avoir vécu les incessants transbordements du lit au fauteuil — du fauteuil au lit.

Et voilà qu'ici, sur l'îlot boueux, les gestes de Siréna, de Missia, de Carel prenaient tout à coup un sens aussi fort — mais moins théâtral que ce soir, chez Bill, où la négresse avait enlevé dans le puits trouble la sirène au fourreau d'argent qu'à l'époque tout le monde nommait encore Clare W.

Le peintre tourna lentement sur lui-même et, à pas un peu chancelants, parcourut le ponton délabré. Siréna se laissait porter tout en jetant des regards

147

inquiets sur les planches qui semblaient sur le point de se briser. David s'avança vivement et, sans y penser, tendit les bras, prêt à recevoir sa femme sur la terre ferme.

« Non, David, laisse faire Carel », dit Siréna, et ils passèrent tandis que David s'écartait.

Le temps que le peintre mit à gravir le sentier qui menait à l'arbre, tout mouvement s'arrêta sur l'îlot boueux. Chacun s'immobilisa sur le geste inachevé : d'un coup tous les fils de tension convergèrent sur la silhouette chargée, maladroite, laborieuse qui, à plusieurs reprises, manqua glisser avec son fardeau. Posté en haut du monticule, Diamond observait (comme le créateur observe l'œuvre en cours de travail) ; enfin, se disait-il, la voilà collée dans les bras de ce fou destructeur ! Et son regard d'un bleu rapace survola avec délices les acteurs de cette scène qu'il lui semblait avoir lui-même disposés dans l'espace comme les personnages d'un tableau. Plus ou moins grands selon la perspective, tous participaient *au sujet*, tous gardaient, sans le savoir, la pose, tous suivaient du regard la progression du peintre accablé du poids vivant de la jeune femme aux jambes serrées : Missia, sa main noire encore levée devant elle, l'autre accrochée à la lisse du bateau, ayant suspendu son retournement, semblait proférer un chant muet ; au-dessus d'elle, debout sur le toit du rouf, le pilote amorçait un mouvement vers Abee qui, plus loin, à mi-chemin du ponton, n'avait pas fini de ramasser la lourde mallette contenant ses instruments de précision. Et surtout, étrangement solitaires maintenant (oui, enfin délivrés ! pensa Diamond dans une transe subite), David et Douchka, libres (oui, David libre !). Ce que Missia n'a pas réussi par la magie, ce fou va peut-être le réussir — car n'est-il pas en train de détourner Siréna, de la tirer *hors d'eux*, de la faire *l'oublier*? « Gommons en lui tout principe moral jusqu'à ce qu'il confonde l'acte créateur avec l'acte de destruction, avait dit Abee à propos du peintre. Vous verrez, Siréna ne résistera pas au spectacle d'une si rapide dislocation. »

Et voilà le résultat! Abee est un génie, se disait encore Diamond en accourant, les bras tendus dans un geste volontairement outré vers Carel et Siréna enfin parvenus au sommet du petit monticule. Il leur souriait, les lèvres retroussées sur l'intérieur bleu de sa bouche, et Siréna, le voyant à contre-jour, sous l'arbre, pareil à une grande branche qui se serait détachée pour se précipiter vers eux, pensa à ces représentations naïves du Démon (laine et brindille) que Missia avait confectionnées et dressées autour de son lit de gisante à Tallahassee, lors de cette longue longue séance de magie, d'ultime espoir et de définitif désespoir. Elle sentait contre elle le torse maigre du peintre haleter, consciente de l'effort terrible que représentait pour lui cette ascension, et chaque trébuchement, elle le recevait comme une preuve de la navrante faiblesse, de l'incapacité, de la bouleversante inadéquation du peintre. Et fondant sous une émotion inconnue, elle resserrait les bras non pour s'accrocher mieux, mais dans un mouvement instinctif de protection — oubliant pour la première fois depuis le drame sa propre faiblesse au point qu'il lui sembla un instant ne plus être portée mais que c'était elle, elle seule, qui les soulevait au-dessus de ce monde boueux pendant que Diamond, les voyant s'avancer pareils à deux naufragés titubants, se disait : Tu es perdue, perdue ! Enfin j'ai réussi à te noyer, Siréna ! Et par-delà le couple pathétique, maintenant presque parvenu sous l'arbre, il voyait nettement, rétrécis par la perspective, David et Douchka, debout près du ponton (avec autour d'eux, comme dans un film arrêté qui soudain se ranime : Abee, Missia, le pilote achevant les divers mouvements que le spectacle de Carel hissant Siréna avait un instant suspendus). Et David venait de poser la main sur la nuque de Douchka et l'entraînait avec lui sur le sentier.

XVIII

« Attention, voilà le moment ! » avait dit Abee. Il s'était accroupi rapidement derrière un appareil de visée installé sur un trépied au sommet du monticule. Tous avaient cessé de manger et s'étaient tournés vers le delta.

Brusquement le soleil frappa les pans coupés et les arêtes des hexagones, de telle sorte que la structure — dont jusqu'à cet instant on avait pu distinguer sans difficulté les facettes à mesure qu'elles entraient ou sortaient de l'ombre — donna l'impression de se dématérialiser en un rayon unique d'un bleu-noir intense. L'étrange lumière disparut aussitôt et de nouveau on put distinguer l'œuvre posée au loin sur l'eau comme un grand cristal étincelant.

« Voilà ce que je n'aurais jamais cru obtenir si parfaitement, avait dit Abee, cette lumière indigo d'une pureté absolue au moment où le soleil touche perpendiculairement la structure. Avez-vous bien vu ? Personne jusqu'à présent n'avait réussi à isoler le spectre indigo de l'arc lumineux, il se trouvait toujours, au point d'incidence, quelques scories de bleu, si ce n'est même de vert, pour salir la splendeur de ce rayon noir que nous sommes peut-être les premiers êtres humains à avoir vu. Nous avons transmué la musique en matière et la matière en lumière. *Verklärte Nacht* est d'un indigo absolu. Schönberg aurait-il pu imaginer une chose pareille ? Aucune pierre taillée sur le schéma du sextuor n'aurait concentré un rayon si limpide, si proche du noir. Il fallait passer par l'architecture ! »

Ils écoutaient tous, presque inquiets de découvrir Abee, l'impénétrable Abee, exalté, expansif. Il vint s'asseoir près de Diamond et dit ces mots stupéfiants :

« Nous pourrions maintenant aussi bien démolir la structure, mon vieux. Nous avons transmué la musique en lumière. Après ça, il n'y a plus rien, rien ! »

Soudain son regard devint fixe, ses pupilles rétrécirent d'un coup. Tous se retournèrent. Un étrange enfant se tenait là, immobile, à demi nu. Ses cheveux blancs retombaient souples et lisses comme du nylon sur ses épaules. Son teint très pâle, ses yeux gris clair, presque blancs. Les épaules, les bras, les jambes irrégulièrement enduits de boue plus ou moins séchée, craquelée par endroits. L'enfant les observait. Seuls ses cils blancs et duveteux comme de petits papillons de nuit bougeaient. Il faisait un visible effort pour supporter la lumière du soleil — ce qui donnait à son visage délicat une expression douloureuse. Cette présence semblait avoir surgi de la vase du delta.

« Ce gosse est tout à fait merveilleux », murmura Diamond presque sans bouger les lèvres. Il se tenait accoudé sur la couverture, parmi les restes du pique-nique. Doucement il allongea la main vers un fruit qu'il tendit à l'enfant.

Déjà lorsqu'ils s'étaient tous retournés, l'enfant avait reculé de quelques pas. Le geste de Diamond le fit partir en courant. Il descendit la pente en trébuchant plusieurs fois, sautillant avec la grâce incertaine d'un cabri. Il semblait à chaque pas sur le point de tomber, mais il faisait un petit bond dont l'impulsion le faisait courir jusqu'à ce qu'il trébuche de nouveau. Il contourna un mur en ruine, se retourna, puis, remontant la pente ensoleillée, disparut dans la cabane.

« Comme il était étrange, dit Douchka. Vous avez remarqué ses cheveux si blancs ?

— Je ne l'avais jamais vu de près, dit Abee. Chaque fois que nous sommes venus faire des relevés, il nous a suivis, hein, Pilote ? mais de loin.

— Yes, sir.

— Ce gosse est tout à fait merveilleux », répéta Diamond d'un air pensif. Brusquement il se redressa. « Ah, ça y est, je me souviens ! Rappelle-toi, Abee, ces nègres albinos ; ils s'enduisaient de vase, exactement comme ce gosse. Ils avaient été regroupés dans ce village, du côté de Mossel Bay. Les touristes payaient pour les photographier. C'était assez pittoresque, ces êtres craquelés comme de la céramique qu'un rien, semblait-il, aurait pu réduire en poussière. La plupart étaient tellement dépigmentés que c'est à peine s'ils y voyaient. Missia, tu te souviens ?

— Bien sûr, un village de spectres terreux qui se déplaçaient les mains tendues en avant. Tu sais, ce gosse aussi doit être à demi aveugle, tu as vu comme il a manqué tomber plusieurs fois ? »

La grande femme maigre ainsi que l'homme que David avait aperçu un peu plus tôt dans le champ d'artichauts se tenaient maintenant immobiles, droits sous le soleil, devant la cabane.

Au moment où Diamond avait ramassé le fruit pour le tendre à l'enfant, David s'était levé avec brusquerie. Ce geste lui était intolérable. Il n'avait pu supporter ce geste d'offrande. Il entendait les cris, les pleurs ; il voyait les mains d'abord ouvertes puis refermées, une multitude de mains aux paumes claires, aux doigts mobiles, s'ouvrant puis se fermant sous le soleil, et lui,

153

jetant vers ces mains enchevêtrées le riz cousu dans les sachets de jute — puis les roupies (ça c'était l'abominable idée de Diamond), les poignées de roupies neuves que Diamond avait fait venir par sacs entiers de la banque et qu'il avait ouverts lui-même pour jeter lui-même — comme pour amorcer le crime — la première poignée sur la foule contenue par des cordons de policiers armés, incitant David à plonger lui aussi les mains dans les sacs remplis de pièces brillantes et dures comme de la mitraille, incitant David à répandre innocemment la mort. Car entre la première poignée envoyée par Diamond et la seconde lâchée par David, l'enchevêtrement de bras tendus s'était brutalement rétracté, ne laissant sous le soleil qu'une multitude de dos affairés sur lesquels la troisième poignée de roupies était venue frapper. Puis il n'y eut plus ni dos, ni bras, ni rien d'humain, mais un furieux désordre d'où montait un rugissement unique comme si un gigantesque nid de frelons venait d'être éventré, là, devant les colonnades délicates et les statues aux drapés de marbre.

Les policiers tiraient dans la foule — pendant que Diamond, saisi d'une exaltation frénétique, continuait à lancer à la volée ses brillants projectiles.

« L'enquête fut longue, terriblement éprouvante, racontera bien des années plus tard David. Nous fûmes consignés tous les deux dans le palais, et les gardes qui jusqu'à présent étaient là pour nous préserver de l'Inde furent chargés cette fois de nous empêcher de sortir — et donc de préserver l'Inde de nous. À dire vrai, rien n'avait changé, nous n'étions ni plus ni moins libres qu'avant car l'Inde, après tout, s'était limitée (en tout cas pour moi) à ce parc touffu, troué de bassins peuplés de pélicans. Je n'étais là, comme je vous l'ai dit, que pour attendre, oui, l'attendre, elle, sans perdre le contact, puisque entre Diamond et Missia quelque chose passait, vous n'allez pas me croire, un fluide, une émission permanente qui faisait dire à Diamond : Tiens, elles font ceci en ce moment, ou elles font ça, elles sont là ou là. Je sais, il y a de quoi sourire, mais c'était ainsi, et plus tard, lorsque nous nous sommes rejoints à New York, Clare m'a confirmé combien Missia était forte de son pouvoir et qu'en effet à aucun moment, prétendait-elle, elle n'avait perdu le contact avec Diamond, si bien qu'à l'heure exacte de la tuerie, oui, à l'heure où cette chose terrible avait lieu, Missia avait suspendu ses incantations et elle était restée (m'avait raconté Clare) tendue, comme si devant la maison de Tallahassee la terre venait de s'entrouvrir et que par cette crevasse montaient le bruit de l'or roulant dans la poussière, les cris, les détonations. »

David avait éteint sa cigarette en l'écrasant dans le cendrier maintenant presque plein. Puis il sortit un portefeuille en cuir craquelé :

« Voilà, lisez ! »

Il avait tendu à Eleinad et à l'écrivain un vieux morceau de journal qu'il avait délicatement déplié :

TRAGIQUE DISTRIBUTION DE VIVRES

Vingt et un morts et quarante-deux blessés

Vingt et un morts, dont quatorze enfants, et quarante-deux blessés : tel est le bilan d'une tragique distribution de vivres par deux riches Européens, le lundi 30 juillet, dans la banlieue de Calcutta. Deux mille personnes étaient attendues ; le double au moins s'est présenté devant le palais loué par les riches étrangers. Dès l'ouverture des grilles du parc, ce fut une ruée incontrôlée vers les comptoirs de distribution, érigés pour l'occasion, dans l'espoir d'obtenir un sac de riz et un peu d'argent. Les riches étrangers ont proposé de payer les obsèques des victimes.

David prit une nouvelle cigarette, enflamma une allumette et resta, le feu d'une main, l'article qu'Eleinad lui avait rendu de l'autre. Mais l'allumette n'alla pas — comme l'espérait secrètement l'écrivain — mettre le feu au morceau de journal jauni, la flamme monta et entra en contact avec la cigarette qui tremblait un peu entre les lèvres de David. Il aspira en fermant les yeux, lentement, profondément et rejeta une fine fumée qui bleuit l'air autour de lui tandis qu'il secouait l'allumette qu'il garda un moment éteinte entre ses doigts. Enfin il eut un sursaut, sourit, jeta l'allumette, replia rapidement l'article qu'il glissa à sa place dans le portefeuille, et dit, après avoir fixé Eleinad puis l'écrivain, comme s'il attendait d'eux un commentaire ou tout au moins quelques mots de compréhension :

« Vous imaginez quel lien nous tenait désormais accouplés, quelle chaîne fantôme me rivait à lui. Brusquement la terre était devenue trop étroite. Nulle fuite possible ! Le crime entre lui et moi ! Oui, le crime ! Plus jamais de silence ! Ce cri d'enfant annonciateur, cette main squelettique refermée sur l'herbe, le bruit des pièces frappant les dos maigres, les coups de feu. Voilà quel fut notre secret, voilà pourquoi Diamond s'autorisa à me poursuivre. Il ne se passa plus un jour sans que par un moyen ou un autre il ne s'arrange pour me rappeler (il hésita) notre forfait. Ainsi l'agenouillement sous l'arbre, ou le fruit tendu au petit albinos. Et la veille, et l'avant-veille, que ce soit sur Isola Piccola, ou avant que Clare ne se décide à venir y vivre.

« Et pour moi le supplice de n'avoir personne sur qui me délivrer, personne, car tous savaient : Clare, Missia, Abee, tous savaient disons *superficiellement* la chose : nous avions eu " quelques problèmes " aux Indes — qui n'a eu des problèmes aux Indes ? —, ou plutôt Diamond et moi nous avions été les victimes de notre... quel autre mot trouver moins éculé que " compassion "? Quoi, c'était un incident — même pas un accident —, quelque chose comme une " fausse note ". Oui, pour Abee et Missia, c'était un peu ça. L'un comme l'autre ne m'ont jamais depuis dissimulé leur mépris pour ma " sensiblerie " — bien qu'au fond de moi je ne peux m'empêcher de penser que Diamond, dans sa souriante perversité, espérait cette sorte de conclusion pour ces " largesses ". La Sainte-Trinité diabolique se foutait en tout cas de mon sentiment de culpabilité. La seule qui aurait dû *recevoir* mon crime (pour m'aider peut-être à le surmonter), celle vers qui je vivais tendu, ne voulut pas l'admettre pour tel : " Allons, David, quelle importance ! Si nous nous embarrassions du malheur des autres, nous ne pourrions plus vivre. " Oui, voilà les paroles que Clare alla chercher — elle qui plus tard, justement, trouvera dans le malheur d'autrui un provisoire remède. »

Il fit un geste de la main comme pour tenter de chasser le nom de Carel et les mots qu'entouraient pour lui les souffrances attachées à ce nom. Mais il ne put éviter ni le nom ni les mots ni les autres noms que ces mots rassemblaient dans ce qu'on aurait pu appeler une « histoire », sauf que l' « histoire » — s'il y en avait une — vécue par David, Siréna, Carel et Douchka n'avait jusqu'à présent jamais été *mise en mots* et qu'aucun de ceux qui avaient vécu ces événements n'aurait pu imaginer, au moment où ils en subissaient les appels, les tensions, les silences, qu'un jour ces moments épars, chargés d'intensité vitale, puissent être rassemblés en quelque chose de construit, puissent être *formulés* — pas plus que Schönberg, malgré les possibilités d'humour infinies qui habitent chaque créateur, n'aurait pu imaginer qu'un jour *Verklärte Nacht* serait transmuée en un solide de poudre de diamant, puis mise à plat, puis élevée dans l'espace en une série de troncatures habitées, pour, finalement, réfléchir un instant le soleil à son zénith — donc s'annuler, comme seront annulées, le moment venu, toutes les tensions convergentes d'amour, d'art, de science qui ont fait ce que nous sommes destinés à ne plus être.

XIX

« Ce pique-nique sur l'îlot des *carciofi* n'était qu'un dégoûtant prétexte pour nous déséquilibrer, pour nous sortir du cadre de nos habitudes et déclencher en quelque sorte la mise en route du système.

— Du système ? interrogea l'écrivain.

— Oui, de ce coup monté insensé dans lequel nous étions tous inclus. Par exemple, cette histoire de rayon bleu indigo, aujourd'hui j'en suis sûr, n'était qu'un assez merveilleux effet du hasard, un jeu de lumière, un peu comme on surprend dans les biseaux d'un miroir le fugitif éclat indigo du spectre. Mais Abee était tellement tordu qu'il ne pouvait s'empêcher de faire entrer de force même cette sorte de hasard dans cette logique aberrante qu'il semblait construire à mesure que se succédaient les occasions.

« Je pense que, si quelqu'un était *vraiment* fou dans cette histoire, c'était Abee avec sa logique — comme je pense que, si quelqu'un est *vraiment* fou dans cet univers, c'est bien celui qui l'a produit, ne croyez-vous pas ? Ce jour-là, sur l'îlot des *carciofi*, j'avais pris la résolution, comment vous dire ? de me retirer du jeu dès le lendemain. Je sentais que le moment était venu. Maintenant, oui, dès demain tu lâches tout ! je me disais, pendant cet absurde pique-nique. J'étouffais de jalousie... Non, je mens. Je n'éprouvais aucune jalousie, j'étais tout simplement très triste — et peut-être quand même un peu jaloux. Clare s'était allongée sur les couvertures, les bras rejetés au-dessus d'elle, elle se tenait contre le peintre ; elle semblait si à l'aise dans cette pose pleine de défi et de provocation : la tête levée vers lui, elle le regardait en riant, un peu comme si elle se moquait de nous, d'elle, de lui ; comme si tout ça n'était qu'une plaisanterie. Elle lui caressait la joue du bout des doigts, elle mettait dans sa bouche des fruits, elle semblait s'amuser comme je ne l'avais plus vue s'amuser depuis longtemps. J'avais l'impression d'être revenu quelques années en arrière, ces heureuses années où elle m'avait fait tant souffrir, oui, *avant*, lorsque Clare choisissait, comme ça, le premier venu qu'elle prétendait trouver " irrésistible " ou tout simplement " marrant ", quoi, une manière de bien marquer mes limites, ou disons les non-limites de son autonomie. " Pas d'entraves ! Libre ! disait-elle. Je suis comme ça. " Et ce " je suis comme ça ", voilà que je le trouvais de nouveau dans sa façon provocatrice d'utiliser le peintre. Car je dois vous dire que, sur le moment, pas un instant je n'ai pensé qu'il pouvait y avoir ne serait-ce qu'une ombre de sincérité dans son comportement. Ne sommes-nous pas aveugles lorsqu'il s'agit de ceux vers qui nous vivons tendus ? Oui, j'ai été aveugle — au contraire du peintre qui, lui, paraît-il, m'avait en quelque sorte, dès les premiers jours, *désigné* à Douchka, comment dire ? Sur mon apparence, il m'aurait, paraît-il, *reconnu* — ou choisi, quoi, d'après Douchka, au premier regard il avait su ce que ni elle ni moi n'aurions pu imaginer, disons qu'il y eut « coup de foudre » non entre Douchka et moi, mais en lui comme une douleur prémonitoire, ou plutôt comme un violent désir d'anéantissement. Et tant que la confirmation de ce qu'il savait devoir arriver ne venait pas, il n'eut de cesse de mettre Douchka au défi, comprenez-vous ? pour qu'elle le délivre de cette hantise.

« Et pendant ce temps, dissimulés derrière les pans coupés des troncatures de ce décor qu'ils avaient bâti pour que ce jeu diabolique puisse avoir lieu, ils (eux trois, la Sainte-Trinité infernale) attendaient que s'effectue la série de glissements sentimentaux qui étaient censés nous ramener : Clare à Missia, moi à Diamond, et Carel et Douchka de nouveau l'un à l'autre.

— Et cela eut-il lieu ? demanda Eleinad d'une voix hésitante.

— Oui, si on veut. D'une certaine manière, oui. Vous savez quelle fut la fin de Clare. Quant à Carel, on prétend qu'il serait *là-bas*, certains disent qu'il peint de nouveau et avec succès, d'autres assurent qu'il serait enfermé et cette fois *vraiment* fou — ce que je crois plus volontiers. Et Douchka, qu'est-elle devenue dans tout ça ? Et son enfant ? L'enfant ? Pour ce qui est de moi (il eut un sourire triste), je suis en effet *revenu* à Diamond, toutefois, si d'avoir hérité de ses absurdes richesses et de les avoir dans un premier temps acceptées — pour finalement en couvrir Bill — c'était *revenir* à lui.

« Oui, donc ce jour-là, comme le peintre qui prend du recul pour mieux voir le tableau en travail, Abee nous avait entraînés sur l'îlot des *carciofi*. C'est à croire que cet îlot il l'avait fait surgir en secret, parallèlement à la structure, comme on monte un décor, comme s'il avait eu besoin, en regard de la jetée de marbre et du palais de cristal, d'édifier leur contraire, comprenez-vous ? une chose molle, informe, rappelant cette part de cauchemar que nous portons tous en nous. Pourquoi Abee se serait-il privé de jeter sur les eaux du delta ce petit anti-monde ? L'argent de

Diamond pouvait tout. Il suffisait qu'Abee imagine
pour qu'aussitôt Diamond, encouragé par Missia, s'en
amuse et le désire. À eux trois, ils avaient réussi à
élever le caprice au niveau des sublimes nécessités.
C'était assez génial, croyez-moi, c'était aussi génial
que la production d'un livre hors mesure ou d'un
tableau unique, sauf qu'au lieu de l'artiste solitaire,
eux s'étaient répartis les tâches, un peu comme le
cerveau, l'œil, la main. Lorsque j'étais enfant, j'ai cru
fermement un certain temps que le monde n'existait
que pour moi ou, si vous préférez, qu'il n'était qu'une
fantasmagorie qui, à mesure que je me déplaçais, se
désagrégeait derrière moi. Ne serait-ce pas ce que
pourrait penser un personnage de roman si, tout à
coup, il prenait conscience et de son importance
irremplaçable, et de l'illusion de sa réalité ? En tout
cas, ce jour-là, lorsque nous débarquâmes sur l'îlot,
c'est un peu l'impression que j'eus. Il me semblait
vivre une réalité " à côté ". Tout était si moche, si
boueux. Dans quelle imagination nous déplacions-
nous ? Et ces êtres près de la cabane qui nous observaient ! L'homme et la femme, maigres, anguleux.
L'enfant si pâle. Et Clare ainsi que moi au centre de
cet univers décalé. Pourquoi tout cela et nous dans
cela ? me disais-je, pourquoi chez Clare tout à coup
cette expression, cette tension que je ne lui connaissais pas ? Pourquoi ce regard sur Carel ? Pourquoi
cette connivence entre elle et lui ? Douchka était à
demi allongée, là, disons, pas loin de moi. Abee était,
disons, par là avec Missia, Diamond ici, eux, là ; le
pilote ouvrait les paniers, passait la nourriture. Et
partout autour à perte de vue le delta comme une
immense plaque de métal frappée verticalement par
le soleil. Nous étions un peu des naufragés de luxe, si
vous voulez, incroyablement déplacés. On pourrait
dire que seuls les moustiques qui tourbillonnaient

entre nous avaient la même réalité ici qu'ailleurs : ils étaient normaux, eux, ils chuintaient et piquaient. Pour le reste on se serait cru dans le rêve d'un dormeur inconnu : l'impression de n'avoir plus de pouvoir sur la vie, d'être expulsé de soi. J'étais là, assis, plein de réticences, n'acceptant pas ce pique-nique, n'acceptant surtout pas d'être témoin du comportement de Clare. C'était la première fois que je voyais Clare, disons... si libre depuis le drame. Pour la première fois, elle semblait ne plus penser à *ça* ; elle avait sur le visage, dans les yeux surtout, une expression attentive, presque anxieuse à force d'attention ; son regard allait du dedans au dehors, son regard s'ouvrait plein d'interrogation sur ce fou qui se trouvait près d'elle, son regard ne le quittait plus. Se peut-il qu'elle se venge des mots horribles qui m'ont échappé cette nuit ? Et en même temps, je me disais que si ces mots horribles m'étaient venus si facilement et, je vous jure, malgré moi, c'était que déjà quelque chose avait changé en elle — et non en moi. Ce reproche était venu sanctionner l'ombre d'un détachement... l'ombre d'un nouvel attrait... qui sait si ces mots ne combattaient pas sans que je le sache, disons intuitivement, un élan de santé, un regain de forces vitales que la folie du peintre aurait éveillées en elle. Mais comment, sur le moment, aurais-je pu admettre que justement ce dont Clare avait besoin c'était d'une autre maladie que la sienne, d'un mal qui, au contraire du sien, serait insaisissable, invisible, tout juste nommable ? Comment penser qu'elle avait entrevu dans le gouffre dérangé du peintre quelque chose comme l'antidote, un contrepoison ? La destruction du tableau avait le ridicule de ces actes donqui-chottesques qui émeuvent par leur impuissance désordonnée. Elle comprit que le peintre était plus en danger qu'elle. Qu'il avait davantage besoin d'assistance, de commisération.

« Tout cela, je le sais aujourd'hui, mais, sur le moment, je ne voyais que la surface du comportement de Clare. Et cette surface m'était intolérable, laide, non, je n'étais pas encore en mesure d'imaginer combien pathétiques étaient les sentiments qui lentement émergeaient, prenaient forme dans la partie la plus secrète de sa personnalité. Comment ai-je pu avoir la mesquinerie de penser qu'elle agissait *contre* moi lorsqu'elle agissait dans un élan, un sursaut prodigieux de vitalité, oui, pour ne pas laisser s'étioler sa vitalité, comprenez-vous ? et qu'elle avait trouvé dans la prétendue folie du peintre quelque chose comme un appel qui lui permettait d'agir positivement envers son propre mal. Mais il a fallu qu'un paysage neuf et inattendu s'ouvre devant moi pour que je comprenne. Et dans ce paysage neuf se trouvait Douchka, une Douchka *visible* tout à coup, une Douchka terriblement singulière, d'un caractère délicieusement fantasque. C'était un peu comme si on avait inversé des phases électriques et que les flux du courant, bien que n'allant plus dans le même sens, n'avaient pas cessé pour autant de charrier la même somme d'énergie. »

XX

Il sortit une nouvelle cigarette, la prit entre ses lèvres et resta un moment les sourcils froncés à regarder intensément le vide.

« Je ne sais pas si vous sentez les choses comme moi : nous sommes les autres. Ou, si vous préférez, nous n'existons pas hors des autres. Chaque être exerce sur nous une pression qui nous fait nous révéler. Cette plasticité est mystérieuse. Au contraire de ce que j'imaginais dans mon enfance, les autres ne sont pas ces personnages dans un paysage dont je vous parlais mais des éléments actifs, ils vous tiennent en vie, ils sont votre vie, sans eux le néant (il eut un sourire un peu ironique et doux), ou si vous préférez : ils vous pensent, donc vous êtes. Je ne crois pas manquer spécialement de personnalité, en tout cas je n'ai pas peur de paraître en manquer en vous avouant ça : je ne suis le même avec personne. Je serais un peu comme la structure d'Abee : selon la source de lumière et l'intensité de cette lumière, je réfléchirais plus ou moins — et parfois pas du tout. Avec Clare, j'ai toujours eu l'impression d'avoir absorbé sa lumière, ou plus exactement d'avoir très peu réfléchi de son rayonnement, et surtout d'avoir été très peu réfléchi, moi, et même peut-être pas du tout. Sans doute je l'admirais trop, sans doute admirais-je trop son génie et, tout en m'en défendant, peut-être aussi son succès. Avez-vous lu son premier livre ? Savez-vous que l'Amérique s'est réveillée un matin avec le nom de Clare W. — *mon nom*, dont je n'ai su rien faire et qu'elle a pris pour sien — mêlé en quelque sorte à l'air, à la musique, à la nourriture, à la lumière tremblante de ce mois de juin. Pouvez-vous vous figurer une jeune fille, en jeans et en socquettes, qui avait à peine atteint sa vingtième année, plus célèbre d'un coup que la vedette n° 1 de notre base-ball national ? La petite maison de Buffalo assaillie à l'instant, ma joie exultante, l'effroi incrédule de Clare, puis mon effroi et cette fois son exultation lorsqu'elle eut absorbé le poison de cette gloire jusqu'à ne plus savoir quelle part d'elle était responsable de tout ce bruit. Voilà en quoi s'étaient transmuées brutalement notre solitude, nos journées et nos nuits remplies du frappement obsédé de nos machines à écrire ! Tant d'acharnement, de doute, pour en arriver, au détour des catalogues publicitaires que sont nos magazines, à se découvrir l' " enfant chéri de l'Amérique ", l' " enfant prodige ", l' " enfant terrible ", et découvrir aussi, toujours un peu coupé par le cadrage du photographe ou du metteur en page, là, quelque part à gauche ou à droite, que l' " enfant prodige " est affligée d'un " mari de l'ombre " ou, si vous préférez, que le " mari de l'ombre " se découvre écrasé par l'aveuglante lumière de cette Clare W. qui a écrit *le* livre de sa génération, lui qui, bien qu'ayant échoué, a tenté lui aussi à sa façon d'écrire ce même livre — ainsi que de nombreux inconnus que le chef-d'œuvre de cette jeune fille d'à peine vingt ans aura exaltés et découragés à jamais.

« Comment vivre, je vous le demande, la gloire de l'être auquel la passion vous a voué ? Qu'étais-je devenu ? Qui étais-je ? Étais-je encore ? Comment *me*

166

pensait Clare ? *Me pensait-elle* encore ? Elle bruissait comme une dynamo emballée ; tout vibrait autour d'elle, et moi je me sentais comme un insecte qui aurait échoué à l'intérieur de cet appareil emballé. Et toujours cette interrogation : Qui es-tu ?

« Son étonnement navré lorsque je me décidai à lui poser la question, puis son rire agacé : " Mais tu es tout pour moi, David, tu le sais bien. " Tout — donc rien. À l'époque, elle tentait déjà de se reprendre. Le raz de marée nous avait roulés, secoués, puis laissés l'un et l'autre démantelés dans la maison de Buffalo où nos deux machines dressées loyalement l'une en face de l'autre sur la grande table encombrée étaient bien les seules à nous rappeler que nous avions scellé le pacte sur la tombe de Pound.

« La première partie du " contrat " était arrivée à son terme : Clare avait réalisé et réussi son livre — au-delà de toute espérance. Deux ans avaient passé pendant lesquels je m'étais, comment dire ? soumis aux exigences de son travail puis de sa gloire. Enfin le vacarme décroissait. Nous allions de nouveau entendre nos voix, nous allions nous reprendre, reprendre notre vie dans la petite maison de Buffalo : travail, randonnées à cheval, travail, lectures à haute voix des pages écrites le matin, discussion autour de ces pages, retravail, lectures encore, randonnées à cheval le long des rives sauvages du lac tout en bavardant de son manuscrit, puis du mien. Et de nouveau la petite maison refermée sur le travail. La frappe rapide de nos machines jusqu'à ce que nous tombions sur le lit, épuisés. Oui, nous voilà comme avant assis l'un en face de l'autre — sauf que devant moi Clare W. sèche. Une seule et unique phrase restera pendant des mois sur une feuille, puis la même phrase légèrement modifiée sur une seconde feuille et ainsi de suite jusqu'au jour où, d'un revers de main, elle envoie tout promener, se lève et s'en va, me quitte, sort de ma vie, ou plutôt m'expulse de sa vie. Ce jour-là, j'ai compris que je n'étais rien, personne, je vous assure, personne sans elle. Elle s'en alla et sa lumière me fut retirée. Je demeurai seul dans le crépuscule, seul comme un aveugle dans la petite maison de Buffalo. Alors d'un ultime sursaut je tentai de reprendre le travail sur mon manuscrit interrompu. Mais au bout de quelques jours de relecture je dus admettre que je n'avais rien à écrire et que le livre de Clare avait absorbé non seulement son énergie à elle, mais aussi la mienne — et peut-être même celle de toute notre génération. Oui, autour d'elle s'étendait maintenant une zone stérile, dévastée, où seuls quelques journalistes talentueux oseront encore se risquer à produire ces sortes de " livres documents " qui ne sont, après tout, que des histoires édifiantes d'un nouveau catéchisme social. Quant à moi, une nuit je brûlai mon " grand bouquin " avorté et je partis pour New York où peu à peu je repris vie par les autres, par leur regard, par leur désir, par ce jeu d'attraction qui, à défaut d'amour, vous renvoie de vous une image quand même. Sauf que cette image se doublait du spectre de Clare W. C'était le " mari de l'ombre " naguère aimé par l' " enfant prodige " qu'on accueillait, qu'on fêtait, qu'on désirait.

« Je peux vous dire que j'ai tout essayé pendant cette période — je dis bien *tout*. J'ai cherché à m'anéantir par *tous* les moyens et en cela Bill m'aida, je vous assure, férocement. Et puis elle revint : " J'ai besoin de toi, David ", ce furent ses mots merveilleux. " Ne me lâche pas, David ", ce furent aussi ses mots merveilleux. Elle qui était partie, elle qui m'avait lâché ! Et sur l'élan de nos retrouvailles, son deuxième livre fut écrit.

« Près d'une année passée ensemble. Cette fois

j'avais renoncé à m'exprimer, fini pour moi l'écriture! C'était Clare qu'il fallait aider, soutenir, écouter. Maintenant, elle seule lisait le soir à haute voix ce qu'elle avait écrit. Et moi, j'étais entièrement disponible. Toute ma force de concentration, je la tenais en alerte, prêt à critiquer et à servir. Et à mesure qu'avançait son nouveau manuscrit, je mettais au propre, version après version, son livre surprenant — et combien douloureusement familier pour moi puisque Clare avait repris en le transcendant le thème de mon manuscrit avorté. Et chaque mot, chaque phrase m'écrasait. Cette fois, c'était de l'*intérieur* que je découvrais l'intelligence de ma femme... et la volupté d'avoir le privilège de me couler dans le moule de son esprit, de sa sensibilité. À mesure que la frappe avançait, j'en arrivais à me croire elle, oui, il me semblait m'être totalement abandonné pour glisser non seulement dans son esprit, mais aussi dans sa chair de femme. J'étais Clare, je vivais tendu pour capter jusqu'à la moindre de ses sensations, je l'enviais d'être au féminin.

« Mais autant le premier livre de Clare W. avait eu de retentissement, autant le second fut passé sous silence. Nous l'avons payée, sa gloire! Et de nouveau elle s'en alla. Et encore une fois il me fallut tenter de survivre. Sauf que maintenant elle m'avait complètement dépouillé de moi. J'étais personne! Tout naturellement je retombai chez Bill. J'acquiesçai à tout le monde et à tout : toutes les expériences, toutes les chutes, je ne m'épargnai rien. Et puis elle revint. Puis elle repartit. Puis revint. Et chaque fois, avec une volupté mortelle, je me laissai quitter, reprendre et abandonner... jusqu'au jour où... non, je ne fus même pas avisé, ce fut par les journaux que j'appris ce qui venait de se produire : la jeune romancière Clare W. gît dans un hôpital en Californie, plus que morte :

morte à demi. Et c'est alors que je découvris avec effroi quelles délices pouvait m'apporter une recrudescence de soumission. Enfin, j'allais devenir une part d'elle, une part de sa chair : ses jambes. Je serai ça, ou disons plutôt : je ne serai que ça... ou disons mieux encore : nous ne ferons qu'un " corps unique " (pour reprendre le lieu commun dérisoire). Clare n'était pas détruite, Clare n'était pas infirme; Clare s'était transmuée en sirène. Voilà quelle fut la grinçante comédie! Je la soulevai dans mes bras et l'emportai. Comme le fera Missia. Comme le tentera plus tard sur l'îlot des *carciofi* le peintre prétendu fou. »

XXI

L'enfant albinos s'était réfugié dans la cabane, de l'autre côté de l'anse. Caché derrière l'homme et la femme, il observait le groupe étranger. Nous voit-il vraiment, se disait David, ou s'il est à demi aveugle, que voit-il de nous ? Et c'est alors qu'il avait surpris dans les yeux de Diamond un éclat qui l'avait indigné. Aussitôt il s'était levé et, d'une tape, il avait fait tomber des doigts de Diamond le fruit qu'il tendait encore.

« Pas une seconde fois ! Vingt et un morts ne t'ont pas suffi ? »

(Souvent, par la suite, David avait repensé à ces paroles, et, comme il l'avoua à l'écrivain français : « Je vous assure que jamais je n'en effacerai la honte. Je venais de charger Diamond, ou plutôt de me décharger sur lui, du poids entier de mon remords. Mais, chez lui, le besoin de possession était si frénétique ! »)

Dans ce fruit offert, David savait ce que Diamond y avait dissimulé : l'acte qui le rendait possesseur non seulement de l'îlot (qu'il acheta en effet par la suite), mais aussi de ses habitants, parmi lesquels le « merveilleux gosse » dont il venait de s'éprendre furieusement — ainsi que David l'avait vu régulièrement s'éprendre d'une pièce rare, un tableau ou une pierre d'un carat fabuleux. Cet enfant translucide comme une statue vivante d'albâtre venait d'éveiller en lui le désir effréné de l'ajouter à ses trésors.

Lorsque Diamond s'était retourné sur l'enfant et qu'il l'avait découvert, David avait lu dans ses yeux, sur sa bouche, dans ses gestes tout à coup précautionneux, ce désir de possession du collectionneur « prêt à y mettre le prix », cette gourmandise froide, cette certitude qu'aucune force ne pourrait se mettre entre lui et l'objet de sa convoitise.

Et soudain, David avait vu, il avait vu la scène dans laquelle ils figuraient tous (comme il arrive de *voir* tout à coup un tableau qu'on a pourtant regardé des dizaines de fois sans qu'il vous *parle*), il avait vu leurs visages inquiets, tendus, leurs traits tirés (il se voyait lui aussi parmi le groupe avec autant de distance que s'il avait été un voyeur étranger), et il s'était étonné de leurs corps bizarrement posés dans l'espace, de leurs gestes arrêtés que soulignaient des ombres d'un noir-violet. Chaque pli de leurs vêtements se dessinait avec la pureté tranchante d'une arête de métal, chaque détail le blessait.

« Nous étions tous là, si impeccables (à part le genou de Diamond maculé de boue), et, derrière nous, en contrebas, la vedette blanche, stricte, raide, ses antennes, l'œil rectangulaire de son radar, quoi, aussi saugrenue que si le comptoir d'une banque, avec les cotes boursières affichées sur un tableau électronique, s'était détaché pour venir accoster dans ce repli boueux du delta.

« Lorsque je vivais encore avec Clare dans le *piano-terra*, j'avais punaisé au mur de notre chambre la reproduction de la *Flagellation* de Bellini. Ce qui m'avait fasciné dans ce tableau, c'était son " faux sujet ", ou plutôt que son " vrai sujet " se trouvait

172

relégué dans un coin perdu, quasiment invisible, de la composition. Le prétexte qui avait décidé Bellini à concevoir son œuvre n'apparaissait pas à première vue. Il fallait déchiffrer dans les faux jours d'une architecture perverse, entre des colonnes compliquées, l'Homme aux mains liées, son dos nu, sanglant, les soldats brandissant le fouet ainsi que trois personnages postés, je suppose, en témoins. Le reste, disons le tableau entier, se déployait " à côté " du " sujet ". Une multitude de gens se trouvaient là, comme autant de statuettes soigneusement rangées sur un damier glacé : une mathématique de petits volumes verticaux drapés dans des tissus de différentes couleurs. Et cette foule — dont chaque détail avait été exécuté avec la netteté, la sûreté de main qui aurait pu sembler frappée d'une géniale indifférence — était animée par les faisceaux des regards qui, tous, rigoureusement tous, se tenaient braqués *ailleurs*. Pas un de ces regards ne captait quoi que ce soit, ils fixaient l'infini, le rien.

« Ce sont ces regards absents à la flagellation, et tellement présents pourtant par cette absence, qui m'avaient fasciné. " Quelle ironie ! disais-je à Clare. J'aime ce tableau. Il s'y passe quelque chose d'essentiel mais tout le monde fait semblant de ne pas le savoir. " »

Ce jour-là, sur l'îlot des *carciofi*, David avait eu l'étrange sensation qu'eux tous se trouvaient « composés » dans l'espace du delta, mis en place par un peintre fantôme ironique et glacé. Disposés. Arrêtés dans des mouvements bien précis. Des volumes aux ombres contrastées, comme autant de pièces abstraites. Et tous les regards erraient ailleurs.

« Nous figurions, là-dedans, comprenez-vous ? Et eux, là-bas, l'homme, la femme, l'enfant à la peau translucide, pressés les uns contre les autres, représentaient le sujet réel — bien que presque invisible — de ce tableau en train de s'improviser. La *Flagellation* était de l'autre côté de l'anse. Mais de quel intérêt artistique aurait été le détail de la misère, de la maladie, de la mort ? Car ce que nous ne savions pas encore, c'est qu'à l'intérieur de cette cabane délabrée un homme était en train de mourir, faute de soins, de nourriture, de médicaments, et que ce groupe qu'on aurait dit hâtivement modelé dans de la glaise et qu'il fallait déchiffrer dans l'ombre de la cabane, survivait là, à deux pas de l'aéroport et sur une des voies pétrolières les plus fréquentées du monde, accroché comme une verrue sous l'aisselle de la civilisation. Mais qui se serait soucié de cet îlot boueux ? Il n'était bon qu'à servir de balise aux machines en mouvement. »

David avait dit, montrant la cabane, ces paroles que seule Siréna pouvait comprendre :

« La *Flagellation* est de l'autre côté de l'anse mais aucun de vous ne la voit. »

Il pensa : Maintenant tu dois partir, c'est le moment. Et il sentit les battements de son cœur se précipiter. Il fit quelques pas, revint vers le groupe. Pourtant il était décidé. Alors quoi ? Soudain il sut. Abaissant son regard vers Douchka, il sut que c'était pour elle qu'il était revenu. Les yeux largement ouverts sur lui, elle semblait attendre qu'il lui fasse signe. Il était resté un instant indécis. S'était tourné vers Siréna. Se ravisa. Et, tendant la main vers Douchka, il l'entraîna.

Ils descendirent jusqu'à l'anse. Mais au lieu de s'engager sur le débarcadère — ce qui les aurait obligés à se réfugier sur la vedette, transformant ce

« départ » en simple mouvement d'humeur —, ils pataugèrent le long de la grève, rejoignirent le sentier de l'autre côté de l'anse et grimpèrent vers la cabane. L'enfant avait disparu. Seuls restaient, sur le seuil, l'homme et la femme. À mesure qu'il approchait, David ne pouvait s'empêcher de ressentir du dégoût. Ces êtres boueux étaient là, humbles, honteux d'être, et cette humilité, ces airs fautifs avivèrent sa colère. Il s'arrêta et dit à Douchka :

« Ce n'est pas plus ici que là-bas. »

L'homme avait fait quelques pas vers eux. Il demandait s'ils étaient envoyés par le Service sanitaire.

« Pour lui, comprenez-vous, la vedette si blanche ne pouvait être qu'une ambulance expédiée vers l'îlot pour évacuer le vieil homme découvert gisant sur des chiffons à même le sol, au fond de la cabane. Il étouffait. Il semblait se concentrer sur quelque chose de lointain, d'insaisissable. Tout ça terriblement réaliste, tout à coup ! La puanteur, les yeux glaireux du vieil homme, ses pommettes rosies par la fièvre ! Après ces mois sur Isola Piccola, hors du monde, avec pour tout signe d'une possible " réalité " le cheminement des cargos sur le delta et le passage des long-courriers, le sol venait de crever, j'étais passé au travers, soudain précipité dans l'envers — ce même envers où Diamond m'avait jeté, bien malgré lui, lorsque Missia avait enlevé Clare. " Mais cet homme est en train de mourir, nous devons faire quelque chose ! " Ce gémissement de Douchka m'avait décidé. Et encore une fois, il fallut — comme aux Indes — que j'agisse, que je précipite le malheur. Au lieu de passer, d'accepter le terrible devoir d'indifférence, j'entraînai Douchka dehors, retournant avec une joie morbide vers ceux que je venais de quitter. Quel plus grand plaisir pouvais-je faire à Diamond ? De nouveau je le sollicite. J'ai besoin de lui. Diamond, Abee, le pilote nous suivent jusqu'à la cabane. Malgré l'agitation du petit albinos qui tente de s'opposer, malgré ses supplications, nous emportons le vieillard, nous l'allongeons sur une des banquettes de la vedette et nous le déportons vers l'*ospedale*. Où, bien sûr, il mourra presque aussitôt.

« À partir de ce pique-nique, rien ne fut plus pareil sur Isola Piccola — comme si de s'être éloignés de la structure, de l'avoir découverte de l'extérieur, puis d'y être revenus, avait déplacé les facettes de cette sorte de cristal que nous avions fini nous aussi par former, à l'image de l'hexagone dans lequel nous nous trouvions tous incrustés. Il avait donc suffi de ce léger recul, de ce changement de perspective ! Que s'était-il passé ? Ce qui aurait peut-être demandé des mois, disons, à éclore, prend en un instant. Il en est ainsi des cristallisations. Il suffit du dosage exact pour qu'une substance jusque-là réfractaire prenne. Il a suffi que l'enfant albinos apparaisse. Je vous assure. Sans lui Diamond ne tendait pas le fruit, sans la fuite de l'enfant je n'aurais pas eu ce mouvement d'humeur, je n'aurais pas vu la *Flagellation* et donc je ne me serais pas décidé à rompre avec eux tous, sur-le-champ, en me fortifiant d'un absurde réflexe moral — comme si le " Bien " était là-bas, de l'autre côté de l'anse, et nous autres le " Mal ". Quoi, ce besoin frénétique d'étayer nos actions par des principes, ou disons plutôt par des images qui signifieraient ces principes. Pour le coup, cette sous-humanité jaillie de la boue du delta convenait. Abee aurait aussi bien pu la modeler avec cette boue comme dans ces films qui montrent des sortes de chirurgiens fous en train d'assembler des organes pour bâtir des êtres synthétiques. La réalité a parfois de ces fantaisies ! Ne fallait-il pas à cette histoire cette vérité-là ? Fallait-il ça pour que soudain Douchka m'apparaisse ? J'hésitais, je ne savais comment me dissocier du groupe, et voilà que par son regard posé sur moi, je prends conscience que, depuis des mois, tout était décidé. Disons que la " mise en scène " permettait tout à coup ce mouvement simple : tendre la main à Douchka et filer. Et tout était si juste, comprenez-vous ?

« Mais le soir même, nous nous retrouvions à la case Départ. Prisonniers à nouveau d'Isola Piccola. Je m'en sentis à la fois accablé et soulagé. Pourtant, au moment où nous accostions au débarcadère de l'*ospedale*, Douchka et moi nous n'aurions eu qu'à descendre de la vedette. Personne ne nous aurait demandé d'y remonter. Même Diamond, je crois, trop excité par ce qui était en train de " prendre " entre Clare et Carel, n'aurait pas été mécontent que nous laissions momentanément le champ libre à l'invraisemblable couple qu'ils étaient en train de former. Et aujourd'hui je sais aussi que Clare comme Carel — tous deux pour des raisons différentes — souhaitaient notre départ. Clare pour me débarrasser d'elle, Carel poussé par une panique dont je n'appris qu'un peu plus tard le pourquoi. Ce pourquoi me fut avoué par Douchka avec des sanglots, comme un terrible malheur. Par une étrange ironie, nous nous trouvions dans la situation du couple de *Verklärte Nacht*. Ce qui aurait dû être une source de bonheur (et pourquoi pas de guérison) pour Carel, n'avait fait, au contraire, que redoubler sa folie jusqu'à la démence. Douchka refusait ce que Carel exigeait. Elle n'avait pas le courage... ou la lâcheté de renoncer à cet enfant qu'elle savait en elle et que Carel s'était mis à haïr comme une menace invisible. Quoi ! le mélo dont on avait tiré en d'autres temps l'argument d'un chef-d'œuvre musical bon à être démoli par Abee. Elle m'avait fait cet aveu quelques jours après, un soir que nous nous trouvions tous les deux à la pointe de la jetée — là où Abee avait l'habitude de

177

placer ses musiciens. Sur le coup, elle n'avait pas compris ma joie ; elle m'avait regardé avec des yeux inquiets. Moi-même j'étais surpris — non de ce qu'elle venait de me révéler, mais de la suffocante sensation de bonheur que cette annonce m'apportait. Avais-je donc besoin de *ça* pour m'éprendre de Douchka ? Ou fallait-il une raison là où tout n'aurait dû être que déraison ? Cette molécule de vie baignant encore dans l'inconnu, ce point infime, par sa fragilité me fortifiait, moi ! Et je compris alors que je n'étais qu'un puritain. Qu'en bon descendant des relégués du *Mayflower*, je portais en moi un perpétuel, un inassouvissable désir d'amendement. Et j'ose me poser la question aujourd'hui : Sans *ça*, te serais-tu épris de Douchka ?... ou disons plutôt : Te serais-tu permis cet amour sous le regard de Carel et de Clare ?

« Ici, un détail étrange. Vous allez difficilement me croire. Pourtant, je vous assure, je n'invente rien. Peut-être Douchka et moi avons-nous interprété ce que nous avons vu ? Peut-être non — ou peut-être est-ce la chose qui nous a interprétés ? Comme je vous l'ai dit, Douchka m'avait parlé au bout de la jetée, là où Abee disposait chaque soir le sextuor. Les chaises étaient à leur place habituelle, ainsi que les petits pupitres, et, en parlant, nous nous étions assis un moment sur deux de ces chaises, avec les petits pupitres vides devant nous — comme si nous étions nous-mêmes deux des musiciens. N'était-ce pas étrange ? L'aveu de Douchka ! Ma réponse ! Sur les lieux mêmes où chaque soir les musiciens jouaient *Verklärte Nacht* ! Sur le moment, trop pris par la gravité des paroles que nous échangions, nous n'y fîmes pas attention. Enfin nous nous levâmes. Nous étions à la fois attendris et inquiets.

« Et maintenant, écoutez bien. Nous nous dirigions vers la structure lorsqu'en passant devant la membrane nous distinguâmes, dressée en son centre, la forme. Comprenez-vous ? La forme de nos paroles : l'aveu, ma joie devant cet aveu, oui, tout ce que nous venions de nous dire était là, dans ce solide. La poudre de diamant, pétrie par nos mots, s'était figée. Un hexagone apparemment identique à celui que nous avions vu tant de fois se cristalliser au cours des séances musicales avait pris au centre du tympan. Ce que je raconte est rigoureusement vrai. Ne croyez pas que j'invente. Nous nous arrêtâmes, Douchka et moi, et restâmes un moment effrayés, à fixer cette chose. Comment nommer cela ? Ce résidu, cette scorie des mots merveilleux qui venaient de brûler entre nous. Et j'eus une illumination : ce qui avait engendré et la musique et nos paroles, comprenez-vous ? était là, palpable, réduit à cette forme mathématique quasi parfaite. Donc le sentiment, l'élan, cette sorte de palpitation secrète qu'on nomme amour, faute d'autre moyen pour le cerner, pesait comme un lourd cristal au centre du tympan. L'appareil d'Abee venait de capturer (transmuer ?) ce qui avait, un instant, tremblé dans nos voix. Cette délicieuse incertitude réduite à cette certitude minérale ! N'était-ce pas un assassinat ? Je me penchai sur la membrane et voulus prendre dans mes mains l'hexagone de nos mots. Mais comme ces momies qui, après cinq mille ans de mort, tombent en poussière au premier souffle d'air le cristal se désagrégea dès que je crus le saisir. »

XXII

Des bandes d'oiseaux blancs fuyant l'ombre volaient en frôlant la surface des eaux vers les dernières lueurs du couchant. Très loin à l'ouest, quelques lumières brillaient sur la ville.

Abee avait attiré l'attention de Diamond :

« Tu as vu ? Je suis curieux de savoir ce qu'ils se disent. »

Il avait éclairé les écrans reliés à la membrane et coiffé des écouteurs. Là-bas, au bout de la jetée, à peine discernables dans l'ombre du soir, David et Douchka se tenaient penchés, pendant qu'ici, sur les écrans, des impulsions rythmées pareilles au balayage pulsé d'un radar formaient des prismes qui, à la cadence d'un battement de cœur, se recouvraient, précisant avec de plus en plus de netteté une figure hexagonale en cristallisation.

« Moi je sais ! » avait dit Carel en s'approchant de la baie, puis il avait pivoté brusquement et, s'adressant à Siréna : « Ça y est. Elle s'en débarrasse sur lui.

— N'est-ce pas ce que tu souhaitais ? » Elle s'était soulevée en s'appuyant sur l'épaule de Missia. Elle sentait dans sa poitrine une sorte de douleur qu'elle ne connaissait pas et ses yeux se remplirent de larmes.

« Faites moins de bruit ! dit Abee. C'est étrange,

c'est vraiment très étrange. » Il régla la luminosité des images. « Quelque chose ne fonctionne pas correctement. Voyez, j'obtiens les mêmes figures qu'avec *Verklärte Nacht.*

— Il triche », dit Carel.

Abee ne se retourna pas. Son visage, éclairé par les réflexions changeantes des écrans, paraissait sans relief.

« J'ai du mal à saisir ce qu'ils se disent.

— Je t'interdis ! » cria Carel. Et il tenta d'arracher les écouteurs. Diamond l'en empêcha.

Abee restait, la main levée, sans bouger. Face aux écrans, il continuait à suivre avec attention la petite géométrie de lumière.

« Faites taire ce fou ! Ce qui se passe là est prodigieux. Avec des mots, ils sont en train de reconstruire la musique.

— Il ment ! cria Carel. Vous ne voyez pas qu'il nous passe une vieille bande vidéo !

— Faites-le taire, je vous dis ! Ah, ils se lèvent. Ils s'approchent de la membrane. Il a vu. Il se penche. Il va saisir l'hexagone. » Les écrans s'étaient brouillés. « Dommage ! dit Abee, j'aurais souhaité examiner ce solide. Comment a-t-il pu se former sans autre impulsion que la parole ? Ce serait à croire au sens des mots.

— Mystification ! cria Carel. Tes machines ne captent rien ! Elles projettent ce que tu y as mis. Tes machines, comme le reste, je les détruirai ! » Et, tourné vers Siréna : « Tu dois empêcher David. Je ne survivrai pas à ça. Cette chose ne doit pas sortir d'elle. Cette chose doit être détruite en elle. Pour l'amour de toi, il doit la refuser. »

Et il se sauva hors de la salle.

« Mais que s'est-il passé ? fit Diamond.

— C'est notre misérable secret », répondit Siréna d'une voix faussement gaie. Elle se renversa doucement sur le canapé, contre Missia. « Emporte-moi. Je ne veux plus les voir. »

La femme noire la souleva et s'en alla à pas lents par le grand escalier, laissant Diamond et Abee, seuls, devant la console aux écrans maintenant obscurs.

« Cette fois, je n'y comprends rien, insista Diamond. Où en sommes-nous ? Où en sont-ils, eux ? Et toi, où en es-tu ? Quand atteindrons-nous le but ? »

Abee ne répondit pas. Il tendit, en riant silencieuse- ment, les écouteurs.

« Mais qu'est-ce que tu veux que je fasse de ce casque ? » cria Diamond d'une voix énervée. Il resta la bouche entrouverte, ses lèvres bleues retroussées sur un sourire figé.

« Sois bien attentif. L'image va passer une première fois. Ensuite le son. Puis je t'enverrai les deux ensem- ble. Et tu comprendras à quoi je joue.

— Mais je ne veux pas comprendre *ton* jeu. Tu dois pousser *notre* jeu jusqu'au bout. C'est tout. »

Les écrans s'illuminèrent et le petit tas de poussière brillante réapparut. La matière palpitait faiblement. La matière tentait de prendre forme, s'effondrait et se reconstruisait comme si obscurément une conscience désirait, comme si cette poussière inerte possédée soudain par les balbutiements de la vie se tendait vers une forme idéale.

Au-dessus, Missia déposait Siréna sur le lit. Elle s'étendit doucement près de la jeune femme et, comme d'habitude, la garda contre elle en la berçant un peu.

« Je souffre. Missia, je souffre de David. Je ne supporte pas ce que j'ai provoqué. » Missia posait des baisers sur ses yeux sur sa bouche dans son cou. « Missia, je suis jalouse à les désirer morts. »

Tout en continuant à poser ses lèvres sur elle, Missia

la défaisait de sa robe; et Siréna se laissait faire, reprise par la suave torpeur, l'envoûtement qu'elle avait connu à Tallahassee. Les mains fortes, noires, aux doigts bagués de diamants, aux ongles brillants laqués de vermillon, prenaient possession du jeune corps à demi mort. Parmi les draps de satin, Siréna retrouvait, avec le brusque soulagement des nerfs, cette certitude, cet apaisement qu'elle ne réussissait à éprouver qu'auprès de la femme noire.

Brisée, elle gisait maintenant contre Missia. Paupières closes. Lèvres détendues et belles. Des traces de larmes rayaient ses joues, donnant à son visage un air enfantin. Quelque part, loin dans la structure, Carel criait. Et du fond de son engourdissement, Siréna pensait, avec une sensation aiguë de perdition, au peintre fou. Tu t'es enchaînée à sa folie. Tu t'es éprise de l'enfer de sa folie. Il détruit pour toi. C'est à moi qu'il dédie ses destructions. Moi, la femme détruite, je me confonds à ses destructions. Il me délivre par la destruction. Elle qui avait cru aux pouvoirs magiques de Missia espérait maintenant trouver le chemin de sa délivrance en traversant les cercles de la folie du peintre. Il lui fallait passer par les actes du fou pour annuler par une sorte de symétrie inversée le geste de cet autre fou, ce pompiste en cavale qui s'était mis en marche d'est en ouest à travers le vaste continent, tenant d'une main le *best-seller* de la romancière Clare W. et de l'autre l'arme dont la balle était chargée de lui signifier mieux qu'avec des mots son message d'amour.

Ce jour où, prise d'un vertige de pitié devant la démence de Carel, elle avait glissé de son fauteuil, se retrouvant effondrée sur le sol, ce jour-là elle avait eu la révélation de cette symétrie démoniaque de la vie. Cette émotion en face du peintre gesticulant et comme ivre d'absence l'avait jetée à terre avec la même violence que le coup de feu. Et c'est après avoir touché le sol, au moment où David la relevait, que dans un élan de superstition quasi animal, elle avait décidé de s'emparer du peintre et d'en faire l'instrument de sa guérison. Car jamais elle n'avait désespéré. Non, jamais ! Elle en avait la foi — comme d'autres croient à la résurrection des corps, ou à la vie après la mort. Le gouffre de la souffrance morale s'était offert à elle dans toute sa splendeur. Et depuis, elle vivait le regard rivé sur ce gouffre, désirant traverser entière cet enfer autre que le sien, comme hypnotisée par cette souffrance autre que la sienne. Ni la soumission de David ni son angélisme ne la retinrent. Seules les forces démoniaques qui agitaient le peintre pouvaient l'aider (se persuadait-elle) à s'extraire de sa condition d'enterrée vive.

Mais ce soir elle s'était dressée mordue par l'intolérable jalousie. Il l'aime. Ce fut un cri en elle. Eux deux là-bas, accordés tout à coup, assis devant les petits pupitres, seuls au bout de la jetée ! Ça entre eux ! Les mots disant ça entre eux ! L'aveu de Douchka entre eux et la certitude de leur transfiguration par le partage du secret. Pas un instant elle n'avait douté de ce qu'elle voyait se cristalliser sur les écrans d'Abee. Que ce soit une vieille bande projetée par l'architecte mystificateur ou l'effet réel des paroles échangées par eux, là-bas, dans l'ombre du soir, peu lui importait à elle. Elle, elle savait ! Elle n'avait besoin d'aucun appareil pour savoir le cristal. Quelque chose venait de se produire. Comme Carel qui, voyant David pour la première fois, avait su pour Douchka, la devançant avec cette sûreté, cette clairvoyance que seule la sensibilité malade de l'amant sait, de même Siréna avait su pour David qu'en Douchka se trouvaient réunis les divers éléments de la fatalité.

À partir de ce moment — comme le notera en marge de son manuscrit l'écrivain français lorsqu'il tentera de construire cette histoire —, tout deviendra différent sur l'île. L'aveu, l'entrée en scène de cette chose... cette personne future, présente en Douchka, changera d'un coup les tensions du jeu. Cette chose invisible deviendra non seulement de plus en plus exigeante en Douchka, mais aussi au sein de toutes les pensées. Et chacun sur Isola Piccola (à part David et Douchka) commencera à désirer la destruction de cette part d'inconnu — comme si ce nouveau témoin de l'histoire qu'Abee s'entêtait à bâtir au centre du delta avait le pouvoir de remettre en cause non seulement les rapports synthétiques qui s'étaient établis entre eux, mais surtout le *sens* de ces rapports. Tout à coup, à travers cette chose inconnue qui peu à peu se nouera sur le vide, une échéance prendra corps. Le bruit du temps redeviendra perceptible. Là où Abee s'était acharné à stopper les montres pour que la structure puisse se dresser comme un défi au temps horizontal, voilà qu'un petit battement se précisera, le balbutiement d'un minuscule cœur en marche.

Après avoir traversé la terrasse de marbre trop violemment éclairée, David et Douchka évitèrent de pénétrer dans la structure ; ils se savaient observés d'en haut et, avant d'affronter les autres, ils avaient besoin de se taire. Ils obliquèrent dans l'ombre et descendirent le petit escalier qui rejoignait la grève. Ils longèrent les fenêtres de l'office. Dans la cuisine, plusieurs domestiques étaient attablés ; ils riaient fort, buvaient et discutaient en épluchant des légumes. Parmi eux se trouvaient l'homme, la femme et l'enfant de l'îlot des *carciofi*. Ensuite ils passèrent devant la salle des machines. Torse nu, un Philippin surveillait les génératrices. Avec lui se trouvait le pilote. Ils buvaient des bières à même les boîtes en fer. David et Douchka dépassèrent les logements de service et se dirigèrent vers une petite avancée de terre à l'extrémité nord de l'île d'où l'on voyait, bien nettes, les balises lumineuses de l'aéroport plaquées au ras de l'eau.

David prit une cigarette. Le feu du briquet éclaira de près ses longs cils que la fumée obligea à se rapprocher. Ce détail, par sa fragilité, enivra subitement Douchka, et elle ressentit une montée d'émotion. Elle murmura tendrement quelque chose en hongrois et posa la joue contre l'épaule de David. Ils restèrent un moment immobiles dans le parfum poivré du tabac. Mais en elle un regard se précisait : Carel fut là tout à coup — et il la regardait. Elle fit non de la tête, ouvrit les yeux, vit les feux de l'aéroport se diluer. Elle se rendit compte qu'elle pleurait en silence. « Non, jamais je ne l'abandonnerai. » Ça aussi elle l'avait murmuré en hongrois. Elle pensa : Il a trop souffert, j'ai trop souffert de sa souffrance. Et elle se serra contre David, désirant la paix, l'oubli. Mais à mesure que ses sens s'alertaient de l'homme si proche, si intime et fort, l'image fixe de Carel se faisait plus exigeante. Elle eut un gémissement, un gémissement doux, à peine perceptible. David la serrait contre lui et le parfum piquant du tabac américain fut soudain dans sa bouche. De toutes ses forces, elle pensa : David — mais c'était Carel. Non, ce n'était pas entièrement lui, c'était celui de *là-bas*, celui qu'elle avait aimé à Budapest, défendu, sauvé, celui des années d'intimité torturée, qui touchait sa chair. Ce n'était pas vraiment David. Elle l'écarta d'elle, le tenant aux épaules, et, contre la nuit, avec colère, impatience, elle voulut voir son visage. Il fallait ! Elle voulait !

« Allume ton briquet. Je veux te voir. Il faut que je te voie. »

David fit comme elle voulait. Mais l'eau était sur tout et c'est à travers ses larmes qu'elle le vit vaguement lui sourire. Elle s'abattit contre l'homme indistinct, pensant de toutes ses forces le nom de David, s'attachant aux syllabes de ce nom, pensant : Mon amour ! mais ne sachant plus ce que ce mot pouvait signifier. Quel amour ? Qui ? Et de nouveau le goût de tabac poivré fut dans sa bouche pendant que sur son regard retourné l'image fixe persistait. Et elle refusa ce visage. Elle se prit à le détester d'être si odieusement présent en elle. Très loin on la caressait, on caressait son corps. La terre était sous elle. Et, entrouvrant les yeux, elle chercha la couleur de la nuit, mais elle ne voyait que des points lumineux qui coulaient. Alors elle écarta la chemise de David et posa les lèvres sur la peau tiède de son torse. Elle dit :

« Il est là, il m'occupe. » Puis un peu plus tard : « Sa folie veut détruire toute vie en moi. » David ne disait rien. Il sentait le souffle de ses paroles dans sa bouche. Puis : « Ah, serre-moi. Arrache-moi à lui. »

Elle repoussa ses vêtements loin d'elle et son corps apparut phosphorescent dans la nuit comme si toutes les lumières éparses autour du delta se trouvaient tout à coup concentrées sur sa peau. Puis elle déshabilla David, révélant aussi sa clarté qu'elle toucha avec un saisissement émerveillé.

Elle prit entre ses mains le visage invisible et l'attira vers ses lèvres, posant de rapides baisers sur les yeux les pommettes le nez la bouche, reconstruisant en elle la splendeur de David. Elle pensait : Maintenant je suis sauvée.

Enfin la conscience s'en allait, la violence de la sensation présente, la violence des vertiges successifs qui la traversaient allait l'abolir... Entrouvrant un instant les yeux, elle vit une masse complexe et lourde, ressemblant à un morceau d'immeuble aux fenêtres éclairées, s'arracher d'un coup aux eaux noires. L'incernable cuvette du delta fut remplie d'une furieuse clameur. Des clignotants féeriques s'élançaient dans le ciel. Le bloc sombre vira au-dessus du couple enfoncé dans le sable. Dans un déchirement, les feux multicolores passèrent comme une fête brève puis disparurent dans la nuit.

XXIII

Maintenant chaque matin elle est là. Missia l'a installée devant la baie. Elle reste là, face à la grande présence d'eau, elle ne bouge pas. Elle ne voit ni les oiseaux, ni les tankers, ni les avions de ligne qui régulièrement se posent et décollent là-bas au ras de l'eau. Elle ne voit que le vide du delta, profond, immuable, avec devant elle en raccourci, enveloppée dans une couverture, la part morte de son corps dont les limites depuis longtemps détruites se confondent pour elle avec les eaux immobiles.

Des pensées la traversent — ni paroles ni images —, des lambeaux de conscience assez informes. Alors, comme si des réflexes très forts traînaient encore en elle, elle a des sortes de tressaillements qui lui font penser aux tentatives dérisoires d'un insecte auquel on a arraché les ailes : son corps tué est pris d'un élan qui la forcera à déposer sur un cahier qu'elle tient en permanence ouvert sur ses genoux les signes griffés d'une écriture illisible (qu'après sa mort même David ne réussira pas à déchiffrer). Les cahiers s'accumulent au pied de son lit. Ceci est le premier jet de son nouveau livre. Elle écrit vite, abrège les mots, sans ponctuation, sans ordre. Son besoin fou de mobilité est là, jeté sur les pages surchargées. Par moments, la fatigue l'oblige à se renverser sur le fauteuil, elle pose la nuque sur le dossier métallique et fait aller d'un côté à l'autre sa tête aux cheveux coupés court. Elle ferme les yeux. Elle se concentre sur les lambeaux qui passent en elle, puis de nouveau sa main — dont les tendons ne répondent pas très bien — charge le papier, revient sur les lignes écrites, les surcharge. De plus en plus souvent, il lui arrive de négliger de tourner la page — ce qui ne l'empêche pas de poursuivre de son écriture griffée, ligne par-dessus ligne. Parfois Missia vient près d'elle et s'étonne. Siréna répond doucement : « Ce n'est que le premier jet. Ne t'inquiète pas, David m'a toujours parfaitement déchiffrée. »

Certains jours elle ne touche pas au cahier. Autour d'elle, aux différents niveaux de la structure, elle, l'immobile, elle les entend, eux, les autres qui vont. Elle pense à David. Lui aussi s'est remis à écrire. Elle le plaint, elle sait d'avance : il n'aboutira à rien. Douchka l'encourage et lui-même fait semblant de croire de nouveau en lui.

Siréna a décidé d'aimer Douchka. Elle ne veut pas l'envier. Mais lorsqu'elle la voit, elle sent en elle l'horrible jalousie. Pourtant rien n'est changé. David est attentif, présent, peut-être même plus qu'avant. Siréna n'a qu'à le faire demander, il est là aussitôt. Il vient. Il s'assied. Il feuillette les cahiers qui s'accumulent. Effrayé, il les repose sans rien dire. Il pense : La folie de Carel l'a contaminée. Elle tend les mains, prend les siennes et dit sans y croire, d'une voix qu'elle veut gaie :

« N'est-ce pas merveilleux ? C'est reparti pour nous deux. »

Et il dit :

« Oui, Clare, tout est merveilleux. »

Et sa gorge se serre. Elle lui parle de Carel. Elle lui

pose des questions sur Douchka. Il pense avec tristesse : Nous sommes comme ces amants détruits qui ont ajouté entre eux un mot nouveau. Nous nous efforçons de nous aimer d' « amitié ». L' « amitié » a tout recouvert, l' « amitié » a tué jalousie, regret, nostalgie, nous n'avons même plus droit à la mélancolie. Nous sommes modernes, francs, ironiques juste ce qu'il faut. Plus de secret entre nous. Nous pouvons tout nous dire. Mais qu'avons-nous à nous dire ? Pendant que Siréna pense en observant David entre ses cils rapprochés : Pourquoi ai-je tout détruit ? elle dit en riant :

« Tu te souviens du quai ? Avoue que nous étions de drôles de crâneurs. Au fond je nous aimais bien. Nous jouions la splendeur, notre splendeur nous aidait à supporter *le reste*. Tout au moins nous l'avons cru un moment. »

Il déteste son enjouement. Il voudrait l'arrêter, la ramener à moins d'ironie. Elle tend son verre, il le remplit. Elle le vide, le tend encore. Elle dit :

« Avoue, nous sommes devenus terriblement sérieux, non ? Plus de maquillage, la sirène a coupé ses beaux cheveux blonds, la sirène est redevenue... ou tout au moins tente de redevenir la romancière Clare W. Comment ai-je eu la naïveté d'espérer me sauver en traversant notre reflet ? Oh, David, dis-moi que nous étions splendides ! Bien qu'atrocement immobile et apprêtée, je me voulais splendide, je nous ai voulus splendides ensemble. J'avais besoin de ça. Saisir notre reflet dans le regard de ceux que nous croisions. J'en ai nourri mon courage. Mais toi ? Avais-tu besoin de ça ?

— Clare, pourquoi détruire ça ?

— Je nous trouve adorablement comiques, après coup. (Elle en est presque laide.) Réponds-moi, toi, avais-tu besoin de l'admiration des autres ? Étais-tu comme moi ? »

Il hésite, a un rire de gêne :

« Mais je ne sais pas. Sans doute, peut-être, comme tout le monde. »

Elle se renverse, raidie :

« Oh, David, je suis bête. Voilà que je regrette notre impossible accouplement. Il m'aidait à supporter *le reste*. J'ai voulu, en nous entraînant ici, nous... te décharger du *reste*. J'ai pensé nous sauver en chargeant Missia, le groupe, les autres, l'argent de Diamond, les domestiques, de ce *reste*. Nous mettre à l'abri. Et voilà que je me retrouve seule avec ça.

— Mais tu n'es pas seule, Clare, je suis là... nous sommes là.

— Mon amour, jure-moi que tu ne me lâcheras jamais. » Elle a un rire en larmes : « Et puis non, efface ce que je t'ai dit. Pas ces mots entre nous. Pas de jamais ! Pas de toujours ! » Elle cherche son regard et pense : Il n'éprouve rien. Elle dit soudain : « Tu l'aimes.

— Clare ! Nous nous étions promis.

— C'est vrai. Question annulée. Tu effaces. D'accord ? »

Parfois Douchka descendait. Siréna la faisait asseoir près d'elle et, pendant tout le temps, gardait la main de la jeune femme dans la sienne. Elle s'efforçait d'être gaie, parlait de l'avenir, de l'enfant futur. De Carel qu'elle était sûre de ramener à la « raison ». Douchka souffrait de l'enjouement de Siréna. Elle se troublait. Elle plaignait Siréna. Elle plaignait Carel. Elle étouffait. Et se sauvait.

Allongée, seule, face au delta, Siréna découvrait peu à peu que ce n'était pas autour d'elle — comme elle l'avait cru —, que ce n'était pas sur elle que Diamond avait tout bâti, mais bien autour de David. Elle qui régnait sur Isola Piccola — ou croyait si bien y régner —, elle qui jusqu'à présent s'était trouvée sur l'île au centre, se sent un peu plus chaque jour reléguée à la périphérie du groupe. Elle comprend enfin qu'elle a été manipulée par le trio. Oui, même par Missia ! Voilà où ton orgueil t'a menée, se dit-elle. Et maintenant, en écartant David, par cette sorte de répudiation, tu t'es autorisée Carel, tu t'es jetée sur Carel, appâtée par sa folie, attirée par la nuit de son esprit. Que cherches-tu en lui ? Crois-tu vraiment lui être nécessaire ? Carel aimera toujours Douchka. Et toi David, toujours !

Et elle se mettait à écrire, vite, sans se soucier si ce qu'elle écrivait rendait encore plus indéchiffrable ce qui s'était déjà écrit.

Insensiblement elle laissera la place à celle autour de qui maintenant tout commence à s'articuler. Pas à celle, non, à *la chose en celle*. Pas à Douchka vraiment, mais à cette lente et inévitable transfiguration dont ils se sont tous emparés. Cette chose qui baigne encore dans la nuit est à eux déjà. Les cases du jeu destinées à cette vie inconnue sont prêtes, impeccablement prêtes à recevoir l'arrivant du néant. Il suffit que Douchka le laisse s'épanouir en elle et, le moment venu, le leur livre.

Seul Carel reste réfractaire. Doucement il geint le nom de Douchka. Dans la salle où Diamond entasse ses collections, accroupi parmi les tableaux en lambeaux, il attend. Par moments, il tire un fragment de toile qu'il tourne et retourne. Et c'est avec une satisfaction obscène qu'il reconnaît aux stries du pinceau, à la personnalité d'un éclat de couleur, de quelle œuvre saccagée par lui provient cette chose informe qu'il rejette aussitôt. Il est là, assis parmi les bris, entre les statues, les sarcophages, les vitrines, et il attend pendant des journées entières. Il est prêt. À quoi ? Il ne le sait pas. Il s'est soumis. Maintenant il ne lutte plus, il est devenu docile, humble. Assis comme un enfant parmi ses « destructions », il appelle sans bruit Douchka. Personne ne peut l'entendre (du moins le croit-il), c'est à peine si une plainte sort de sa bouche. Jamais il ne s'est senti si abandonné. Il examine ses mains. Elles sont devenues blanches, nettes, sans traces de peinture. Il a peur de ses mains qui n'ont plus touché de couleurs depuis... De fines membranes noires brassent d'un vol ralenti l'eau putréfiée d'un bassin. Quel bassin ? Où ? Quand ? Il s'effraie — et en même temps il regrette l'enfermement de *là-bas*. Il désire la présence de Douchka. Mais aussitôt il se souvient, et il sent sa souffrance.

Il se met debout, il avance parmi les trésors de Diamond. Il pense : la cellule, la cage. Il regrette les ordres et même les coups qui le mettaient en rébellion, qui le faisaient se tendre dans une démence de provocation. Tout est devenu si fluide, insaisissable ! Il perd de vue la source de sa douleur. De quelle souffrance il vit ? Où ? Quoi ? Il se dit : On m'a décrété fou. *Là-bas* j'en avais accepté le décret. Mais ici ?

Il se précipite chez Siréna :

« Je suis fatigué de votre liberté. »

Il est très pâle, des mèches de cheveux collent à son grand front humide. Elle a laissé le cahier ouvert sur ses genoux. La présence de Carel lui apporte un étrange réconfort.

Sur l'écran, la forme sombre de Carel s'est agenouillée près du fauteuil de Siréna. Elle l'attire contre elle. Ils restent ainsi à se balancer doucement. Leurs voix sont lointaines comme un grésillement, un infime dialogue avec des silences, des reprises hésitantes.

« Bon, il faut que j'y aille », dit Missia. Elle sort.

« Considères-tu que j'ai réussi ? dit Abee. Ne sont-ils pas lamentables, ces deux-là, maintenant ? Jusqu'où veux-tu que nous les conduisions ?

— Oh, peu importe. Eux, je te les abandonne, répond Diamond. Tout ce que je te demande, c'est qu'ils ne viennent plus déranger mon jeu.

— Quelqu'un m'a-t-il jamais échappé ?

— Mais Douchka n'est-elle pas en train de faire échapper David ? »

Abee rit et brusquement éclaire un des écrans de la console :

« Tu appelles ça échapper ? Regarde-les ! »

Il règle l'intensité de la lumière.

Debout devant les grands pans coupés d'une des baies hexagonales, de profil, à contre-jour, voilà David. Il allume une cigarette. Ses gestes sont rapides, nerveux. Il parle en se retournant, mais le son est brouillé, quelques mots se détachent. Que dit-il ? Il semble vouloir convaincre Douchka. De quoi veut-il la convaincre ? Elle fait non non de la tête. On la devine de dos. Lorsqu'elle bouge, sa silhouette remplit l'espace, découpe la lumière. Pendant que parallèlement Missia vient de pénétrer dans le premier écran. Siréna tient toujours Carel contre elle. Sur les deux écrans, côte à côte, les personnages réduits se déplacent, indépendants les uns des autres. Ils parlent tous ensemble, les sons se mêlent, s'annulent. Partout un décor identique : une baie hexagonale donnant sur le delta dont la surface déformée paraît convexe, brouillée comme un verre dépoli. Par moments la lumière se met à trembler, l'intensité des voix jette des parasites sur les images. Carel s'est levé. Missia emporte Siréna et l'allonge sur le lit pendant que la vision parallèle montre David allumant une nouvelle cigarette. Douchka s'est approchée de lui. Elle pose les mains sur la poitrine de David et lève très près la tête. La voilà de profil. Elle paraît d'une grande jeunesse. La lèvre supérieure légèrement tirée lui donne quelque chose d'enfantin. Elle est un peu plus petite que lui.

Diamond dit avec agacement :

« Tu sais que je n'aime pas ces trucs. À quoi sert de surveiller ? Tout ça bouge et parle nuit et jour. Que ça bouge ! Que ça parle ! Je m'en fous ! Ce qui m'importe, c'est qu'ils n'échappent pas au schéma, qu'ils soient conformes au plan. Tu sais ce que je veux, Abee. Quand le mettras-tu enfin à genoux, lui ? »

Diamond remplit le verre qu'il tient à la main et retourne à la console où Abee vient de faire surgir d'autres parties de la structure : les cuisines, la salle des machines, les escaliers, plusieurs hexagones vides et même la grande salle où ils se reconnaissent tous les deux de dos, debout devant les multiples écrans de lumière.

« Ce gosse est tout à fait merveilleux. »

Diamond a posé le doigt sur la surface bombée d'un des capteurs. Dans la cuisine, une petite silhouette blanche, presque un négatif, se déplace, grandit, envahit le champ puis se détourne et s'efface. Un instant, on a pu voir en gros plan les cheveux blancs, la bouche un peu charnue entrouverte, et surtout les yeux pâles comme recouverts d'une taie. Diamond pousse une sorte de gémissement extasié.

« Tu dois l'inclure, Abee, tu entends ?

— Mais c'est déjà fait !

— Ah bon ! Sais-tu ? J'en suis fou. Il est entré dans mon rêve et depuis il m'*occupe*. Sans cesse je suis à la cuisine. Je le veux devant mes yeux. C'est une obsession. Sa peau est tellement transparente que le sang est là, visible en mouvement, comme si les veines, les artères étaient de verre. Sais-tu, Abee ? Il faut que tu élargisses le schéma. Tu dois redessiner le gosse dans le plan général. J'aimerais que tu le fasses passer de là à là. »

Il vient de poser le doigt sur le témoin-cuisine puis sur le témoin d'un hexagone vide.

« Ah bon, dit Abee en riant. Vraiment là ? En somme, le hausser d'une catégorie.

— Ce que je te demande est simple, non ?

— Trop simple, peut-être.

— Ah, tu m'agaces ! Pas ce ton ironique, mon vieux ! Je suis sérieux.

— Ah ?

— Quoi : ah ? Ça te pose un problème ?

— Bien sûr que non. Donc c'est entendu. Considère que, dès à présent, le gosse sera redessiné dans la première catégorie. »

D'un coup sec, Abee vient d'éteindre tous les écrans.

XXIV

Diamond et le Grec étaient revenus dans la grande salle où l'Américain les avait attendus. L'affaire qui, une demi-heure auparavant, paraissait quasiment conclue, butait. Bill se détourna de la baie :

« Alors ? »

Le Grec fit une moue découragée.

« Alors rien, répondit Diamond.

— Comment rien ?

— J'ai réfléchi. J'ai changé d'avis.

— Alors, je peux dire adieu à ma commission.

— Propose-moi autre chose. Tu sais bien que je suis toujours preneur.

— Donc tu te défiles ?

— Pour cette histoire de fouilles, oui. Mais attends, pour ce qui est de la statuette, nous allons voir. »

Tenant la statuette d'albâtre, il sortit un instant et revint avec le peintre et l'enfant albinos. Bill resta saisi devant la pâleur, la transparence de l'enfant. Il pensa : *Una cosa d'un altro mondo*. Ses yeux allaient d'une merveille à l'autre : du *bambino dell'alba* à la statuette *dell'alba*, et de la statuette à l'enfant. Quelle divine coïncidence, pensait encore Bill, et son regard revenait au mystérieux visage sans yeux des Cyclades, et de nouveau à l'enfant.

« Tiens ! dit Diamond au peintre en lui tendant la statuette. Que penses-tu de cette merveille ? »

Bill s'étonnait de la transformation du peintre : presque élégant, à la façon anglaise, d'un chic fané évidemment copié sur la désinvolture de David. Ce pauvre type venu de la poussière socialiste imite l'inimitable, se disait-il, comme ces papillons nocturnes couleur de poussière qui, retournés, tête en bas, contrefont tant bien que mal le masque somptueux d'un grand duc. Et Bill se demandait à laquelle des deux (Siréna ou Douchka) il dédiait ce pitoyable mimétisme. Il s'était dit encore : Ce type est au maximum de l'annulation et du malheur. Comment ne pas détester un esprit tombé à ce point en faiblesse ? Comment peut-on détruire de telles valeurs ? Rien qu'en dollars, le moindre des tableaux que ce fêlé s'est permis de lacérer... Tout ça parce qu'il n'a pas réussi à produire une œuvre, et que sa femme s'est éprise de celui qu'il n'avait pu s'empêcher de lui désigner.

« Tiens ! » insistait Diamond.

Le peintre reçoit la statuette, la tourne, la retourne, s'approche de la baie, fait glisser la lumière sur l'albâtre. Son regard va de l'enfant à la statuette, de la statuette à l'enfant et de nouveau à la statuette. Ses mains se mettent à trembler.

L'enfant à demi aveugle s'était approché et, de ses doigts délicats, transparents, il palpait la figure sans yeux de la statuette.

Ils se tenaient tous là, immobiles : Diamond, Bill, le Grec et Missia — qui venait d'entrer, portant Siréna dans ses bras — pendant que les doigts *voyants* de l'enfant passaient délicatement sur ce visage d'albâtre pareil au sien.

Lentement le peintre éleva la statuette. Ça y est, se disait l'Américain, il va la briser aux pieds du gosse.

N'est-ce pas désirable : la chute, le bruit, les éclats se dispersant à travers la salle ? L'anéantissement d'une parcelle d'esprit. Quelque chose de l'humanité en moins. L'effacement d'une forme parfaite, si lisse et, il faut l'avouer, si insolente d'être parvenue intacte jusqu'à nous.

Mais Carel se reprit. Il fixa l'enfant et, d'une brusque torsion de tout le corps, se détournant, il avait rejeté la précieuse statuette dans les mains de Diamond.

« Tu ne veux vraiment pas l'ajouter à tes œuvres ? » Ce fut l'interrogation insensée de Diamond.

« Non », avait répondu le peintre.

Que vais-je devenir ? se disait Bill, c'est mon dernier espoir — ces trente pour cent. Diamond sentit son désarroi.

« Allons, Carel, un bon mouvement, montre à notre ami Bill comment tu fais. Ose ! »

Et remettant la statuette à l'enfant il lui dit de la redonner à Carel. Effrayé, le peintre faisait : « Non, non, non », en reculant.

« Donne ! Donne-moi ça ! cria Bill. J'en suis tout aussi capable que lui. »

Diamond reprit la statuette :

« Ah non, pas toi.

— Et pourquoi pas moi ?

— Parce que toi tu ne saurais le faire. »

Diamond passa le bras autour du cou du peintre, le ramenant contre lui en même temps que l'enfant albinos.

« Notre peintre est merveilleusement fou — toi tu n'es qu'un Américain.

— Ah, tu crois qu'un Américain ne peut pas détruire une « valeur » ? Tu crois que les enfants du vieil Ezra sont encore respectueux ! Tu crois que nous en sommes encore à mêler l'Art à l'Économie ! Eh bien, tu te trompes, mon vieux ! »

Et arrachant la statuette des mains de Diamond, il la leva au-dessus de sa tête — mais il n'accomplit pas le geste.

Maintenant il ne lui restait plus qu'à regagner la ville. La vedette attendait.

Allongée sur un divan près de la baie, Siréna avait observé la scène. Au moment de sortir, Bill s'approcha et dit :

« Alors, ma vieille, ils nous ont eus, hein ? »

Elle eut un sourire contraint et, d'un mouvement de tête, elle désigna la jetée. David et Douchka se tenaient là-bas, près de la vedette. Ils parlaient avec le pilote. Elle dit :

« Tu dois être satisfait. »

Elle se détourna et tendit les mains vers le peintre qui vint s'asseoir près d'elle.

Ce n'est qu'arrivé à la jetée que Bill comprit le sens de la question de Siréna. En effet, il avait de quoi être satisfait. David s'avançait vers lui, méconnaissable, détendu. Depuis combien d'années ne l'avait-il vu si libre ?

« Sais-tu, Douchka, Bill est un ami, mon plus vieil ami. »

Diamond s'était approché. Il semblait agacé de voir David si amical avec Bill. Un pied sur la passerelle, Bill cherchait fébrilement une ultime solution. Et soudain l'inspiration : *Tu prends Dav en otage.* Il avança un à un les mots :

« Pourquoi ne viendriez-vous pas, tous les deux, passer quelques jours chez moi, en ville ? »

La clef, introduite avec précaution, fait jouer la serrure. Le temps d'aller ramasser quelques affaires et voilà David et Douchka sur la vedette. Bill venait de reprendre l'avantage. David chez lui! En sa possession! Isola Piccola vidée de son sens, se disait-il en jubilant tandis que la vedette s'éloignait, abandonnant Diamond, seul sur la jetée.

XXV

« Il y a de cela une huitaine de jours, j'ai emmené sur Isola Piccola un Grec. Trente pour cent pour moi si l'affaire se faisait. Ce Grec prétendait avoir découvert sur une des Cyclades un gisement. Un gisement de quoi ? (Il baissa la voix en jetant autour de lui des regards comiques.) Il aurait déjà sorti du sol des fragments de poteries et une splendide statuette d'albâtre. En tout cas c'est ce que nous étions convenus de dire à Diamond. La statuette provenait d'un musée, dont je tairai le nom, où des complices du Grec l'avaient... disons empruntée. Il prétendait pouvoir mettre au jour des quantités d'autres trucs antiques à condition que quelqu'un commandite. Deux équipes devaient faire semblant de se relayer la nuit dans le plus grand secret : creuser, déterrer. Ensuite acheter un caïque pour sortir en douce les pièces, soudoyer les experts à Londres, à New York. Quoi, telle que le Grec devait la présenter, une affaire que seul un type couvert d'or pouvait financer. " D'accord ", avait dit Diamond, après avoir soupesé la statuette, venez à côté pour que nous en discutions seul à seul. Il fait passer le Grec dans son bureau et je reste dans la grande salle hexagonale qui domine la jetée. Ces trente pour cent allaient bien tomber, je vous assure !

J'étais heureux, soulagé. L'affaire est dans le sac. Soudain, qu'est-ce que je vois ? Dav et la femme du peintre. Vous savez, la petite Hongroise. Que font-ils ? Ils vont et viennent au bord de l'eau. Qu'y a-t-il d'étonnant à cela, me direz-vous, rien de plus naturel, non ? Que peut-on faire sur cette maudite île, si ce n'est aller et venir sur la jetée ? J'étais debout derrière la baie, ils ne me voyaient pas et je les suivais du regard pendant qu'à côté Diamond discutait avec le Grec. Immédiatement j'ai su. Quelque chose d'étonnant passait entre eux. Autour de leurs silhouettes l'air était léger, pétillant. Il se dégageait de leurs mouvements une telle fraîcheur, un tel appétit de plaisir. Ils allaient sur la jetée en riant. Vous imaginez ça ? Des rires sur Isola Piccola ? Vous vous souvenez de la petite Hongroise ? Mais si, voyons ! Elle était constamment avec le peintre fou, plus pâle et inquiète que lui si c'est possible. Elle avait l'air d'être toujours à demi retournée comme si elle s'attendait à tout moment qu'une main s'abatte sur son épaule et la tire en arrière. Eh bien, méconnaissable ! Devenue attrayante tout à coup, imaginez ça ! — comme si une part jusqu'à présent invisible de sa personnalité, aimantée par la splendeur de Dav, avait émergé de l'obscurité, avait envahi la surface... ou comme si la beauté de Dav se reflétait sur elle, mettait en lumière un quelque chose en elle que jusque-là aucun de nous n'avait peut-être vu. Quant à Dav : transfiguré ! Vous vous souvenez de lui, l'année dernière, lorsqu'il vivait encore sur le quai avec Siréna. Je vais être méchant : avec elle, il se donnait en spectacle, tandis que là, je l'ai senti tout de suite, il se foutait de paraître. Il faut avouer que, sur le quai, lui et Siréna offraient une image assez remarquable, non ?

— En effet, il aurait été difficile de ne pas les remarquer.

— N'est-ce pas ? Eh bien, je peux vous assurer que c'est en se donnant à voir qu'ils ont *tenu*. Comprenez-vous ? Vous souriez ? Vous ne croyez pas à un tel mélange d'orgueil et de vanité ? Bien, alors je suis un salaud ! En tout cas, il faut le reconnaître, il se dégageait de Siréna et Dav, disons de leur accouplement, une certaine somme de mystère, de défi. Il y avait cette fatalité qui pesait, non ? Je n'ai jamais aimé cette femme, pas plus en sirène qu'en Clare W., la romancière si outrageusement fameuse, mais je ne peux nier qu'il lui a fallu un sacré caractère pour transcender une sale histoire comme la sienne. Bien qu'à mon avis la chose soit venue, on pourrait dire, à temps. Elle était arrivée au bout de son talent. C'était la femme d'un seul livre, et ça, croyez-moi, elle l'a su dès le second. Êtes-vous au courant de ce qui s'est passé ? La balle l'a touchée là. Après lui avoir perforé le foie, elle a été se loger là, dans la colonne vertébrale. Quoi, l'abominable miracle, non ? Voilà quel fut le fruit de son talent. Voilà ce qu'un auteur écrasé de célébrité doit fatalement récolter aujourd'hui, non ? La moelle sérieusement atteinte pour avoir été trop, trop quoi ? adulé, désiré ? Un coup de revolver par excès d'admiration. On vous tire dessus pour vous signifier qu'on est là, qu'on existe. Toucher à bout portant l'image insaisissable. Tout est devenu à la fois si familier et si abstrait, n'est-ce pas ? Le type aurait, paraît-il, traversé le continent en stop, avec, là, serré sur son cœur, le livre de Clare W., et là, pendu sur sa hanche, le revolver dans une gaine cloutée. Un fils d'émigré polonais avec un grand chapeau de cow-boy et des santiags dorées. Serveur dans un *snack*, bien sûr, pompiste sur une quelconque bretelle. Quoi, le type idéal du crétin chasseur d'autographes. Je t'aime : je te tue — pan ! Dav se trouvait chez moi à New York à l'époque. Un matin, j'ouvre le journal et je vois ça. Merveille ! Si elle meurt, Dav est sauvé, je m'étais dit. Mon Dieu, faites qu'elle ne s'en remette pas — en vérité, j'ai pensé : Qu'elle crève ! Voilà quelle fut la prière intime du meilleur ami. C'était dégueulasse mais non exempt de générosité, je vous assure. Elle l'avait bien assez fait souffrir comme ça, non ? Dieu a dû entendre, mais Il ne m'a pas bien compris : au lieu d'en délivrer Dav, voilà qu'Il l'enchaîne à elle plus sûrement qu'avec des sentiments ou un contrat. Cette fois, c'était à vie. Rien jamais ne pourra plus le libérer — sauf une miraculeuse guérison. Dav est perdu. Voilà en gros ce que je pensais jusqu'à ce que tout se retourne. Que s'est-il passé entre eux ? En étaient-ils arrivés à se haïr tout en étalant leur dandysme héroïque ? Et si Dav n'en avait plus pu de cet abominable tête-à-tête ? Et si, pour réussir à prendre de la distance, il avait persuadé Siréna d'aller vivre sur l'île ? N'était-ce pas une étape logique ou, si vous préférez, une façon inavouée de poser le premier jalon d'une future séparation ? Il ne pouvait pas la quitter comme ça, comme des gens " normaux " se quittent un beau matin. Le contrat moral était trop puissant entre eux. Ce pauvre Dav est infiniment trop " propre " pour un tel coup bas. Quel autre moyen avait-il pour sortir de l'impasse ? Il ne pouvait que s'en décharger sur d'autres, non ? Et quels autres, si ce n'est cette clique de vautours dorés ? Vous voyez, j'habite là, derrière le consulat de France, au bout de cette ruelle, près du lampadaire rose. Souvent, la nuit, Diavolo et moi nous le rencontrions en train d'errer, seul, le long des grands débarcadères. On voyait bien qu'il avait fui en hâte. À peine avait-il pris le soin de jeter un manteau sur ses épaules. Il marchait à grands pas, les cheveux en désordre, plus splendide que jamais dans son désarroi. Et nous autres, Diavolo et moi, le pauvre Bill, nous le suivions, hein, Diavolo ? Et lorsque nous jugions le moment venu, nous le rattrapions et faisions avec lui un bout de chemin. Je sais, elle l'avait monté contre moi. Elle me haïssait au moins autant que je la détestais. N'étais-je pas le seul témoin de leur histoire ? Il fronçait les sourcils et son merveilleux visage prenait cette expression butée, presque enfantine qui me renvoyait sur le campus, à cette époque limpide de l' " amitié entre hommes ", de partage, de confiance bourrue. Nous marchions en silence, je me joignais à sa promenade et je voyais bien qu'il se retenait de me serrer les épaules en plongeant ses regards dans les miens comme il en avait l'habitude autrefois. Et moi, le pauvre Bill, son seul ami, je me retenais aussi de le serrer contre moi, ne serait-ce que pour lui donner l'occasion de s'effondrer enfin, de dire enfin ce que sa situation avait d'inhumain, d'invivable, lui donner le droit de prononcer les mots qui l'auraient aidé à dénouer la situation. Moi, le grand bavard, je me taisais. Attentif, souriant, je marchais près de lui le long des grands paquebots assoupis pendant que Diavolo courait en cercle autour de nous. Nous passions les guichets de la douane et nous nous perdions dans les docks, parmi tous ces Asiatiques qui traînaient sous les grues et les palans immobiles. Et chaque fois au bout d'un moment, comme s'il avait fallu cette marche rapide pour le débarrasser, le laver d'elle, de son immobilité, du poids mort qu'elle avait fini par imposer même à sa pensée, oui, au bout d'un moment, voilà qu'il se détendait, son pas devenait plus souple, ses épaules reprenaient leur nonchalance sous le manteau hâtivement jeté, même ses cheveux semblaient tout à coup retomber harmonieusement en mèches plates apaisées et il commençait à parler. Atroce confession. Terrible secret que jamais je ne dévoilerai — même pour tout l'or de Diamond. Je me gardais bien de l'interrompre par les marques d'un trop vif intérêt. Visage de marbre et cœur qui bat, exultant, je me contentais de laisser venir. Il parlait. Le regard vidé devant lui, il allait. Je voyais son splendide visage passer peu à peu de l'extrême tension à une sorte de sérénité. C'était aussi beau à voir que l'aube sur le delta. Je le reconnaissais, tout à coup. " Ah, mon vieux Dav, mon vieux Dav ! " c'est tout ce que j'arrivais à balbutier. Et je risquais ma main sur son épaule. Et, comme au bon vieux temps, il permettait ma main sur lui. Donc elle ne l'avait pas complètement anéanti. Mais déjà les nuages momentanément disloqués se regroupaient. Ses sourcils, son front, sa bouche reprenaient leur expression d'indifférent désespoir. Et il me quittait brusquement. Il s'enfonçait dans l'impasse qui menait à leur maudit *pianoterra*. Alors je venais m'asseoir à cette terrasse déserte, ou là-bas sur le ponton du glacier, et je me demandais si jamais quelque chose ou quelqu'un réussirait à le délivrer de l'effroyable enchantement. »

Il commanda un autre café et alluma un cigare. Eleinad demanda une *grappa*. L'écrivain français, rien.

« Eh bien, figurez-vous, ce que je n'osais espérer est arrivé. Chut ! Ils sont ici, chez moi. Le piège fonctionne. La sirène est en train de lâcher prise. Le trio infernal a réussi à l'arracher à l'étreinte. Et devinez grâce à qui ? À la petite Hongroise. C'était donc ça, leur plan ! Comprenez-vous cela ? Qu'est-ce que cette petite Hongroise ? Un leurre, un appât, un objet de dérivation. Jusqu'à ce que l'autre jour... Mais chut ! Vous allez me dire : Il l'aime. Eh bien, je vous répondrai : Pas sûr. Mais peu importe, non ? Ce qui compte, c'est qu'il se soit délivré du baiser mortel de l'autre. Celle-là, il est libre de la jeter le moment venu. Elle ne pèse rien. Et, bien que je les déteste, je me sens plein d'une respectueuse admiration pour ce cinglé de Diamond et ses deux complices. Je vous assure, j'en aimerais presque ce sale type pour avoir vu si large. Car, après tout, songez qu'Isola Piccola, la structure, les séances de musique, les sorcelleries de la négresse, la délivrance des Hongrois, les " destructions ", l'îlot des *carciofi*, tout cela n'est qu'un décor construit à coups de dollars pour délier Dav de son contrat. Vous ne me croyez pas ? Vous vous dites : Il est saoul. Il invente n'importe quoi. Détrompez-vous. Écoutez la suite. Voulez-vous que j'en termine avec ce Grec que j'avais emmené sur Isola Piccola ? De quoi voulez-vous que je vous parle au juste ? Vous a-t-on dit que je suis un type assez peu recommandable ? Voulez-vous que je vous dévoile des trucs *in-cre-di-ble* ? Vous raconterai-je ce que je sais à propos de l'Inde et des crimes de Diamond ? Vous raconterai-je ce que m'a avoué Dav ? Non ? Oui ? Maintenant ? Demain ? Quand voulez-vous ? Le restaurant va fermer. Vous avez sommeil ? Non ? Marchons jusqu'au pont. (Il baissa la voix.) Ils sont chez moi, sans blague. Voilà huit jours que je leur ai abandonné l'appartement. Diavolo et moi, nous évitons autant que possible d'y revenir. Nous les laissons en paix. L'autre, là-bas, sur son île, devient positivement fou. Croyez-moi, il est prêt à donner cher pour que je le lui rende. L'autre jour, je lui ai dit : Si tu le veux, lui, c'est tant de dollars. Il m'a traité de maquignon. Maquignon ! Il ne pouvait mieux dire. Après tout, non seulement nous lui vendons Dav, mais, par-dessus le marché, Bill restitue la poulinière lippizane. Et en parfaite santé ! Et pleine, de plus, d'un futur invisible... un projet de poulain, de l'avenir, quoi ! Ce qui est en elle n'a aucun poids encore ni forme certaine, mais ce projet humain en elle c'est de l'espérance de vie, de l'espérance humaine sur pied, et ça, ça me plaît de le fourguer à

Diamond. En prime pour le chèque que j'espère bien lui extorquer. Et que celui qui n'a jamais vendu d'être humain lève le doigt ! Quelle soirée délicieuse, n'est-ce pas ? Vous ai-je parlé du peintre ? Des lacérations ? Des destructions de tableaux ? Non ? Il aurait détruit des œuvres rares, célèbres, dignes des plus grands musées. Un véritable crime contre l'humanité. Et, de plus, la volatilisation d'une foule de dollars. »

Ils marchaient maintenant tous les trois le long des docks silencieux. Un paquebot obstruait une grande partie du quai. *Gentile-da-Fabriano*, nota l'écrivain français. Alors qu'ils longeaient le flanc massif et noir, soudain, par un hublot illuminé trouant la tôle, il eut la délicieuse surprise d'un gros plan d'eau bleue. Par un jeu de perspective, l'écran d'une télévision remplissait exactement le trou du hublot, donnant l'illusion que le paquebot entier contenait cette eau lumineuse d'une nature si différente de celle du delta. L'écrivain retint un peu Eleinad pour qu'elle aussi voie.

« La saison dernière, chez le docteur Scaniari, lorsque vous aviez pour voisins Carol et Pat, ne vous ont-ils pas mis au courant à propos du peintre ? » continuait l'Américain qui avait pris quelques pas d'avance sur eux.

Cette vision méditerranéenne enchâssée dans l'immense falaise de tôle, au ras du quai, sur les eaux putrides et noires où stagnaient des plaques d'ordures flottantes, les rendit tous les deux follement impatients de quitter la ville, de rentrer chez eux, de retrouver la maison, le vallon — ainsi qu'ils le faisaient chaque année vers cette époque.

« Non, répondit distraitement l'écrivain, je ne crois pas. »

Ils étaient arrivés au pont. L'Américain siffla son chien, qui les rejoignit en courant. Emporté par son élan, il les dépassa, fit quelques cercles de plus en plus restreints et, haletant avec bruit, finit par se coucher en travers du pont. Des mouettes dérangées s'élevèrent dans l'ombre en poussant quelques cris. Accoudés tous les trois à la balustrade, ils restèrent un moment, le regard perdu en direction du delta. Les gonflements réguliers, continus, de l'immense surface huileuse brisaient de lointains reflets qui se contractaient comme des ressorts de phosphore. Des cargos passaient au large, feux de position hauts dans le ciel. L'air était tiède, chargé du chuintement des moustiques. Derrière les trois silhouettes accoudées face au vide, pesait la présence silencieuse de la ville.

XXVI

Brusquement, au centre du delta, se fit une lumière. C'était surprenant et beau. L'écrivain pensa à un prisme dont les facettes auraient projeté des jets lumineux de diverses intensités. Ce chatoiement au milieu de la nuit avait une fraîcheur de fête. Des promeneurs s'arrêtèrent un instant sur le pont et dirent en tendant le bras : « La Piccola Isola. »

« Par cette chaleur, eux non plus ne dorment pas, là-bas. L'absence de mes deux... disons otages, doit déranger tous leurs plans », dit l'Américain. Sa grande main fit le geste d'écarter les moustiques, plongea dans la poche du veston clair et sortit un nouveau cigare. Il fuma un moment, le regard fixé sur le prisme illuminé. Tout à coup il dit : « Vous écrivez ? Mais quoi au juste ?

— ...

— Des romans ?

— Si on veut, dit l'écrivain. (Horreur de ce genre de question.)

— Les romanciers sont tous des voleurs. Je ne plaisante pas. Ils s'emparent de la réalité et la travestissent honteusement. Ce jeu de masques, j'en suis revenu, croyez-moi ! (Après un silence :) Ayons le courage d'être un bon journaliste. Quel est cet intime

212

de Goethe qui disait : Il est dangereux d'avoir un auteur pour ami ? Il avait parfaitement raison. Vous ne dites rien. Je parie qu'il se demande comment il pourrait utiliser les bavardages de ce vieux Bill, non ? » Il eut un rire provocateur et ils rirent avec lui. La grande main passa dans l'ombre, désigna les faisceaux de lumière au milieu des eaux noires. « Avez-vous vu de près la structure ? Avez-vous approché la folie de Diamond ? (Entendant le nom, le griffon jappa.) Savez-vous combien, en fin de compte, cette petite histoire lui a coûté jusqu'à présent ? Disons en dollars. » Il sembla faire mentalement le calcul et dit enfin, ayant apparemment renoncé : « De quoi faire vivre somptueusement, vous, moi et mon chien, ainsi que la moitié de cette foutue ville pendant... »

Les yeux fixés sur l'île illuminée, l'écrivain se disait : Qui croira que la musique puisse dicter une architecture ? Et il s'amusait à imaginer Abee, le constructeur, tirant, à partir des figures dessinées par le sextuor de Schönberg, les indications précises, irréfutables, pour développer le palais de Diamond — comme se développe de soi-même un cristal. *Verklärte Nacht* : une série d'hexagones parfaits dans lesquels on peut se déplacer, vivre, souffrir, aimer. Quoi, la mort !

L'Américain restait accoudé près de l'écrivain français et de sa femme, paraissant savourer cette sorte de silence qu'on ne peut se permettre qu'avec de vieux amis. (Mais n'étaient-ils pas complices, après tout ? Combien de fois, la saison dernière, le journaliste avait manifestement parlé un peu plus fort que nécessaire *pour* l'écrivain ? Avec quelle évidente jubilation, se sachant épié, écouté, avait-il donné des informations ! Bien qu'à la réflexion — et combien d'années fallut-il à l'écrivain pour s'en rendre compte ! — la plupart des faits jetés à la volée par ce bavard aient été ignoblement déformés, si ce n'est inventés. Et ce soir même, encore, en leur adressant la parole au restaurant, quel évident plaisir n'avait-il pas pris à égarer l'écrivain en lui ouvrant tant de possibilités toutes si attrayantes !)

Il dit enfin, comme s'il avançait sur la pointe des pieds :

« Et vous réussissez à écrire (il tira sur son cigare qui lança des lueurs rougeâtres, brèves comme des coups de frein) *ici* ? Peut-on écrire *ici* ? dans cette épuisante ville d'eau ? Pour ma part, il y a longtemps que j'y ai renoncé. Fini le théâtre, les romans, tout ça ! À part ma petite chronique hebdomadaire pour le *Washington Post*, je ne fais rien, rien ! Que peut-on écrire sur cette ville sublime qui n'ait déjà été écrit, plagié et replagié ? (Il jeta son cigare, sous eux, dans les eaux noires. Grésillement de la braise instantanément éteinte.) Ici, voyez-vous, on se surveille sans même se donner pour alibi je ne sais quel roman lacrymal. Car toutes ces eaux ne sont que larmes, larmes et larmes millénaires, n'est-ce pas ? Franchement, je me demande comment on peut vivre *ici*, disons survivre. Hein, Diavolo ? Montre un peu comment nous mourons d'abandon dans cette satanée ville d'or. »

Le griffon haletait toujours. La gueule largement fendue, il semblait rire. L'Américain claqua des doigts et, d'un bref coup de reins, le petit chien se renversa sur le dos, pattes ballantes, yeux fermés.

« Il est merveilleux », dit Eleinad, attendrie. Elle se pencha, plongeant les doigts dans les poils rêches du collier qu'elle secoua un peu. Le petit mufle se fendit davantage et les crocs apparurent : le chien, bien que faisant toujours le mort, semblait ne pas pouvoir s'empêcher de sourire à Eleinad. Elle dit encore, se penchant davantage :

« Sais-tu, Diavolo, tu es un petit chien tout à fait merveilleux. »

L'écrivain français n'avait pas bougé. Adossé à la balustrade, il voyait avec un certain agacement sa femme si gracieuse accroupie au milieu du pont et, au-dessus d'elle, immense, vêtu de clair, un doigt levé, le journaliste américain. Il venait de donner l'ordre à son chien de se redresser — ce qui laissa un instant Eleinad seule, agenouillée sous l'homme étranger, aussi massif et blanc qu'un personnage de marbre. Ce ne fut qu'une vision brève et sans importance, mais l'écrivain l'enregistra avec mécontentement, presque colère. Un chien suffit pour que tombent instantanément les barrières : comment peut-elle entrer avec cette candeur dans le jeu trouble de ce type ?

« Et maintenant, Diavolo, dites-nous que nous a-do-rons les compliments — surtout s'ils nous viennent d'une *bella donna*. Figurez-vous que ce petit diable comprend quatre langues. »

Le chien jappa en faisant de légers sauts, debout sur ses pattes de derrière. L'Américain riait, Eleinad aussi... et l'écrivain, hors jeu, sentait son estomac se contracter.

Eleinad était venue s'appuyer à la balustrade. Il aurait voulu poser son bras sur les épaules de *sa* femme, mais il se retint, craignant que ce geste ne paraisse tout à coup possessif.

« Regardez comme Isola Piccola brille ! » Le journaliste souleva le chien et le posa sur le rebord de la balustrade. « Tu vois cette lumière, Diavolo ? Kss ! Kss ! C'est Diamond. Ah, tais-toi ! (Il lui ferma le museau en riant.) Croyez-moi, ce chien sent ce que ni vous ni moi ne pouvons sentir (il fit une grimace comique) : le soufre ! Ah, tais-toi ! (Il frappa le griffon, qui sauta à terre et se réfugia derrière les jambes d'Eleinad.) C'est impardonnable ! Tant d'argent

215

détruit ! » Il se tut. « Vous ai-je dit tout à l'heure combien de tableaux il a fait... osons le mot : sacrifier par le peintre ? Une bonne quinzaine, parmi les plus beaux de sa collection. Quoi, le truc vraiment diabolique ! Qui n'a rêvé de détruire un chef-d'œuvre ?

— Détruire vraiment ? fit Eleinad.

— Oui, saccager. Et figurez-vous que le peintre y a pris goût. Cette histoire les a tous menés à l'hystérie. Maintenant je me suis réconcilié avec Diamond, si on peut dire, mais nous sommes bien restés six mois en froid. Vous vous souvenez peut-être de ce petit type qui se trouvait assez souvent avec moi la saison dernière ? Un orfèvre italien avec deux rubis là. À l'époque, il y a eu entre lui et Moshe — un des violonistes du sextuor, ce garçon qui écourtait sa barbe aux ciseaux, peu importe ! — il s'est passé entre eux quelque chose d'assez sentimental, quoi, ça ne nous regarde pas, mais Moshe avait obtenu de Diamond que l'orfèvre assiste aux soirées Schönberg. Ensuite il m'a raconté. J'adore qu'on me raconte. Me croirez-vous ? Je raffole, comment dire ? des histoires de deuxième main — ce serait un peu comme pour les vêtements ou les voitures. On dit *chic*, en français, non ? Eh bien, l'orfèvre a assisté — et ça, ça m'a été confirmé par les musiciens — à d'étranges séances de lacérations qui tournaient la plupart du temps assez mal.

— Qui tournaient mal comment ? interrogea encore Eleinad.

— Le fou avait des convulsions, des trucs comme ça, ce qui mettait, paraît-il, la sirène dans des états bizarres. » Il s'étira et changea de place, venant s'accouder à la balustrade entre Eleinad et l'écrivain. Un moment, il resta les yeux fixés sur l'eau noire qui se gonflait et se creusait silencieusement sous le pont. Il prononça, pensif : « Détruire la Beauté. Détruire la

216

Beauté, n'est-ce pas l'ultime moyen de posséder ? Eh bien, là-bas, les trois démons, c'est bien ce qu'ils s'efforcent de faire. Un artiste détruisant ses propres œuvres, n'est-ce pas la chose la plus attendue ? Une manière assez *dandy*, non ? de se comporter à l'égard de soi-même. On pense au coup de revolver qui met un terme à cette vaste plaisanterie. Façon de s'habituer, non ? Mais de là à passer aux œuvres des autres ! Bien sûr, d'où il venait, *ils* ne font rien d'autre, n'est-ce pas ? Le régime entier est bâti sur la mutilation, la délation, l'empêchement. Et voilà qu'ici la malheureuse victime se fait bourreau. Histoire banale, me direz-vous. Histoire fatale, je vous dirai. Mais quand même, avouez, il faut être un sacré génie, non ? pour manipuler si vicieusement les êtres.

— Comment ça ? demanda l'écrivain, subitement intrigué.

— Comment ça ? Mais voyons, d'un bout à l'autre cette histoire est diabolique. Sauf qu'ici le diable est trois. Le " pouvoir " de la négresse est incontestable. Pour ce qui est d'Abee, l'architecte, c'est un calculateur glacial. Quant à Diamond, personne ne saura jamais ce qu'il est. Un milliardaire capricieux ? Une sorte d'artiste de l'argent ? Ce serait plutôt ça. Une fortune en continuelle expansion, chaque seconde produisant un délicieux bruit d'or. Rien ne pourra jamais le ruiner. Et la ruine des autres ne fait que l'enrichir. Que lui reste-t-il ? La peur. La peur de ne plus désirer — comme chez l'artiste la peur de ne plus créer. Alors, il va vers ceux qui sont " innocents ", vers ceux qui ne respectent pas, qui ne comprennent pas ce qu'il est — et c'est ainsi, à travers eux, qu'il se maintient en désir. Un type comme moi, par exemple, il le méprise ; un type comme moi sait, il voit le monceau d'or, il envie le tas d'or, il est preneur — ou disons, plus modestement, tapeur. Je suis là, avec des yeux comme ça, et tout ce que je peux attraper au passage je l'attrape, car moi je manque, je suis en manque d'or, moi ! comprenez-vous ? Et ça, ça casse son désir. Tandis que Dav ou ce fou de peintre, par une sorte d'innocence que je trouve exaspérante mais qui enchante Diamond, l'aident à... disons... se sentir libre à l'intérieur de son tas d'or, car eux, par leur stupide innocence, vivent sur d'autres valeurs et donc entraînent Diamond sur le merveilleux sentier de la destruction — donc du désir. » Il se tourna vers Eleinad, chercha son regard dans l'ombre : « Vous souriez. »

XXVII

Ils repartirent le long du quai en direction d'un ponton où quelques insomniaques s'attardaient encore. L'Américain commanda une bouteille de *prosecco*, leva son verre et s'amusa à faire chatoyer les lumières roses des lampadaires à travers le vin pétillant :

« Ne faites pas trop attention à ce que je vous raconte mais écoutez quand même ceci : Avez-vous entendu parler de la seconde île ? Celle d'où l'on voit Isola Piccola ? Si elle n'avait pas existé, je crois que ce maniaque d'Abee l'aurait fait surgir des eaux boueuses rien que pour ce que les uns et les autres devaient y trouver : Abee, un prétendu rayon noir· Diamond, l'enfant du futur sacrifice ; la négresse, l'aboutissement, disons provisoire, de ses sales besognes nocturnes — ou, si vous préférez, le retournement que tous les trois attendaient et que les quatre autres accomplirent avec une soumission quasiment miraculeuse. Vous pensez : Il est ivre. Eh bien, oui, j'ai bu. La Pythie buvait pour que la parole monte. Si on montait chez moi boire un dernier verre, non ? Allons un peu surprendre mes " otages ". Et puis non, restons plutôt sur ce ponton éclairé. Vous n'avez pas sommeil, j'espère ! Savez-vous ce que veut dire *carciofo* ? Avez-vous vu un champ de *carciofi* en fleur ? Vous n'êtes jamais venus à la saison des fleurs de *carciofi* ? Toutes les îles du delta bleues d'un coup ! Et là-dessus vous avez des milliers de papillons jaunes. On croirait voir voler des quantités de petites pièces d'or bien propres et neuves. La féerie, quoi ! La plupart de ces îles sont abandonnées. Juste quelques paysans aquatiques viennent à bord de leurs barques à fond plat pour perpétuer sur ces terres boueuses la dégoûtante culture des *carciofi*.

« Il fallait Abee pour aller inventer ça ! Un pique-nique sur un tas de boue. Par une claire journée, toute cette bande d'oisifs s'embarque. Et au retour, plus rien n'était pareil. Pourquoi, comment ? En l'espace d'une journée, tout s'était déplacé, le cercle s'était rompu ou, si vous préférez, l'anneau symbolique, le *ring* de ces espèces de fiançailles à sept que représentait leur vie dans la structure s'était brisé, les champs de forces venaient d'être libérés et les voilà à l'instant précipités, je dirais : malgré eux, dans des situations que personnellement je trouve du plus haut comique — mais pas inattendues car, dans les calculs du trio, rien n'est abandonné au hasard. De l'alchimie, quoi ! L'éternel rêve. Mais il y manque le sang humain. Le sacrifice, c'est l'antique Loi, non ? Admettons que je délire. Mais admettons quand même ceci : la matière ne se suffit pas à elle-même. Il y faut de la souffrance, de la chair. Riez ! Notre ami américain est ivre à rouler sur le ponton, je lis ça dans vos yeux de *bella donna*. Eh bien, *è vero !* Mais imaginez quand même le demi-cercle en marbre de la jetée transformé en autel. Là où, l'année dernière, on sacrifiait la musique de Schönberg, on dresse la pierre du sacrifice. Je vois Abee et Missia officiant. Mais au fait : de quelle couleur est le sang d'un enfant albinos ? »

L'Américain eut un rire. Au loin, la structure brillait sur les eaux invisibles du delta.

Ils étaient seuls parmi les tables vides du ponton maintenant désert. L'Américain paya la bouteille et ils prirent tous les trois la direction de la maison du docteur Scaniari.

Ils s'engagèrent sur le quai étroit qui borde le petit *rio*, le long de la prison. À la lueur des projecteurs qui éclairaient les murs électrifiés, l'Américain les avait retenus au pied du mirador. Le garde, debout sur la passerelle à trois ou quatre mètres au-dessus d'eux, les observait distraitement, les mains posées sur la petite mitraillette noire et compacte pendue en travers de sa poitrine.

« Prison terrible », dit l'Américain, désignant d'un geste un peu trop ample le mur, le mirador, les projecteurs, « prison de femmes, savez-vous ? Vous gêne pas de séjourner comme ça, en face ? Savoir ces pauvres filles entassées dans des cellules pendant que vous, pendant que nous, pendant que la ville... Vous gênent pas les projecteurs ? Obligés, je suppose, de fermer les volets, non ? la nuit, non ? »

Le garde s'était mis à marcher sur l'étroite passerelle au milieu des volubilis qui débordaient d'un jardin mitoyen.

« Avez-vous vu ce type, là-haut ? continuait l'Américain d'une voix de plus en plus forte. Quel âge ? Dix-huit tout au plus. Chômeur ? Délateur ? Qu'en pensez-vous ? »

Prenant conscience qu'il était question de lui, le garde les fixait de nouveau, les deux mains toujours appuyées sur la mitraillette.

« Savez-vous qu'ils ont tué... lui peut-être... il y a de ça un peu plus d'un an, une fille, dans cette cour que nous ne voyons pas ? Aveuglante ou sombre histoire d'amour, de viol manqué, j'imagine. Sinistre, non ?

221

Vous n'allez pas vous enfermer en face de ça pour le peu qu'il nous reste de cette nuit sublime ! Allons admirer le ciel du côté du levant. Avez-vous déjà vu le soleil sortir d'un coup du delta ? Non ? Impardonnable ! » Subitement, il avait emprisonné dans ses grandes mains américaines la main d'Eleinad : « Venez ! » Il l'entraînait sur le quai, le long des lauriers-roses. Eleinad souriait, ne sachant comment se comporter avec cet inconnu devenu si familier. « Les nuits sont longues dans cette ville. On étouffe, non ? Ces eaux putrides, le manque d'air, ne trouvez-vous pas qu'il est dur de vivre ici ? Surtout lorsque votre propre vie vous a lâché et que vous êtes réduit à l'état de voyeur. De quoi parlent à longueur de jour les gens qui se croisent dans cette ville ? D'argent ? D'amour ? De maladie ? De mort ? Sans doute. Eh bien, faisons de même, parlons pendant que le soleil se trouve encore invisible dans l'envers du monde, pendant qu'il se prépare à bondir pour nous aplatir sous sa lumière, eh bien, produisons de la parole. » Il allongea le bras par-dessus les épaules d'Eleinad et toucha l'écrivain. « Que vous ai-je au juste raconté tout à l'heure sur le ponton ? Quelles ignobles insinuations ai-je imaginées ? Je suis un affreux bavard, une mauvaise langue, on dit chez vous, non ? Ma langue, comment dit-on ? fourche. Peut-être, parfois, plus qu'il ne faudrait. Quoi que j'aie pu vous raconter, ne le répétez pas. Chut ! »

Il est encore plus ivre que tout à l'heure, se disait l'écrivain. Pourquoi ne pas s'en être débarrassé devant notre porte ? Suis-je à sec au point d'avoir besoin de lui ?

L'Américain désignait le centre du delta :

« Tiens, ils viennent d'éteindre les lumières. Vous n'y êtes jamais allés ? Tout à l'heure, j'y vais pour négocier leur retour. Retour de qui ? dites-vous. Mais de mes petits " otages ", voyons ! Il est trop tard pour se coucher, non ? après cette nuit blanche. Je vous y emmène ! »

L'écrivain se hâta de dire qu'il préférait rentrer chez lui, qu'il est en ce moment absorbé par un travail... qu'il attend un coup de téléphone de France... qu'il préférerait, à dire vrai, s'isoler aujourd'hui (finit-il par avouer courageusement)... que s'il vient chaque année passer plusieurs mois dans cette ville c'est, justement, pour cette impression d'isolement derrière une vitre d'où il peut tout observer...

Le journaliste s'était penché, il écoutait ces explications hésitantes — mais, à un moment, l'écrivain crut surprendre un clin d'œil ironique, puis un deuxième, sur le visage apparemment impassible. C'était à Eleinad qu'allaient ces signes.

« Alors, vous venez sans lui, non ? On laisse ce bourreau de travail à ses papiers et on y va tous les deux. À onze heures et demie, le pilote passe me prendre avec la vedette. OK ? Je vous la rendrai vers les six heures. Ça va ? »

Ce fut au tour d'Eleinad d'expliquer. Expliquer quoi ? Qu'elle préférait rester (sous-entendu : avec *lui*).

« Rester où ?

— Mais ici, je ne sais pas... dans la ville. (Elle n'osait toujours pas dire : avec *lui*).

— Ah, bon ! Eh bien, restons dans la ville. Isola Piccola, ce sera pour une autre fois. Pendant qu'il se tue au tra-vail, je vous emmène voir différentes choses.

— Non, je vous assure, dit Eleinad d'une voix lasse, je tombe de sommeil. »

Le soleil se dégageait rapidement des vapeurs basses, et l'écrivain, qui maintenant marchait un peu en retrait, ne pouvait s'empêcher de penser à toutes les aubes sur la mer, chez eux, loin de cette ville, de ces quais, de ces brumes. Eleinad entrant dans l'eau, et autour de son corps l'immense nudité du ciel qui la faisait paraître encore plus lisse, plus fragile et intime, Eleinad s'enfonçant dans le grand ciel couché où se reflétaient les premières parcelles d'un soleil blanc rosé, petit et rond. Ensommeillés, ils nagent, l'un près de l'autre, les yeux mi-clos, face à la lumière nacrée de ce nouveau jour ; leurs deux têtes, coupées par l'eau, semblent dériver toutes seules vers ce soleil qu'ils essaient de saisir à travers les ombres et les irisations de leurs cils...

« Dommage. Vous manquez, tous les deux, de curiosité. Regardez ! N'est-ce pas splendide ? Ce ciel laiteux avec ce fabuleux morceau de lave qui monte à travers les brumes du delta ! »

... Le soleil s'était disloqué dans une masse de nuages poudreux puis avait disparu. Brusquement, un éventail de rayons était tombé sur la mer pendant que nous nagions. Et, face au soleil, la lune comme un chaudron de cuivre ! La mer irisée par la montée du soleil rose vif. Le visage encore ensommeillé d'Eleinad flottant sur l'eau, les cheveux relevés à la grecque. Pies et corbeaux dans le sable...

L'Américain faisait de grands gestes, s'arrêtait, sifflait son chien.

Les premiers rayons du soleil frappaient les maisons rouges du quai.

XXVIII

Ce soir-là (quelques heures seulement après avoir
réussi à se débarrasser de Bill), alors que la salle se
remplissait derrière eux, et que les musiciens portant
leurs instruments avec grâce et précaution entraient
dans la fosse (l'écrivain français et Eleinad n'avaient
pu obtenir que des places au premier rang et plongeaient donc directement sur l'orchestre invisible
pour le reste du public), ils continuaient tous les deux
à plaisanter à mi-voix, se moquant d'eux-mêmes et de
cette nuit inepte passée avec le journaliste. L'écrivain
jetait de brefs regards par-dessus son épaule. Chaque
fois qu'il se retournait, il absorbait d'un coup le chaos
de faces blanchâtres alignées jusqu'au fond du théâtre. Et, tout en faisant mentalement le tri des visages
entr'aperçus qu'il gardait imprimés sur l'œil, il ressentait le subit désir de retourner à leur solitude
(parmi les collines méditerranéennes), sur laquelle il
avait jusqu'à présent fondé les certitudes de son
travail d'écriture. En même temps, il écoutait ce que
disait Eleinad, respirant de près son parfum, s'émer-
veillant d'être là, avec celle dont il fixait avec un
étonnement heureux les mains longues et fluides puis
la blouse de satin crémeux puis les lèvres, ému, attiré
par la lumière émanant de sa peau de Latine rousse

sur ce fond de velours et d'or. Il entendait ses paroles et à la fois il percevait la masse des voix bruissantes derrière eux, ainsi que, montant de la fosse, les brefs accords vérifiés par les musiciens maintenant en place. Et, comme chaque fois qu'il s'était trouvé dans cette salle ouvragée à l'excès, parmi ces foules rassemblées par le trouble besoin de s'annuler dans la musique, il se situe brusquement au centre de quelque chose d'autre que la musique, il se découvre rempli d'un tout indiscernable, porteur d'impressions impossibles à isoler, il se sait à la fois mémoire, projet, désir, incertitude et certitude, en somme, il est — bien que sans mots — en écriture. Il résonne d'images vagues mais d'une présence spéciale et il a soudain la conscience d'être au cœur d'un livre qui s'écrit. Comme l'année dernière à la même saison lorsqu'il avait assisté au récital du vieux pianiste, il a le pressentiment d'une perfection possible. Encore une fois, non pas la musique mais le faisceau des multiples tensions venues se nouer ici, en ce lieu même, autour de l'exécution d'une œuvre impalpable comme le temps, lui apporte l'exaltation muette, solitaire, du possible chef-d'œuvre. Eleinad continuait de lui parler et il ne quittait pas ses yeux, si près des siens, dont les ombres semblaient se diluer sur du buvard. Il pénétrait en elle par le regard, il aurait aimé saisir ce visage de chair blanche entre ses mains — comme il le fait si librement, oui, à tout moment, quand, suspendant la parole, c'est par les lèvres qu'il lui faut s'assurer d'elle —, mais déjà l'obscurité glissait sur la salle et, dans le ressac des applaudissements, il se dépêchait de retenir encore le sourire proche qui s'effaçait pour ne laisser que le tremblé de quelques ultimes points de lumière dorée au fond des yeux. Et, détachant son regard d'elle, il découvrit, par-dessus la fosse où brillaient les tringles des archets alignés, une symétrie de marches frappées de lumières géométriques, une sorte de temple aztèque et, se retournant brièvement sur la salle, il s'imprégna encore une fois des rangées régulières de visages suspendus comme dans une crypte funèbre, pendant que la voix d'Orphée remplissait d'un coup l'espace refermé. Une main s'était levée dans l'ombre, à peine mais assez pour que ce signe reste en lui ; il le situa au jugé à trois ou quatre rangs derrière eux. Il l'avait encore sur l'œil. C'était bien Bill. Près de lui il reconnut après coup David et la femme du peintre. Il ne la savait pas si remarquable. Sur la scène, une lourde négresse en toge tenant une lyre minuscule, gravissait les degrés du temple. Mais pourquoi cette voix arrachée au Mississippi ? Pourquoi pas la plainte désespérée du castrat, lui aussi — comme Orphée — à jamais privé de ses noces ? Orphée gémissait aux signes du chef trop proche ; et l'écrivain se retint de saisir par la manche, d'arrêter net ce pantin agité, tandis que là, sous eux, dans la fosse, soixante-six... non, soixante-douze (l'écrivain s'obstinait maintenant à les compter) musiciens vêtus de noir tournaient dans de brusques réveils les pages des partitions et retombaient dans leur jeu engourdi. L'écrivain isolait chacun de ces visages nus dans leur fragilité. Et de nouveau, loin de la musique, ailleurs, très loin en lui, se consolidait la certitude du livre possible. Il se fortifiait, se rassurait de la présence des musiciens secoués de tics pendant les passages difficiles, de la beauté des doigts si près des joues dans les vibratos des violoncelles, des regards qui semblaient se retourner vers le dedans et ressortir pour se poser fugitivement sur les partitions, de tant de nudité enfantine sur ces visages ensevelis sous les pieds des chanteurs. Il aurait aimé s'emparer de cette charge d'émotion, la contenir dans des mots et l'emporter pour la poser sur

227

ses fictions. Et en même temps il ne pouvait s'empêcher de jeter des regards sur la salle qu'il sentait dans son dos peser de toute sa masse, rapportant de ces brefs retournements toute une série de signes complices du journaliste : quelque chose comme des clignements d'yeux, des grimaces signifiant : c'est OK, pendant que la grande main américaine désignait sans trop de discrétion le coin gauche de la salle. Alors, tournant imperceptiblement la tête, l'écrivain découvrit en effet, quelques rangs en arrière, de l'autre côté de la travée centrale, Diamond accompagné d'un enfant aux cheveux blancs, puis l'architecte et la négresse. Tous se tenaient bien raides, côte à côte, absorbés par le chœur des démons. Et, tout en suivant les êtres blafards et nus qui se traînaient comme des métaphores aux pieds d'Orphée, l'écrivain se demandait si les tractations du journaliste avaient abouti. « Je ne les rendrai que contre un bon paquet de dollars. Vous riez ? Mais je ne blague pas. » Ils étaient encore sur le ponton désert, le journaliste finissait la bouteille de *prosecco*, lorsqu'il leur avait lâché ces mots, ajoutant : « Dav et la petite sont d'accord. — Comment d'accord ? avait demandé Eleinad. — Mais d'accord pour l'échange, voyons. D'accord pour rentrer sur Isola Piccola... si Diamond casque. Vous semblez en douter. Vous vous dites : Propos d'ivrogne. Eh bien, venez ce soir à *Orpheo*. Vous aimez Gluck ? Venez et vous verrez comment on extorque un chèque contre des " otages ". Je ne plaisante pas... ou si peu. » Plus tard — le soleil était déjà haut —, alors qu'ils se trouvaient tous les trois encore une fois sous le mirador, il avait dit : « Rendez-vous à l'entracte, au foyer. Je ne sais lequel de nous tous a le plus hâte de conclure l'affaire. Voilà huit jours que Dav et la petite Hongroise sont chez moi. »

Orphée s'enfonçait maintenant dans une trappe et

l'écrivain s'agitait, tentait de déplier ses jambes. Eleinad sentait ses doigts se crisper entre les siens. Inclinant un peu la tête, elle lui envoya à travers la pénombre un sourire espiègle. Elle murmura : « Oui, je les ai vus. » Il pensait : Là, si près, à quelques rangs, et je ne peux me retourner franchement pour les dévisager ! Faut-il donc toujours imaginer ! Pourtant il les savait si fort dans son dos, ceux qu'il écrit ! Et il rattrapait sans cesse leur image qui se diluait. Il essayait de les retenir, de les garder — David et Douchka — tels qu'ils les avait saisis tout à l'heure. Elle, surtout, qu'il n'avait qu'aperçue. Son joli visage a quelque chose de retroussé, nez, lèvres, cils, cheveux coupés court qui lui dessinent comme des petites flammes brunes sur le front, autour des joues. Elle semble faite pour l'insouciance et elle paraît au bord des pleurs. Comment était-elle l'année dernière ? Il revoyait le peintre et près de lui une jeune femme tout aussi apeurée que lui. Aucun éclat, rien ne la faisait remarquer. Et voilà qu'aujourd'hui il émane d'elle une lumière spéciale : mélange de bonheur et de souffrance. Puis il passa à David. Ce n'était plus tout à fait le David dont il ne pouvait oublier le profil accolé à celui de Siréna. Vision qu'il avait laissée s'épanouir sur le papier pendant cette longue année d'écriture solitaire, là-bas, chez eux, au pays des mimosas enneigés, des feux de bois, des grands eucalyptus, des camélias... Il se sentait triste de les savoir — David et Siréna — dissociés. Maintenant, sur la scène, les danseurs travestis en morts rampaient avec des mouvements maniérés, attendus, et l'écrivain désira intensément retrouver la maison décadente, les jardins en terrasses sous les branches et les palmes. Les cerisiers seront en fleur, les camélias pencheront leurs boules roses aux pétales serrés, une forte odeur d'herbe, de résine, d'essence d'eucalyptus rendra l'air vivant, présent, palpable. Là-bas, avec toi mon amour, avec toi loin de la mort ! Et il se dit en se penchant parmi l'abondance fauve de sa chevelure : Avant toi, je venais de la mort. Il aurait voulu se lever, fuir avec Eleinad, mais les plaintes d'Orphée les emprisonnaient, et c'est raidi sur un vide douloureux qu'il attendra l'entracte qui les délivrera.

« Je m'en souviens, poursuivra David bien des années plus tard, vous vous trouviez tous les deux au premier rang. Eleinad portait du rouge sombre, profond et sourd. Bill ne cessait de me donner des coups de coude en vous désignant. À un moment, il avait dit presque à haute voix avec son sans-gêne habituel, si bien qu'autour il y avait eu des protestations : Ce type — c'est de vous qu'il parlait —, sais-tu pourquoi il est ici ? Et, ne se préoccupant ni de la musique ni des *chut !* autour, il s'était lancé — à votre propos — dans une histoire compliquée où il était question, je crois, d'un procès ou de persécutions que vous auriez fuies en vous réfugiant ici. Un livre censuré ? Détruit ? Brûlé ? En France ? Était-ce vraiment en France ? Comme d'habitude, je suppose, Bill inventait.

— N'est-ce pas ? On pourrait le croire. Pourtant, non.

— Ce genre de chose se pratiquait encore à l'époque ? En France ? Alors, pour une fois, il ne mentait pas. Et figurez-vous, ce soir-là, il avait prétendu qu'à votre insu il vous dictait quelque chose comme un livre, un roman, que vous pompiez au vol. Quoi, ce genre de truc comique et combien désespéré que seul Bill était capable d'inventer pour se masquer à lui-même le terrible sentiment d'impuissance dont il crevait. Pourtant, le saviez-vous ? Il a écrit plusieurs livres. Et tous ont été publiés. Et tous ont plus ou moins marché par complaisance. Par camaraderie de journalistes, on en a parlé, et chaque fois Bill en est ressorti humilié, meurtri. De là une violente haine contre Clare... et cette excessive tendresse pour moi qui n'ai jamais rien réussi. » Il désigna le jeune aveugle qui s'était tenu immobile pendant tout ce temps : « Dernièrement, j'ai essayé de lire à Tognone le livre de Clare. Je n'ai pu aller jusqu'au bout. C'était trop de souffrance. » Il ajouta, avec un rire un peu forcé : « Tant pis pour toi, mon vieux, tu ne sauras jamais la fin. Mais après tout un livre doit-il fatalement finir ? » Il sortit une nouvelle cigarette, la prit entre ses lèvres mais négligea de l'allumer. « C'était notre livre ou, si vous préférez, c'était le livre que je n'ai pas écrit, ou disons c'était mon livre mais écrit par elle. (Il se tut pour allumer sa cigarette. Elle tremblait un peu.) Quelle importance, maintenant. Qu'est-ce qu'un livre ? Est-il jamais le fait d'un seul ? Pourquoi soudain *reconnaissons*-nous un livre ? Pourquoi tel livre tout à coup ? Pourquoi tel livre parle-t-il à tous ? Et savez-vous ce que Bill m'avait dit encore à votre sujet ? Je me souviens, c'était au moment de l'entracte, nous venions de nous lever en applaudissant et il s'était penché, criant presque à mon oreille : " Je vous ai tous fourgués à ce type. Sans blague ! " Oui, il employa ce terme. Et il avait ri. Bill m'agaçait, mais en même temps j'éprouvais envers lui de la nostalgie : je l'aimais pour l'avoir aimé, comprenez-vous ? Il était là. Il avait toujours été là. Et je savais qu'il serait toujours là, quoi qu'il arrive, avec son amitié méchante, intéressée, pathétique, sincère, ses mensonges, le côté Judas qui vous vendrait pour régler une note impayée ou même pour le plaisir de vous trahir. Oui, il était prêt à tout pour une poignée de dollars. Prêt à se vendre, prêt à me vendre, prêt à vendre n'importe quoi — jusqu'à son chien pour peu que Diamond en eût manifesté le désir. L'un comme l'autre emportés dans leur jeu jusqu'à perdre de vue l'absurdité, le grotesque inouï de ce qui faisait le sujet de leurs marchés. Entre Diamond et Bill s'était établi cette sorte de rapport trouble : Diamond affectait de mépriser Bill mais au fond il raffolait de sa frénésie de l'or. Le jeu était parfois assez cruel. Et souvent il m'est arrivé de me mettre du bord de Bill rien que pour montrer à Diamond que j'étais resté libre, comprenez-vous ? libre de prêter la main à ces sortes de bassesses. Justement, ce soir-là, au théâtre, Douchka et moi nous faisions partie de la donne que Bill avait en main. Bien sûr personne n'était dupe de ce chantage. Pas plus Diamond que Bill. Mais ils faisaient comme si. Ou plutôt Diamond faisait semblant de croire, disons par une sorte de charité méchante, aux ridicules manœuvres de Bill et, lorsqu'un peu plus tard dans le foyer il lui remit le chèque, je ne sais lequel en fut le plus humilié. Le soir même, Douchka et moi, nous avions regagné Isola Piccola. »

XXIX

À peine débarqué, David monta voir Clare. Elle l'attendait, assise face à la baie obscure. Il ne la reconnut pas. Ou plutôt il ne reconnut pas l'image qu'il portait en lui d'elle. David comprit tout de suite qu'en ces huit jours d'absence ce n'était pas elle qui avait changé mais le regard qu'il portait sur elle, la perte de continuité de son regard sur elle venait de provoquer un saut de son image — comme un mauvais raccord dans un film. Elle n'était plus à sa place, elle ne remplissait plus le creux qu'à la longue sa présence avait imprimé en David. C'était saisissant à quel point il n'arrivait plus à la reconnaître. Bien qu'elle se fût coupé les cheveux depuis des mois et qu'elle ait depuis longtemps renoncé à être cet objet de féerie qu'ils s'étaient amusés tous les deux à construire, jusque-là David l'avait vue inchangée, rien n'était venu détruire la continuité du regard qu'il portait sur elle : Siréna était restée Clare pour lui. Et voilà qu'en cette brève absence elle venait de s'effondrer. Celle qui se tenait assise devant la baie obscure était une femme très malade. Sa peau était un peu gonflée, rosâtre. Son regard terne. Elle attendait, épuisée. Elle était là, pareille, assise à sa place et en même temps elle donnait l'impression d'avoir été atrocement maltraitée de l'intérieur. « J'en aurais hurlé de chagrin, racontera David. C'était comme si l'écho de la balle avait mis des mois, des années à perforer sa volonté, sa foi en sa vitalité... sa certitude en un retournement du destin. » Maintenant il ne pouvait que s'effondrer et sangloter, le front sur les genoux morts de sa femme. Cette nuit-là il la passa auprès d'elle. « Nous nous retrouvâmes comme jamais peut-être cela ne nous était arrivé. Pouvez-vous comprendre ça ? Je tenais une morte contre moi et nous étions en enfer. Ces images me hantaient : Eurydice, raidie dans ses bandelettes, était là, hors du temps. Sous les cônes des lumières infernales, le visage gris, maquillé de cendre, d'un réalisme mortel, déboîtait ses mâchoires pour lancer peut-être le plus beau chant d'amour. Autour de cette sorte de chrysalide rampent les morts souterrains. La musique — vous vous souvenez — s'installe entre Orphée et Eurydice, le ballet des cadavres devient lent, spasmodique : ce sont des vieilles aux longs seins vides, ce sont des restes humains dont les côtes sans chair laissent transparaître les flammes, ce sont des filles, bien qu'encore jeunes, chauves, avec des ventres gonflés — toute une morgue exsangue. Me voilà contaminé, je me disais, par leur folie. Et je serrais désespérément Clare — comme quelques heures auparavant j'avais vu Eurydice inerte soulevée et pressée dans les bras de cet étrange Orphée joué par une femme noire. Et je serrais Clare en souvenir et je me disais : Tout est fini, ne te retourne plus, toi qui as détruit Clare en prononçant le seul mot qu'elle n'attendait pas de toi. En te retournant sur elle, tu l'as tuée. Exhume-toi de son enfer. Tu dois rejoindre Douchka. »

Mais il était incapable de bouger, assis au bord du

lit, s'efforçant d'apaiser par le silence et l'immobilité la violence de son émotion. Elle dit :

« David, je voulais, je voulais te demander pardon pour tout. Tu te souviens de cette femme seule que nous avions vue à une table au milieu de cette salle de restaurant vide. Tu te souviens, elle se comportait comme si elle se trouvait en face de son amour. Elle chuchotait, penchait la tête, lançait devant elle des regards de tendresse éperdue et riait en rosissant comme si celui qu'elle adorait était là, à lui tenir la main par-dessus la table. Par moments elle semblait fondre sous des paroles délicieuses, mais très vite son expression changeait, elle s'étonnait, écoutait, incrédule. Que lui disait son fantôme d'amour ? Elle restait un moment les yeux levés, retenant des larmes, puis de nouveau elle chuchotait, s'agitait, riait derrière sa main, confuse. Eh bien, maintenant, je sais ce qu'elle... » Elle fronça les sourcils et attendit quelques secondes comme si une onde de douleur traversait son corps. « Elle lui demandait pardon. Et lui, son amour fantôme, que lui disait-il ?

— Qu'il n'avait rien à lui pardonner, tu le sais bien, Clare. Il lui disait qu'il l'aimait, et elle doutait de ses paroles.

— Tu crois vraiment ?

— Il lui disait qu'il aimait en elle ce qui était irremplaçable en elle.

— Son sale caractère ?

— Si tu veux, oui, pourquoi pas ? Disons son caractère. Il l'aimait pour sa façon de mener sa vie. »

David alluma une cigarette. Elle tendit la main et il lui donna la cigarette. Elle aspira longuement et la lui rendit. Elle dit, s'efforçant de rire malgré les larmes qu'elle retenait :

« Tiens, tu as changé de marque ?

— Oui... peut-être.

— Ce sont les mêmes que celles de Douchka. »

Renversant la tête, elle ferma les yeux et ne bougea plus. Une fumée d'un gris très pâle l'entourait, en suspension. Elle est détruite, pensait David, osant enfin la regarder vraiment. Et il en ressentit une souffrance sèche. Ils restèrent un moment silencieux. Siréna n'avait toujours pas rouvert les yeux. Elle prononça enfin d'une voix un peu traînante :

« Tu l'aimes. »

Il ne répondit pas.

Elle répéta :

« Tu l'aimes parce qu'elle est le contraire de l'*autre* avec son sale caractère.

— Clare !

— Au moins elle n'exige rien de toi — tu l'aimes pour ça. »

« Et soudain, poursuivra David, je sus, oui, j'en eus la certitude : quoi que je fasse, je n'échapperai pas. J'étais enfermé non seulement dans l'île, mais dans un cercle sentimental inentamable. Il n'y avait plus une seule chance pour le hasard, pas la moindre faille, et j'étais sans volonté, déchiré, consentant à tout. Mais n'étions-nous pas tous consentants depuis le premier jour où nous avions accepté de mettre le pied sur l'île. Diamond nous possédait avec notre charge de sentiments. Il avait tout acheté. Mêmé l'univers. Vous souriez. En effet, l'idée paraît comique. Mais autour de nous tout s'ordonnait avec une rigueur si intelligente ! J'en étais arrivé à penser que nous faisions partie de l'œuvre d'une sorte de créateur fou, un artiste singulier qui, au lieu d'agir dans l'espace de l'art, aurait pris pour matériau la réalité. Vous y étiez à cette représentation, vous vous souvenez de la négresse ? La chanteuse noire, je suppose que vous ne l'avez pas oubliée.

— Non, bien sûr.

236

— Et vous croyez au hasard ? Une négresse dans un rôle d'homme serait un hasard ? »

Il s'adressait à Eleinad.

« Pourquoi pas ? Puisqu'il n'y a plus de castrats.

— Mais une négresse ! Eh bien, à aucun moment je n'y ai cru. Ce sont *eux*, les trois manipulateurs, qui ont provoqué cette distribution aberrante. Pour me frapper moi. C'était leur façon à eux de me dire que je ne pouvais plus rien pour Clare, comprenez-vous ? Et que si quelqu'un était destiné à jouer encore un rôle dans sa vie, c'était Missia. »

Près de David, le jeune aveugle se tenait bien droit, sans expression. Il ne semblait pas plus concerné par les paroles que ne le concernaient l'ombre et la lumière autour de lui. Ses yeux étaient fixes, grands ouverts. Leur pâleur avait la consistance vitreuse du jade. Éclairé de biais, son visage d'une régularité trop parfaite donnait l'impression d'être entouré d'une légère vapeur comme si la lumière frappait la peau non de l'extérieur mais du dedans. On dirait, pensait l'écrivain français, qu'il contient de la clarté, qu'il a une charge de clarté. Et il se souvenait de la statuette d'albâtre dont lui avait parlé Bill à l'époque. En même temps, ce que le jeune aveugle aurait pu avoir de minéral, de trop lisse, était brouillé par un fin duvet blanc qui couvrait uniformément ses joues, ses tempes, son cou, ses poignets, le dessus des mains, créant sur le bord du contrejour une sorte de dessin lumineux légèrement décalé, une auréole (comme on en voit au néon sur les profils publicitaires à la verticale des buildings d'acier des anciennes villes du futur). Soudain, sans que son manque d'expression en eût été altéré, pour la première fois, quelques mots furent émis par la parfaite bouche d'albâtre :

« David, tu déconnes. »

C'est tout. La statue venait de parler. C'est à peine si

Eleinad et l'écrivain avaient vu ses lèvres s'entrouvrir.
David se tourna un peu :

« Tu t'en souviens ?

— Bien sûr.

— Ils l'avaient traîné à ce spectacle ! Oui, eux ! Vous imaginez un gosse à demi aveugle, qui n'était jamais allé au théâtre et à qui, tout à coup, on impose des images de putréfaction, de mort, de résurrection. Quel âge avais-tu à l'époque ?

— Ça va, David, ça va ! »

Il tendit la main devant lui, l'index et le médius légèrement écartés. David se leva et y plaça la cigarette à demi consumée qu'il tenait. L'aveugle la porta à ses lèvres et fuma. Au bout d'un moment, il dit de sa voix neutre :

« Je me souviens parfaitement de la négresse. C'était une négresse comme toutes les négresses. » Il tourna légèrement la tête et fixa le vide entre Eleinad et l'écrivain : « Il interprète, avec lui rien n'est naturel, c'est comme si sous les choses il s'en cachait toujours d'autres. D'ailleurs, quelques jours après le spectacle, Abee avait fait venir sur l'île la négresse avec celle qui chantait la morte, vous savez, l'autre dans ses bandelettes.

— Ah, tu t'en souviens ?

— Oui, je les vois, surtout la maigre. Abee les avait enregistrées au bout de la jetée. Il était très content du schéma qu'il en avait tiré. » Enfin, il dit pour lui-même : « Ils déconnaient tous. » Et il se tut.

David eut un sourire un peu triste :

« Tognone, tu as raison — si vivre c'est déconner. »

Dans le foyer du théâtre, se souviendra l'écrivain, Bill avait dit : « Voilà David, voilà Douchka. Elle s'appelle Eleinad, et lui, c'est l'écrivain français dont

238

je t'avais parlé, Dav. Je leur ai demandé de venir pour qu'ils voient à quoi nous jouons tous avec ce dingue de Diamond. »

Diamond, Abee, Missia et l'enfant albinos pénétraient dans le foyer. Bill alla droit vers eux. Le dos large, d'un blanc opaque, dans le veston de lin froissé, masqua un instant le trio. Puis nous vîmes la grande main de l'Américain se tendre et les doigts minces de Diamond sur le point d'y déposer un chèque rose. Mais avant que Bill ait eu le temps de s'en saisir, Diamond l'avait déjà repris et le brandissait en riant au-dessus de sa tête. Bousculant un peu les gens massés dans le foyer, il traversa à grands pas la foule pour rejoindre David, près de nous. Il secouait toujours le chèque comme pour en sécher l'encre et lança d'une voix aiguë :

« Tiens, remets-le toi-même à ce maquignon puisque tu t'es fait complice de son stupide marché ! »

Puis, d'un coup, il changea d'expression, son visage sembla se détruire. Ses lèvres, dont l'intérieur était franchement bleu, se retroussèrent sur un sourire tremblant où — se souviendra encore l'écrivain — je crus distinguer à la fois de la candeur et de la rouerie, quelque chose de primitif, d'enfantin, un peu de cette ruse idiote des grands malades auxquels on passe les plus absurdes caprices. Il dit :

« David, tu m'as manqué atrocement. »

C'était la première fois que je voyais Diamond de près. Ses yeux imploraient David, s'élargissaient sur lui, comme s'ils cherchaient à saisir non seulement son attention mais toute sa personne, à l'absorber dans leur azur liquide. C'était assez pathétique. Il dit encore :

« Sans toi, rien ne va plus. »

Comme s'il venait seulement de la remarquer, il s'approcha de Douchka :

« C'est d'accord, vous rentrez tous les deux ?

— Bien sûr, dit Douchka, tu sais bien pour qui je reviens. Comment est-il ?

— Comme nous tous, il vous a attendus intensément. »

Bill avait suivi Diamond et, avant même que David ait eu le temps de réagir, il s'était emparé du chèque, en avait vérifié le montant, l'avait plié et empoché. Oui, Eleinad et moi, nous avons assisté à ce troc. Tout se faisait comme si Bill et Diamond agissaient normalement. Cette transaction n'était que le symbole de toutes les autres transactions, une comédie de plus entre le journaliste et le milliardaire.

Et il fallut subir le troisième acte, avec, une fois encore, dans le dos, la présence obsédante de l'Américain au veston froissé. Et je me souviens que je m'étais mis à rêver d'un récit se situant quelque part sur une île du delta. La ville au loin, comme une cité à laquelle on n'aborde jamais. Des étrangers vivraient sur un îlot, dans une maison plus ou moins bien aménagée. Restes de bâtiments du dix-neuvième siècle, ancienne poudrière ? armurerie ? forge ? Quelques maisonnettes de maraîchers. Une femme écrivain d'une quarantaine d'années, malade. Elle boirait. L'homme qui l'aimerait et qu'elle aimerait la déplacerait sur un fauteuil roulant : sorte de sirène gonflée par la cortisone et l'alcool. L'île basse, dépotoir où les semi-marées du delta laisseraient une vase pestilentielle. La femme qu'on traînerait comme un objet. Amour plein de désespoir. Fiction triste. Un peu comme un film décoloré. De la nostalgie. Une histoire presque oubliée dont tous les témoins seraient morts ou perdus. Parmi eux, des musiciens américains ayant étudié à Paris, par exemple. Puis ayant vécu à Rome ou à Florence. Quelques Français, artistes aussi. Tous sur l'îlot ! Autour, les cultures maraîchères travaillées par des Italiens pauvres qui logeraient dans des petites maisons peintes. Ils se déplaceraient en barque à fond plat pour livrer leur *carciofi*. Les étrangers vivraient là, un peu exploités par les Italiens, mais aussi à leurs crochets pour les déplacements, car ils n'auraient pas de barque. Ce serait ça : une immense périphérie d'où on verrait les étrangers prisonniers de leur petite île. Commencer comme ça par exemple :

Un jour qu'Eleinad et moi nous déjeunions au soleil dans un petit restaurant du quai

XXX

Debout derrière la baie, le peintre observait.

Sous lui, éclairée par les faisceaux croisés des projecteurs, la jetée régulièrement recouverte par les vagues semblait s'enfoncer dans les eaux du delta. Le pilote venait de sauter sur les grandes dalles glissantes et, arc-bouté, il tirait sur l'amarre de la vedette. En cette seule traversée, le bateau si impeccable s'était couvert d'écume jaune — ce qui lui donnait un air peu sûr, délabré. Bien droit, enveloppé dans un long ciré noir, Abee manœuvrait la barre pour maintenir la vedette parallèle au quai. Il pleuvait fort. La pluie rayait tout, transversalement. Le vent arrivait par lourdes bourrasques d'est en ouest. L'eau se soulevait, molle, d'un jaune foncé, presque brun. Abee criait des ordres et le pilote lui répondait en faisant de grands gestes.

Elle est revenue, se disait le peintre, je sais qu'elle est là. Et il se sentit très faible, tout à coup. Diamond sortit du rouf ; en blanc, sans bottes, sans ciré. Il sauta sur la jetée et courut à travers la pluie. En un instant il sembla nu. Son costume de toile fine collait à son corps. Puis ce fut le tour de Missia et de l'enfant albinos. Maintenant ce ne peut être qu'elle, pensa le peintre, et il posa les deux mains à plat sur l'immense vitre, cherchant intensément à voir si Douchka et David se trouvaient dans le rouf. Il se dit : Sa présence ou son absence me font également souffrir. Il souhaita qu'elle se soit dérobée, qu'ils soient restés tous les deux chez Bill et, en même temps, une intense jalousie dévorait son esprit, torturait son corps. Depuis leur départ il ne pensait qu'à eux ; de les savoir ensemble, ailleurs, hors de l'île, lui était intolérable. Ils échappaient à son imagination. Il ne pouvait plus les situer. Tant qu'ils se trouvaient mêlés au groupe — même si pendant des journées entières Carel n'apparaissait pas —, il suivait Douchka et David, il les sentait, à aucun moment il ne les perdait mentalement de vue ; il savait dans quelle partie de la structure ils se trouvaient — plus sûrement qu'Abee avec ses appareils. Et les souffrances qu'il en tirait lui étaient devenues familières puisqu'il s'imaginait, par une continuelle tension de l'esprit, contrôler cette union qu'il avait en quelque sorte obligée en refusant à Douchka cette vie en elle et son consentement et en lui désignant David qu'il prétendait avoir *reconnu*.

À leur tour, ils sortirent du rouf. David sauta sur le quai. Les vagues lui venaient aux genoux. Longues et lisses, elles glissaient comme de grands muscles plats par-dessus la jetée. Il tendit les mains, et Douchka se laissa aller entre ses bras, abandonnée, un peu lourde, confiante. À l'instant ils semblèrent, eux aussi, brutalement mis à nu par la pluie : leurs vêtements légers adhéraient à leurs corps. Et, d'en haut, le peintre crut voir s'animer l'Ève du vieux Cranach. Dans la nuit secouée de vent, parmi les vagues qui battaient les dalles de marbre, il ne voyait que ce ventre saillant sous les lumières modernes, violentes, artificielles et sans faille des projecteurs. Il détourna la tête, en refus, et, pendant que Douchka et David se précipitaient le long de la jetée et traversaient la terrasse, le peintre

243

découvrait, comme fixée pour l'éternité, sa femme telle que l'aurait volée (ou peinte) ce fou de Cranach : elle est nue, elle tend une grenade à demi pelée mais, à l'intérieur du fruit, il croit voir son propre cerveau. À qui tend-elle ce fruit entrouvert dont la pulpe blanchâtre contient d'innombrables grains translucides comme des rubis ? Et, longtemps après que David et Douchka eurent disparu, sous lui, dans la structure, il restera immobile, figé par l'effroi, à détailler cette vision.

Les uns après les autres, les projecteurs s'éteindront, mais le peintre restera là, appuyé des deux mains à la baie. Il ne peut bouger. La vision peinte le paralyse. Le regard ouvert large sur la nuit, il fixe en lui l'Ève anguleuse à la peau d'une blancheur de cire. Et — mais cette fois dans une totale immobilité, un total silence —, il se met à détruire furieusement, à lacérer l'image en lui. Il déchire le ventre rond et lisse, il met en lambeaux le chef-d'œuvre et, à mesure que le tableau se décomposera, il découvrira, derrière les couches successives de peinture, sa Douchka, la vraie, celle de Budapest, mince et droite, qui lui tend les bras.

Il eut un gémissement et se décolla de la vitre. Essoufflée d'avoir gravi les étages, sa robe mouillée lui faisant comme une seconde peau gluante, la voilà.

« Carel ! Mon amour, mon amour, ah, qu'ai-je fait ? »

Elle s'était précipitée et le serrait en sanglotant. Mais lui ne bougeait pas. Il la laissait faire, le regard fixe, le corps entier raidi. Enfin il prononça :

« Je viens de détruire un Cranach. »

Ils se tenaient tous les deux au centre de l'hexagone. Autour d'eux, le sol était jonché de fragments de toiles déchirées. Ils étaient là, debout, piétinant ces peintures en ruine. Et Douchka prit soudain conscience que, pendant les huit jours de sa fugue, Carel avait sans s'en rendre compte recréé l'atmosphère de faillite, de violence, d'insoutenable agression qu'ils avaient abandonnée derrière eux, en Hongrie, quand Diamond les avaient « rachetés ».

Et voilà que ça recommençait. De nouveau ils s'étreignaient au-dessus d'un monde détruit. Elle murmura, sans s'adresser à Carel, tout en jetant autour d'elle un regard vidé :

« Nous sommes voués au désastre. »

Et elle sut qu'elle était liée pour toujours à Carel. Oui, elle sut qu'elle appartenait à sa souffrance, qu'elle ne pouvait échapper à sa souffrance. Ils avaient cru fuir. Ils n'avaient fait que se déplacer. En vérité ils n'avaient jamais quitté réellement la Hongrie. La Hongrie était restée là, partout autour d'eux comme elle était en eux. Ils étaient un peu comme ces insectes d'une époque lointaine et oubliée figés dans une matière compacte : ils attendaient dans leur bloc d'ambre — quoi ? Elle dit :

« Je ne *le* désire pas sans toi. Qu'il soit voué à la désolation et au désastre, puisque nous ne pouvons échapper à la désolation et au désastre. Qu'il naisse au désastre. »

Et elle recommença à sangloter sans bruit. En elle était la douceur, la beauté magnétique de David — pendant que Carel, d'un geste vague et profondément découragé, désignait les morceaux de toiles répandus à terre :

« C'est irréparable. »

Soudain il sembla la voir telle qu'elle était, trempée, lamentable. Et doucement il l'entraîna vers la salle de bains, au fond de l'hexagone. Il était attentif, comme débarrassé de son état de folie. Il dit, après qu'il l'eut aidée à se dégager de sa robe mouillée :

« Là-bas j'aurais peut-être pu l'accepter. Ici ça m'est insoutenable. »

Elle se tenait devant lui, légèrement déhanchée — comme dans le tableau qu'il venait de détruire mentalement —, son ventre bien rond, lisse et blanc, lui donnait l'air d'être hissée sur des jambes trop fines dont les articulations paraissaient d'une fragilité de verre. Elle leva les yeux sur Carel et, pour la première fois depuis qu'elle s'était *confiée* puis donnée à David, elle reconnut celui dont elle avait jusqu'à présent partagé la vie. Lui, l'éternel condamné, se tenait là, devant elle, son torse étroit enserré dans un gilet de soie noire. Les mains en avant, il semblait se retenir de la toucher. Et en même temps elle se voyait un peu sur la gauche, au-delà de lui qu'elle découvrait aussi de dos, dans le reflet d'un miroir qui occupait le mur entier de la salle de bains, et c'est elle, cette silhouette anguleuse et blanche, dont le ventre saillait, qu'elle ne reconnaissait plus. La lumière frappait d'en haut, nette, tranchante, accusant chaque ombre, creusant des trous informes dans son corps et elle se sentit tout à coup pareille à ces horribles figures de damnés, à ces images outrées, spasmodiques, théâtrales qui étaient encore en elle et qu'elle ne pouvait arracher de son esprit comme une charge qui la contaminait. Elle n'était plus porteuse de vie. Face à Carel et à elle-même, là, sous cette douche de lumière blafarde, se tenait une représentation de la mort. Elle eut un gémissement, murmurant un « pardon » qu'il n'entendit heureusement pas. À qui ce « pardon » ? À Carel ? À elle-même ? À David pour les journées insouciantes, sensuelles d'un bonheur presque parfait ? Journées qu'à sa honte elle venait de nier d'un seul regard sur elle. Mais ça elle le savait : ce regard n'était pas le sien à elle, Douchka, mais bien celui de Carel — comme depuis toujours (que ce soit en

246

Hongrie et même sur Isola Piccola jusqu'à ce que Carel la rejette vers David), elle s'était laissé infiltrer par l'œil de celui qu'elle aimait. Et celui qu'elle aimait était à ce moment encore Carel... mais *aussi* David. Et elle ne savait plus que voir dans l'image du miroir. Voilà en quoi — là, devant ce miroir dressé comme une plaque d'acier — elle se sentait incertaine, divisée, livrée dans une nudité clinique à cette double interprétation : ce qui pour David relevait de la beauté, par (ou sous) le regard détraqué de Carel, prenait cet aspect morbide — aspect renforcé par les images d'un enfer peuplé d'êtres aux ventres gonflés pareils au sien.

Ils n'avaient pas bougé. Ils étaient restés face à face, arrêtés, comme s'il leur fallait un moment de silence pour continuer à se déplacer et surtout à parler. Oui, c'était bien de la parole qu'ils avaient peur. Les quelques mots qu'ils avaient prononcés en se retrouvant les avaient effrayés tous les deux. Eux qui s'étaient efforcés de ne plus utiliser leur langue — comme si de s'interdire sa rassurante intimité devait les laisser plus libres l'un de l'autre —, voilà qu'ils s'étaient spontanément exprimés en hongrois. Et ce qu'ils avaient dit dans leur langue originelle, ils n'auraient pu le prononcer ni en anglais ni en italien. Leur langue portait dans le fond même de sa musique cette part de sauvagerie, de drame, d'outrance qui les privait de toute diversion par un quelconque humour. Elle les condamnait à un sérieux pathétique et c'est en retrouvant ce pathétique si « à eux » qu'ils avaient su que jamais, quoi qu'il arrive, personne ne pourrait jamais, non, les arracher l'un à l'autre. Et elle sut qu'elle resterait toujours faible et consentante devant celui qui depuis tant d'années avait si profondément accaparé sa vie.

Il eut un rire décalé et dit :

« Tu es de plus en plus belle. Alors tu l'aimes ? Vraiment ? »

Elle fit non de la tête, détourna les yeux, puis de nouveau le regarda. Il se tenait là, devant elle, maigre, pâle, un peu voûté, avec sur le visage cette expression d'extrême désarroi qui toujours la remuait aux larmes. Pour ne plus le voir, elle vint contre lui et ils restèrent un moment immobiles, silencieux parmi les chromes étincelants, les miroirs froids, les néons que la peinture glacée des murs reflétait atténués.

Il était là, impassible, avec contre lui cette femme qui n'était ni complètement sienne ni complètement étrangère et, en même temps, il se déplaçait en courant le long d'une galerie où se trouvaient accrochés la plupart des tableaux qu'il admirait. Il tenait une longue canne ferrée et, à mesure qu'il passait, d'un geste net il lacérait — comme on décapite au sabre —, fendant l'une après l'autre les toiles molles dont la peinture vernie s'effritait. Mais déjà il revenait en courant, effrayé, honteux de ce qu'il venait de faire et, tout en pressant Douchka contre lui, il s'imaginait poser les mains sur les surfaces déchirées, tentant de remettre bord à bord les lèvres de peinture — mais trop de matière s'était effritée sous ses coups, les fentes restaient béantes, un peu effilochées et, tout en entraînant Douchka hors de la salle de bains, puis vers le lit maintenant, il lui semblait apercevoir dans les brisures des tableaux fendus des choses informes qui remuaient, sombres et caoutchouteuses, pendant qu'il posait ses lèvres sur celle qu'il nommait, là, soudain, de toutes sortes de petits diminutifs — comme il le faisait *avant* que sa pensée ne soit emprisonnée et définitivement brisée —, et elle se laissait nommer et toucher. Ils gémirent ensemble, crièrent et rirent, sauvagement confondus dans le plaisir retrouvé pendant que, dehors, le vent et les vagues battaient l'île par grands à-coups.

XXXI

Un moment ils crurent s'être vraiment rejoints. Ils restèrent immobiles à écouter la tempête. Ils haletaient encore un peu comme des nageurs parmi les draps froissés. Et ils avaient l'impression d'avoir revécu ensemble, là, à l'instant, quelque chose de si lointain qu'ils restaient pensifs, muets : ils sortent de l'Académie, ils traversent les jardins, elle marche devant lui, il la rattrape, il lui parle, elle accepte d'aller avec lui aux bains Gellért, ils y vont, ils nagent, ils se plaisent et se le disent des yeux. Étendus sur leurs serviettes, ils éprouvent le plaisir de la certitude. Oui, la certitude est en eux. (Comme maintenant sur Isola Piccola.) Ils halètent un peu d'avoir joué dans l'eau et leurs peaux se désirent. Il se lève, il va chercher au bar des cigarettes américaines qu'il achète à la pièce, une pour elle une pour lui, il achète aussi deux consommations alcoolisées (*là-bas* rien ne va de soi, tout s'achète au noir) et revient s'étendre près d'elle. Ils fument. Délice du parfum de miel des Pall Mall. Quelques « camarades » de l'Académie, attirés par la fumée, viennent s'asseoir près d'eux. Les cigarettes circulent ainsi que les deux verres. Puis ils sont seuls de nouveau. Ils nagent. S'étendent encore sur leurs serviettes. Leurs peaux se désirent. Ils quittent les bains Gellért. C'est le crépuscule. Du côté du couchant, le ciel est d'un orange verdâtre. Des quantités de chauves-souris le parcourent de leur vol tremblé. Voilà l'atelier. Il la précède dans la pénombre. Elle devine ses tableaux disposés un peu partout, debout, appuyés du coin les uns aux autres. Depuis longtemps elle admire sa peinture. Elle le lui dit.

Il bougea dans les draps défaits et s'accouda au-dessus d'elle. Elle se tenait sur le côté, ses membres frêles repliés. Son ventre lui parut encore plus distendu, dur et fragile. Il se détourna, effrayé. Ce n'était plus Douchka, c'était une présence étrangère, là, quelque chose comme un tableau raté, un ensemble de formes disgracieuses qu'il aurait souhaité disloquer. Elle vit ça dans son regard et, d'instinct, replia davantage les bras sur ses seins et, en même temps, ramena ses genoux contre son ventre. Il s'était mis debout, maigre, aigu, un peu vacillant. Il disparut dans la salle de bains, en revint tenant un peignoir de bain en éponge rayé (sorte de loque qu'ils avaient apportée de Budapest parmi leurs bagages) et le posa sur elle. Il dit :

« Excuse-moi. Je suis effrayé. Par moments j'ai l'impression que ce n'est plus toi. » Soudain il la regarda de très près : « Vous avez été heureux... là-bas... seuls... tous les deux ? »

Elle déplia lentement le bras et posa, en tâtonnant un peu, le bout des doigts sur les lèvres du peintre. Elle souriait en détournant les yeux :

« Tu le vois, puisque nous, puisque je suis revenue. »

Il se pencha sur elle, d'encore plus près :

« Ah ? Parce qu'il était question que tu ne... »

Elle réfléchit, hésita et dit dans un murmure :

« Oui, Carel, il en a été question.

— Et où comptais-tu te laisser emmener ? »

251

Elle ne répondit pas tout de suite.

Il dit, impatient :

« Tais-toi. Je ne veux rien savoir. Qu'il fasse ce qu'il lui plaît de toi. »

Elle le regarda en plissant un peu les yeux comme s'il se trouvait à une très grande distance d'elle :

« Aucun de nous ne fait tout à fait ce qu'il lui plaît. De toute façon je ne ferai pas quelque chose qui ne plairait qu'à lui seulement. »

Il sembla soulagé.

« Tu lui as donc refusé ?

— Non, je n'ai pas eu à lui refuser. Il ne m'a rien demandé.

— Et rien n'est venu de toi ? »

Elle fit non de la tête.

Ils restèrent silencieux.

La pluie frappait la baie par brusques crépitements comme des graviers jetés à poignées.

Enfin elle dit :

« Aucun de nous ne peut échapper maintenant. Lui-même, d'ailleurs, le croit aussi.

— C'est la leçon que tu en as tirée ?

— Non, ça, je le savais avant.

— Alors pourquoi ce faux départ ? Pour me déchirer, moi ? »

Elle réfléchit encore, hésita, puis dit :

« Pour me faire la preuve que c'était inutile. Que nous sommes — comme il le pense, lui — tous dans l'impasse.

— Et maintenant tu en as la preuve ? »

Elle hésita encore et fit oui de la tête.

Il dit, en avançant les mots avec précaution :

« Est-ce vrai ce qu'Abee m'a dit ? Ce marchandage. »

Elle rit :

« Allons, ne joue pas au socialo-puritain. En quel-

252

que sorte c'est vrai. » Et elle ajouta, après un silence :
« Qu'au moins notre impasse serve à quelqu'un. Que
ça se résolve en dollars n'est-ce pas comique ? » Elle
lui toucha le genou. « Pourquoi n'es-tu pas venu à
Orpheo ? J'ai regretté que tu ne voies pas. »

Il posa la main sur celle de Douchka :

« Je ne sortirai d'ici que pour retourner dans notre
enfer à nous. Toi, tu acceptes bien d'être évaluée en
dollars. Pourquoi moi je n'accepterais pas cet autre
marché : rentrer pour rien — ou disons pour savoir au
moins de quoi je souffre. » Il se leva et alla jusqu'à la
baie noire sur laquelle ruisselait une multitude de
petites veines d'eau verticales : « Je préfère l'autre
méthode d'anéantissement, tu comprends ? Au lieu de
cette baie incassable, de vrais barreaux bien visibles,
antiques et rouillés. » Carel revenait vers elle à grands
pas. Il était exalté, ses yeux brillaient : « Retourne-
rais-tu *là-bas* avec moi ? »

Elle répondit dans une sorte de plainte :

« Si je peux, oui. Mais je ne sais pas si je le peux. Pas
encore... »

Il insistait :

« Maintenant, tout de suite.

— Non, je ne pourrais pas — il est trop tard... ou
trop tôt, comprends-moi. » Et elle ajouta ces mots qui
firent sursauter Carel comme une décharge : « Je ne
sais pas ce que je porte. »

Il retourna s'appuyer à la baie. Il la voyait maintenant de loin, recroquevillée sur le lit. De nouveau elle
lui inspirait du dégoût.

« Alors je repartirai seul. Je n'ai jamais eu de place
ailleurs que *là-bas*. »

Elle pensait : Je suis comme morte. Je suis morte.

« Ne m'en veux pas, Carel, ne m'en veux pas, je suis
perdue... je ne sais plus.

— Mais moi aussi je suis perdu. Douchka, j'ai besoin de toi. »

Elle secoua la tête et se tut.

Soudain il leva les bras et, s'adressant dans une sorte de transe à l'une des fractions hexagonales du plafond — comme s'il interpellait Dieu :

« Regardez ce que vous avez fait de nous ! Nous nous sommes perdus dans vos ténèbres et aucune musique ne pourra nous sauver. »

Et il tomba sur les genoux.

XXXII

Bien sûr, ils l'avaient immédiatement reconnu, de très loin, depuis le bout du quai. Il était arrivé longeant le bord de l'eau, un long manteau jeté sur les épaules. Toujours aussi splendidement singulier, il marchait à grands pas, la main posée sur le cou d'un jeune homme mince et droit, d'une pâleur presque immatérielle, qui allait près de lui au même pas. Et encore une fois — mais maintenant à combien d'années de distance ! — il était venu s'asseoir à une table proche de celle où Eleinad et l'écrivain français finissaient de déjeuner.

Avec le temps, de la mélancolie s'était répandue sur son beau visage — qui ne s'était cependant pas empâté ni creusé. C'est cette tristesse un peu lasse qui se remarquait avant tout. Il aida le jeune homme à s'asseoir à contre-soleil. Lui-même s'installa, adossé à la vitrine du restaurant. Sur un signe, un serveur tira vers eux un parasol pour que l'ombre projetée partage par le milieu leur table.

Tout en lisant le menu, David sortit une cigarette et frotta une allumette. Le jeune homme tendit la main. Distraitement, David lui abandonna la cigarette allumée mais elle roula sous la table et le jeune homme resta immobile, la main toujours tendue, l'index et le médius un peu écartés. Assis bien droit, il semblait regarder à travers la vitrine soit à l'intérieur du restaurant, soit plus en surface les reflets de l'eau ensoleillée, ou alors son propre reflet, spectral, pareil à une fumée à demi effacée entre le dedans et le dehors.

Intrigué par la fixité de son ami, David leva les yeux par-dessus le menu et c'est alors qu'il nous reconnut, Eleinad et moi. D'abord il sembla étonné, puis son visage montra une joie inattendue. Il se leva, vint vers nous, s'empara de nos mains qu'il retint dans les siennes avec une émotion que nous ressentîmes comme un signe (à défaut d'amitié) d'une évidente détresse. Il insista pour que nous déplacions nos chaises et acceptions de nous attabler avec lui et le jeune homme (nous le reconnûmes seulement alors pour être le petit albinos aperçu autrefois dans le foyer du théâtre). Il fit apporter une bouteille de vin blanc, nous servit avec empressement, servit le jeune homme dont il guida doucement la main jusqu'au verre.

« Et voilà ! dit-il en couvrant d'un regard chaud l'écrivain et sa femme. Nous sommes, Tognone et moi, les seuls rescapés d'Isola Piccola. Vous ne pouvez imaginer quel plaisir vous me faites en étant tout simplement là aujourd'hui, oui, là, tous les deux, après toutes ces années. Je sais beaucoup de choses sur vous, figurez-vous. J'ai même lu quelques-uns de vos livres, depuis. Me permettez-vous une question ? Vous allez sourire : Dans votre journal, vous vous souvenez, vous posiez les jalons d'un roman que vous nommiez " le roman de l'île ". L'avez-vous écrit depuis ? »

Extrême embarras de l'écrivain. Il déteste par-dessus tout *parler* de ce qu'il écrit et davantage encore de ce qu'il n'a pas réussi à écrire et qu'il espère bien écrire un jour.

Il dit, hésitant, mal à l'aise :

« Une partie... oui. Disons un tiers. Puis j'ai dû abandonner. »

David l'observa d'un air amusé :

« Malgré les éléments que Bill prétendait vous avoir soufflés ?

— Justement. Peut-être *à cause* de Bill.

— Qu'est-il devenu ? » demanda Eleinad.

David eut un rire très jeune, tout à coup.

« Oh, lui ? Il a eu ce qu'il attendait et n'osait plus espérer de la vie. Il se partage entre la Californie et une île, dans le Pacifique, qui lui appartient. Il est repu. Et rien ne me rend plus heureux que de le savoir enfin repu. Saviez-vous ? nous nous connaissions depuis l'enfance.

— Oui, il nous l'avait dit. »

Les mains de Tognone se déplaçaient sur la table, sans la toucher vraiment. Avec des délicatesses, des hésitations qu'il était merveilleux d'observer, elles frôlaient les couverts, trouvaient le pain, saisissaient un verre, le reposaient. David, à tout instant — sans pour cela s'arrêter de parler —, poussait vers les doigts qui tremblaient un peu, tendus dans leur effort de « vision », un couteau, le sel... avec un tel tact qu'à aucun moment le jeune aveugle ne pouvait se rendre compte de l'incessante sollicitude de son ami.

« Nous sommes ici depuis peu. Figurez-vous, j'ai réussi à relouer le *pianoterra* que nous occupions, Clare et moi. Savez-vous, je me souviens très bien de vous lorsque nous venions ici, chaque fois qu'il faisait beau. Il y avait Bill, son ami l'orfèvre, il y avait les musiciens qu'Abee avait fait venir des États-Unis. Je crois que, malgré les durs moments que Clare supportait, ce fut *malgré tout* une période heureuse — dans la mesure où Clare pouvait encore être heureuse —, mais le fut-elle jamais ? » Il immobilisa la main de Tognone : « Vois-tu, mon vieux, ce sont, bien que je ne les connaisse pas, de très chers, oui, de très chers amis.

— Je vois, dit l'aveugle.

— Tu dois te souvenir d'eux. Non ? Tu étais sans doute trop *piccolo* à l'époque. On t'appelait encore Tognino ou Tognetto. (Il récita en italien :) *Se uno tra di noi ha nome Antonio gli dicono Tognone se è alta statura ; Tognazzo se è corpacciuto ; Togno se è di giusta statura ; Tognetto se è di statura scarsa ; Tognolo se è piccolo e grasso ; Tognino se è piccolo.* Quand il est arrivé sur l'île, il chantait sans cesse cette comptine. »

Il alluma en souriant une cigarette. Tognone tendit la main et David la lui donna. Il en alluma une seconde pour lui :

« Vous vous appelez Eleinad. Vous voyez, je sais tout. Et vous louez toujours chez le docteur Scaniari ? La prison, le mirador d'un côté et, de l'autre, le jardin aux grenadiers couverts de fruits rouges. Les musiciens, Bill, tout le monde, à l'époque, parlait de l'appartement que vous occupiez. L'Enfer d'un côté, disait Bill, l'Éden de l'autre, avec vue simultanée sur les deux — comme si vous logiez sur la crête de l'Absolu. Situation désespérément idéale pour celui qui écrit, non ? Je ne sais pas si vous vous souvenez du peintre hongrois, Carel ? Il prétendait qu'Ève avait dérobé puis offert à l'homme non la pomme, mais la *melagrana*, la grenade, la pomme à graines. Et pourquoi ? Fendez une grenade et vous verrez les circonvolutions du cerveau mis à nu. C'est ce qu'avait dérobé Ève, prétendait Carel, et non pas un simple fruit. Voilà ce qu'elle tendait à l'homme : le moyen de penser le monde, l'univers. J'ai vécu cela : Clare m'a tendu le fruit. Sans elle, qu'aurait été ma vie ? Et après un long périple je me retrouve ici, sur ce quai où nous avons eu

258

le terrible bonheur de souffrir ensemble. Le naufrage a eu lieu. Et les survivants ne peuvent que longer la grève et attendre les signes que la mer rejettera. Vous voilà aujourd'hui. La vie a déposé ici, sur ce quai, les seuls peut-être qui se souviennent encore d'elle telle qu'elle était dans sa splendeur, les derniers à l'avoir admirée. Car c'est ça que j'ai retenu de vous : votre regard sur nous, sur Clare, sur moi-même avec Clare, votre regard qui nous disait *qui* nous étions. C'est pour cela que je souhaitais un peu, lorsque je vous ai posé la question, que ce livre vous l'ayez écrit. Même si ce n'était pas tout à fait ça, pourvu que ce fût *à partir de ça*. Une impression venue de quelqu'un d'absolument étranger, d'un témoin qui n'aurait assisté qu'à nos allées et venues. N'avions-nous pas de la gaieté ? N'étions-nous pas splendides ? L'amour s'aime. Et nous nous aimions, oui. Nous nous voulions et nous nous savions beaux. » Il se tut. Hésita : « Beaux comme l'instant. »

Il regarda intensément Eleinad puis l'écrivain, comme s'il voulait être certain de leur intérêt. Il sembla rassuré et se détendit.

« Êtes-vous jamais allés sur Isola Piccola ? »

XXXIII

Le lendemain matin il venait les prendre au débarcadère, sous le mirador. Il avait loué pour la journée une luxueuse vedette avec un pilote. Le temps était splendide mais brumeux. La nacre du delta semblait sans limites ; le ciel et l'eau se confondaient, sans horizon, sans le moindre trait de rupture. Seule la ligne de fuite des balises qui marquaient les larges méandres des chenaux permettait d'imaginer une profondeur à ce monde d'air et d'eau suspendu hors de toute durée apparente.

Ils se tenaient tous les quatre, debout, près du pilote. La vedette allait vite. Son étrave se dressait, appuyée sur l'eau. À l'est, rasant le plan du delta, un grand avion de ligne se posait sur la piste de l'aéroport invisible dans la brume. Est-il nécessaire qu'un livre soit achevé ? se disait l'écrivain en repensant aux questions de David. Qu'attends-tu de l'écriture ? Un objet fini ? Une histoire qui commence et s'achève ? Non. Alors quoi ? Te demandes-tu, quand tu écoutes un morceau de musique, quelle en sera la dernière mesure ? Ce sont les successifs mouvements qui mènent à la dernière mesure qui importent. C'est la somme d'énergie tendue vers cette hypothétique mesure finale qui importe. C'est d'avancer qui nous passionne. Si on t'avait dit qu'un jour la structure serait détruite, cela t'aurait-il satisfait ? Si on t'avait dit que la structure telle que tu l'imaginais à travers le récit de Bill était destinée à se développer indéfiniment jusqu'à envahir l'univers, cela t'aurait-il satisfait ? Alors ? C'est notre position à l'intérieur de l'Architecture qui nous importe. C'est notre trace à l'intérieur de l'Architecture qui importe. La trace d'un temps d'écriture, la mise en forme ou en place de certaines émotions dans l'espoir que ces émotions survivent à l'instant, belles comme l'instant.

Il avait renoncé à poursuivre — il y a de cela quelques années — au moment où il avait appris par les journaux la mort de Diamond au milieu de ses trésors : « Certainement l'un des deux ou trois hommes les plus riches du monde. » Les circonstances de cette mort l'avaient détourné par leur côté trop spectaculaire. Après ce qu'en avaient écrit les journalistes, on ne pouvait rester que silencieux. Par l'excès d'informations, sa curiosité s'était éteinte.

Et voilà qu'hier David avait resurgi. Plus surprenant que jamais. Il a cette sorte de beauté qui ne s'altère pas — pensait encore l'écrivain en l'observant, debout, près du pilote, de profil, le visage lavé par les remous d'air, les cheveux tirés en arrière —, il ferait croire aux anciens mythes, tel qu'il est là, accompagné du jeune aveugle aux yeux ouverts. Et il comprit qu'il ne connaîtrait pas la paix, cette fois, tant qu'il n'aurait pas été au bout, tant qu'il n'aurait pas tout au moins rendu compte de cette rencontre et de cet instant précis qui lui faisait découvrir (David tendait le bras) là-bas, surgissant peu à peu de la brume, la construction.

Sur le moment, l'écrivain pensa à ces projections obsessionnelles que la plume dessine quasiment d'elle-même lorsqu'on ne pense à rien. D'habitude on ne conserve pas ces sortes de griffonnages, sauf qu'ici l'argent de Diamond avait réussi l'invraisemblable tour de force de matérialiser dans des proportions démesurées ce qui n'aurait dû rester qu'un dessin ivre sur une nappe de papier. La vedette se rapprochait, et la structure semblait sortir de l'eau comme d'un vaste rêve usé.

Ils se tenaient tous, près du pilote, muets devant la construction mutilée. L'écrivain sentit la main d'Eleinad sur la sienne. Elle lui communiquait son saisissement.

« Alors ? dit l'aveugle.

— Ça s'est encore plus esquinté depuis la dernière fois. » David avait prononcé ces mots d'une voix joyeuse. Allumant une cigarette, il la mit entre les lèvres de Tognone. Il se tourna vers Eleinad et l'écrivain : « Vous voyez la jetée, c'est au bout de cette courbe qu'Abee disposait les musiciens. Certains soirs d'été, lorsque l'air était tiède, c'était assez émouvant, cette musique qui donnait l'impression d'échapper à l'architecte et de couler sur le plan d'eau... mais, lorsque vous vous approchiez de la membrane, vous vous rendiez compte que même les douceurs d'un soir d'été, qui auraient dû inciter Abee à un fléchissement, même ces délicieux moments de douceur pouvaient se réduire à un solide net et compact. »

La vedette décrivait une courbe lente autour de l'île hérissée des restes démesurés de la structure. Du regard, l'écrivain fouillait cette sorte de squelette dressé contre le ciel. Seule demeurait l'ossature complexe de ciment et de fer rouillé. Des bavures rougeâtres maculaient de longues traînées verticales les parties basses de l'architecture en marbre blanc. Au pied des grands murs, des monceaux d'éclats de verre et de miroirs brisés, détachés des parois par plaques entières, scintillaient sur les terrasses et jusque dans la mer.

« Comprenez-vous, poursuivait David, ce qu'il y avait de splendidement fou dans l'Idée d'Abee, c'est qu'ici tout n'était que réfraction. Les pans de la structure se réfléchissaient les uns les autres, la structure elle-même se trouvait réfractée par l'eau que la jetée semi-circulaire maintenait toujours aussi plane qu'un miroir ; les lumières jouaient entre elles et, par moments, on aurait cru qu'Abee avait réussi à capturer dix ou vingt soleils sur les plans inclinés de sa folie. Aujourd'hui, vous voyez, la plupart des grands miroirs qui revêtaient l'hexagone se sont détachés ou ont éclaté, mais, à l'époque, certains jours c'était féerique, immatériel, inspiré. »

Il dit au pilote de ralentir encore et de faire une seconde fois le tour de l'île.

Et au milieu de ces jeux de miroirs, pensait avec une certaine tristesse l'écrivain, eux aussi, mis en réflexion. Tous inclus dans une sorte de chaîne affective, un peu comme des aimants dont les pôles auraient varié à tout moment, les attirant et les repoussant, les uns les autres soumis à des fléchissements de tension dont les commandes leur échappaient. Aucun d'eux n'était intact, ne sachant plus qui, pourquoi, quoi... jusqu'au jour où cette confusion leur apparaîtra inscrite tout à coup, lisible, sur le visage inachevé de l'enfant...

« Approchez doucement, dit David.

— La passe est dangereuse, répondit le pilote. Je préfère ne pas aborder. Voyez, la partie centrale de la jetée s'est effondrée. Je vous déconseille d'aller là-dedans. D'ailleurs, ça porte malheur.

— Justement, nous sommes venus pour ça », répondit, en riant, David.

Sans détourner le regard de l'étrave, le pilote dit :

« Nous n'étions convenus que pour l'aller et le retour. Si j'avais su que vous aviez l'intention d'aborder, je ne vous aurais pas conduits.

— Vous n'avez qu'à nous lâcher à l'extrême pointe de la jetée, là-bas, au bout de la courbe. Vous irez vous amarrer à l'entrée du chenal. Dans une heure ou deux, nous vous ferons signe et vous reviendrez nous chercher. »

Le pilote redonna des gaz puis les coupa. La vedette dériva en douceur jusqu'aux premiers grands cubes de marbre verdi. David sauta sur la jetée glissante et retint la vedette par le plat-bord. Tognone chercha sa main et, avec confiance, sauta à son tour. L'écrivain et Eleinad les rejoignirent. La vedette retourna un peu au large se fixer à la bouée qui marquait l'entrée de la passe.

La brume blanchâtre rendait les lointains indéfinissables, arrondis. Seuls les quelques cargos qui se matérialisaient au sud-ouest, qui lentement s'engageaient par le chenal et fondaient peu à peu dans l'air ouaté, rappelaient qu'hors les limites du cercle de brume resserré autour d'Isola Piccola, l'univers des hommes continuait à tourner — sans fin.

Ils passèrent une partie de la matinée à monter et à descendre, d'un niveau à l'autre, parmi les multiples décrochements de ce qui restait des hexagones. Leurs pas résonnaient dans les vastes espaces nus, et l'écrivain trouvait désolantes leurs voix solitaires qui menaient une sorte de combat contre le silence de la structure désertée. L'aveugle avançait bien droit, impassible et à la fois tendu, il semblait se diriger sur les échos comme si la réflexion des voix par les différents volumes jouait sur lui avec la précision d'un sonar. Et à mesure qu'il traversait les salles vides, l'aveugle semblait se réjouir du saccage qu'il devinait autour de lui. Tout ce qui pouvait servir avait été arraché de l'immense épave et emporté en barque par les habitants des petites îles qui parsèment le delta. Les salles fastueuses, par leur simplicité glacée, s'étaient transformées en chantier de démolition. On y trouvait encore des lavabos arrachés, des baignoires cassées, des restes de meubles méconnaissables.

Ensuite ils s'étaient assis un moment sur les grandes dalles blanches de la terrasse. Tognone, craignant le soleil qui maintenant perçait la brume, s'était retiré dans un décrochement, à l'ombre. Tourné vers le delta, il se tenait immobile, fumant en silence l'une après l'autre les cigarettes que David lui passait.

Accoudé sur le marbre qu'une fine couche de sel rendait scintillant, l'écrivain ne pouvait détourner les yeux du visage impassible de l'albinos — pendant que David parlait de la mort misérable de Diamond, à laquelle, pour seul témoin, avait assisté Tognone. À un moment, un Boeing sortit de la brume, il jaillit d'un coup, très bas, le train d'atterrissage déboîté. Il recouvrit l'île de ses grandes ailes rugissantes et disparut au ras de l'eau. Tognone n'avait pas bougé. Il dit :

« Avait-il une ligne rouge le long du fuselage ou deux lignes bleues parallèles ?

— Comment veux-tu qu'on sache ? dit David.

— En principe, si les vols n'ont pas changé, c'est un 747 de la Panam : deux lignes bleues et le sigle. D'ailleurs, je suis sûr que c'est ça. Je n'ai besoin de personne pour voir. »

Ces mots les mirent mal à l'aise. Ils se levèrent et hélèrent la vedette.

XXXIV

De retour sur les quais, alors qu'ils marchaient le long des cafés, David avait montré une petite rue qui s'enfonçait dans la ville.

« C'est ici, derrière le consulat de France, que nous nous étions réfugiés, Douchka et moi, pendant notre simulacre de fuite. Nous étouffions tous sur cette île maudite, et pourtant nous n'avions pas été libres de la quitter vraiment. C'était un peu comme si nous avions étiré au maximum les liens qui nous retenaient, moi à Clare, Douchka à Carel, et que l'élasticité surprenante de ces liens allaient nous ramener avec une brutalité inouïe à notre point de départ. Oui, une part de nous était restée en otage derrière nous. À aucun moment nous ne réussîmes à être vraiment deux. Clare et Carel étaient là, partout, non pas entre nous mais avec nous. Nous étions quatre, indissolublement. Et ça, cette vérité ne nous apparut que plus tard, d'un coup, *lisible*, sur le visage inachevé de l'enfant le jour où il fut déposé dans les bras de Douchka. Qui de nous aurait pu imaginer ce qui, au premier regard, nous frappa tous avec cette terrible évidence ? C'était d'une indécence insupportable. Comment un visage — et de plus un visage de nouveau-né — peut-il ressembler à quatre personnes à la fois ? me direz-vous. Et pourtant c'était ainsi. Douchka venait de débarquer sur la jetée, elle arrivait de l'*ospedale*. Missia s'était emparée du bébé et l'avait montré à bout de bras. Peut-être ne ressemblait-il à aucun de nous et était-ce Missia, par sa puissance de suggestion, qui nous imposait cette image impossible ? Mais pour quelle raison, pourquoi nous impliquer tous dans *ça* ? Non, après tout, si nous nous sommes si facilement reconnus dans cet enfant, c'est que nous le désirions — car, par la suite, le peintre en devint encore plus épris que nous — et qu'au fond nous souhaitions tous les quatre, oui, nous souhaitions tous les quatre trouver — ou au besoin inventer — le lien qui nous rendrait indissociables.

— Je m'en souviens, dit Tognone, ça fait partie des dernières images qui me restent. C'est à ce moment que nous avons tous vu : il avait sur lui leurs quatre gueules, bien distinctes et séparées. »

Maintenant, Tognone avait posé la main sur l'épaule d'Eleinad et ils marchaient tous les deux un peu en avant. L'écrivain ne pouvait chasser la phrase surprenante par laquelle l'aveugle avait décrit l'enfant. Comment peut-on vivre sur une réserve d'images, se disait-il, restent-elles stables dans la nuit ? Ce qui a échappé à l'oubli se déforme-t-il à force d'être enfermé dans la nuit ? Jamais un voyant n'aurait pu dire : « Il avait sur lui leurs quatre gueules, bien distinctes et séparées. » Seul un peintre aurait pu produire une image aussi violente — sans que pour cela elle soit triviale. L'écrivain en fit la remarque à David.

« Étrange ce que vous me dites là, répondit David. Savez-vous que *justement* le gosse voulait devenir peintre ? Il s'était beaucoup attaché à Carel, il avait en quelque sorte épousé sa folie — tout au moins en ce qui concernait les lacérations. Surtout à partir du moment où le peintre fou s'était mis en tête de restaurer ses destructions. Il avait rassemblé les tableaux lacérés en plusieurs tas et, avec l'aide de Tognone, il tentait de les recoller. Mais comme aucun des fragments ne correspondait, ils avaient fini — le gosse et lui — par créer des sortes de chimères en collant les morceaux plus ou moins comme ils venaient. À l'époque le gosse y voyait encore assez bien — c'était avant cette malheureuse opération que Diamond s'était obstiné à faire tenter sur lui aux États-Unis — et, entre Tognone et le peintre, s'était établie une complicité très belle autour de ces " œuvres " qu'ils prétendaient créer en commun. Ils étaient inséparables, entièrement absorbés par cette création de seconde main, allant jusqu'à découper dans la chambre forte des tableaux épargnés jusque-là pour en tirer quelques lambeaux qui leur manquaient. Des splendeurs furent ainsi détruites en quelques semaines. La plupart célèbres, répertoriées, dignes des meilleurs musées ou en provenant, car Diamond, plus par jeu (ou par défi) que par réelle convoitise, commanditait certaines opérations pas très claires sur lesquelles, comme vous le savez, Bill touchait sa commission. Je ne suis pas particulièrement obsédé par la conservation des œuvres, mais quand même c'était assez terrible de voir certains tableaux signés de grands noms mis en pièces — avec l'approbation enthousiaste de Diamond qui pourtant (ou justement) venait de les payer une véritable fortune. Imaginons que les livres, au lieu d'être tirés à de nombreux exemplaires, n'existent qu'à un exemplaire unique. Supposons qu'un écrivain frappé par la même sorte de folie que le peintre hongrois, et soutenu par un puissant mécène, réussisse à entrer en possession de ces exemplaires uniques. Et qu'il se mette à les lacérer et à les reconstruire en mélangeant différents fragments, abandonnant ainsi à l'humanité une

" œuvre " monstrueuse faite de bribes mises ensemble sans ordre — ou disons dans un ordre *autre* : sorte de dédale de multiples écritures à l'image de la folie du destructeur. Eh bien, si j'imagine les grands livres essentiels ainsi mélangés, il me semble qu'il y aurait là une splendide, une divine hérésie qui, moi, me séduit. Ce serait quelque chose comme le contraire du gel du savoir humain, oui, le contraire de la matérialisation définitive de la connaissance.

— À condition, bien sûr, que le lecteur de ce livre planétaire, pour en jouir, soit supposé posséder toute la culture du monde.

— Chacun de nous n'est-il pas formé d'une accumulation de fragments choisis ? Notre personnalité n'est-elle pas faite de ces fragments qui ne nous appartiennent pas ? Que retenons-nous d'un livre, d'un tableau, d'une musique ? Quelques parcelles à peine. De vagues détails incernables qui parlent à notre sensibilité et dont nous nous emparons. Nous sommes faits de ces mots, de ces images fantômes détachées du grand fonds collectif. Si on pratiquait une ponction dans cette zone de nos cerveaux — celle qui contient non pas ce que nous nommons notre mémoire, mais les bribes accumulées de phrases et d'images disons " étrangères " qui ont, tout au long de notre vie, soulevé notre imagination —, nous aurions la surprise réellement *divine* de lire et de voir *le* livre, *le* tableau qui nous représente précisément. »

(C'est bien ce qu'Abee cherchera à manipuler — notera par la suite l'écrivain —, c'est *ça* qu'il voudra contrôler lorsqu'il commencera ses ultimes expériences. Alors il ne se contentera plus de surveiller les deux couples et l'enfant de Douchka de l'extérieur, mais c'est en eux qu'il pénétrera en sondant non pas leur pensée, mais quelque chose de plus obscur, ce sédiment d'images, de citations, qu'à tout moment chacun de nous sollicite pour produire de la pensée. Notre pensée : l'écume de ce grand fonds! Et Abee s'acharnera à triturer ce fonds. Comme si on isolait par exemple l'image filmée d'une corde de violoncelle dans un vibrato en négligeant le son. En quelque sorte, aller en amont de la musique.)

XXXV

Lorsque sur le débarcadère Missia leva à bout de bras l'enfant « et qu'elle eut l'idée géniale de nous *imposer* (comme le prétendra David) l'étrange, l'impensable et pourtant si séduisante image d'une quadruple ressemblance », n'était-ce pas cette sorte de signe qu'ils attendaient ? Quelque chose comme une fatalité qui les déchargerait de toute décision. Et tous les témoins du débarquement de l'accouchée entrèrent dans le jeu, jusqu'à Carel et Tognone qui, quelque temps après, reconstitueront à partir des lambeaux de toiles déchirées une sorte de portrait à quatre faces de l'enfant. Si bien que, par la suite, nul ne pourra démêler par quoi avait commencé cette légende d'une petite fille portant sur le visage (comme se recouvriraient quatre photos surimpressionnées) les visages des quatre isolés du delta.

Au début, ce sera entre eux une sorte de jeu ironique, une manière d'approcher l'enfant, de le revendiquer, de le souhaiter auprès de soi — surtout Siréna qu'obsédera cette source ininterrompue de mouvement. Oui, ce fut un véritable « coup de génie » de la part de Missia. L'affirmation emphatique, outrée, théâtrale, presque mystique prenait ici valeur de symbole. C'était beau, d'une beauté étincelante :

une folie de fée autour d'un berceau. En les *enfonçant* tous les quatre dans l'enfant, Missia n'avait fait, après tout, que mettre en forme, donner corps à une vérité autrement fatale : ils ne pouvaient se passer les uns des autres. (Ce que la fugue de David et Douchka avait démontré.) Aussi indissociables que les quatre membres d'un même corps ! N'était-ce pas cela que Missia venait de signifier à sa façon imagée en affirmant, à peine toucha-t-il l'île, que l'enfant de Douchka n'était pas *que* le sien ?

« Cette fois tu dois être content », avait dit Missia ce même soir alors qu'elle se démaquillait devant sa coiffeuse.

Comme d'habitude, Diamond buvait, renversé dans un des grands fauteuils de la chambre hexagonale que Missia occupait tout en haut de la structure. Une jambe passée sur l'accoudoir, il observait, un œil cligné, la femme noire, en combinaison mauve, réduite et suspendue la tête en bas, à travers son verre à demi vide. Il dit d'une voix un peu geignarde :

« Et pourquoi *moi* je devrais être content ?

— Mais n'était-ce pas ça que tu nous as demandé ?

— Ah ?

— Pourquoi ce *ah ?* »

Elle venait de pivoter sur sa chaise et Diamond, pour fuir le regard de Missia, s'évada dans le miroir de la coiffeuse, s'attachant au dos massif et sombre coupé par les deux bretelles mauves de la combinaison.

Il eut un geignement :

« Mais Missia, tu sais bien. Tu es peut-être la seule à savoir vraiment jusqu'où je suis prêt à... »

Elle pivota de nouveau, reprenant son démaquillage. Leurs regards entrèrent en contact un instant dans la glace. Aussitôt les yeux de Diamond glissèrent en biais et se fixèrent encore — mais cette fois dans la dimension réelle — sur le dos nu, compact, ficelé comme un grand rôti noir par les minces bretelles de la combinaison.

« Ce que je sais, c'est que personne — et toi le premier — ne saura jamais ce que tu veux.

— Non! Non! Missia, tu te trompes! »

Il eut un geste fatigué, vague, désignant autour d'eux les murs laqués de l'hexagone qu'occupait Missia — mais aussi, bien qu'invisible, la grappe entière des autres hexagones tous pareils qu'il savait enchâssés les uns dans les autres et les uns sur les autres en une série d'alvéoles exacts, parfaits, étincelants et surtout, oh surtout, aussi prodigieusement coûteux que ce vieux palais indien où il avait emporté — oui, emporté comme le djinn des légendes — et séquestré David; ce vieux palais pareil à dix, à vingt temples d'amour qu'un radjah troublé d'opium avait fait entasser les uns à côté des autres puis les uns sur les autres comme autant de caprices ou d'offrandes folles à la personne aimée.

« Lui! gémit-il. Lui! rien que lui!

— Eh bien, quoi? N'est-il pas ici, tenu de tous côtés, attaché, pour ne pas dire ligoté, avec des liens humains? Alors?

— Non! Non! Il ne suffit pas d'acquérir un chef-d'œuvre pour qu'il vous appartienne. Il ne suffit pas d'élever des murs d'or et de les éclairer pour que le chef-d'œuvre prenne vie. Il ne me suffit pas de le contempler. Je veux qu'il touche le tapis, lui! Qu'il admette (il hésita), qu'il admette (il hésita encore), qu'il reconnaisse la *valeur* de tout ce que j'ai déposé devant lui. »

Elle écarta les bras comme une prêtresse noire qui viendrait de se saisir de quelque chose d'immense :

« Tu veux vraiment l'impossible!

— Oui, oui ! L'impossible. À en mourir ! Me mettre à genoux devant lui et qu'il l'accepte.

— L'écraser, vraiment ?

— Oui, si tu veux. L'écraser. (Il réfléchit un instant.) Si de rendre les armes peut écraser.

— Mais n'est-ce pas ce que tu as si déplorablement réussi dès le départ ? Combien de morts lui as-tu offerts... ou, disons, jetés sur la conscience ? »

Il la regardait bien en face maintenant, la bouche ouverte, découvrant l'étrange peau bleue, luisante et caoutchouteuse du dedans. Il eut un éclat de rire amer et, se levant, il alla remplir un verre pour Missia — puis le sien de nouveau.

« Ah, tu parles de ça ? » Il revint s'asseoir et agita la main devant lui comme s'il voulait mélanger l'air entre elle et lui : « Conscience ! Ah, pas de ces mots ! Conscience, compassion, remords ! Même lui en est revenu, non ? En tout cas je l'espère. Nous lui aurons déjà apporté ça. Disons que le Destin a eu la délicatesse de jeter entre nous cet " événement déplorable " Oui, au moins y a-t-il ça entre lui et moi, ça : ce " forfait ". Non, soyons sérieux. Missia, j'en crève pour lui. Tout m'ennuie, tout me fatigue. Et toi et Abee, qu'avez-vous réussi ?

— Écoute, Diamond. La première fois quand nous les avons vus, que m'as-tu demandé ?

— Je t'ai dit : Débrouille-toi pour...

— Bon. Ne les ai-je pas écartés l'un de l'autre comme tu me l'avais demandé ?

— Oui, Missia, tu l'as fait. Mais tu l'as fait pour toi, pas pour moi

— Moi, c'est autre chose. Je te demande : En ce qui te concerne *toi*, n'ai-je pas réussi ?

— Oui... à peu près. Pas exactement comme je l'aurais désiré.

— À qui la faute ?

— À moi, à moi, c'est vrai. » Il avait de nouveau sa voix geignarde.

« Il t'a échappé. Et pour le reprendre j'ai dû, moi, renoncer à ma prise. Crois-tu que je n'ai pas été déçue de remettre Siréna dans le jeu ? Pouvais-je faire plus ?

— Je sais, Missia, je sais. Mais elle t'aurait échappé de toute façon.

— Tu te trompes — mais supposons. Bien qu'elle soit plus que jamais sans autre volonté que la mienne. Mais supposons. Donc, qu'avons-nous fait ? Nous avons rejeté l'appât à la mer. Et lui est aussitôt revenu mordre à l'appât. Ensuite, que nous as-tu demandé, à Abee et à moi ?

— L'impossible. Je sais.

— Et cet impossible, ne l'avons-nous pas réalisé ?

— Oui. Jusqu'à un certain point : merveilleusement.

— N'avons-nous pas inventé le lieu où les enchaîner ? Et n'avons-nous pas, ensuite, imaginé le moyen de les désunir ?

— Oui, oui ! Mais les voilà unis de nouveau à travers les deux autres. Et de plus il y a maintenant l'enfant. Et cet enfant leur ressemble à tous les quatre. Ils l'ont fait contre nous. Ils viennent de se réfugier en lui comme dans une forteresse. Et moi dans tout ça ? »

Elle aurait aimé lui dire : Tu exiges encore ! Rappelle-toi : tu affirmais qu'il te suffisait de le garder enseveli dans l'île — comme les tableaux et les pierres que tu entasses sans pour cela en jouir —, tu le voulais tenu, lié. Il l'est. Nous les avons fait cinq. Ne les avons-nous pas faits *un* dans l'enfant en les rivant à cet unique anneau ? Elle s'était levée, et lentement elle avançait sur lui. Elle dit : « Toi dans tout ça ? Mais tu as eu exactement ce que tu...

— Mais c'est ce que je trouve insupportable. Vous avez été trop fidèles à mes désirs. L'œuvre tourne en

275

équilibre sur elle-même et Abee en a remonté à fond le ressort. Et moi je suis là condamné à admirer... du dehors. Je ne veux pas d'équilibre ! Détruisez tout ça ! Je ne veux pas de votre œuvre ! Je n'éprouve plus de plaisir. Je m'ennuie, Missia. Ni ta magie ni la science d'Abee ne peuvent me délivrer de l'immense ennui d'être moi. Peux-tu comprendre ça ? Je suis jaloux de ce qu'ils ressentent. J'aimerais entrer en eux, souffrir ce qu'ils souffrent — être *lui*. »

Elle s'empêchait de dire : Mais moi je souffre. Je souffre de Siréna. Pendant qu'il continuait :

« Être *lui*, puisqu'il ne m'accepte pas, moi ! Qu'il n'y ait plus rien de tout ça entre nous, plus de cet appareil. Que tout soit simple. Par moments je suis prêt à renoncer à tout, oui, à *tout*, pour exister enfin. Et pourquoi ne mettrions-nous pas en morceaux ce qu'Abee a édifié ? Pourquoi ne prendrions-nous pas ensuite ces morceaux pour les réunir autrement ? Pour en faire quelque chose d'autre — un peu comme le peintre qui, à travers le regard détruit de Tognone, reconstruit des images neuves avec les lambeaux des anciennes. Remplis mon verre, veux-tu ? »

XXXVI

Elle alla jusqu'à la desserte. Et, pendant qu'elle versait, il se leva et se mit à marcher d'un côté à l'autre de l'hexagone. À chaque demi-tour, il surprenait son reflet corrodé, détruit, dans la surface noire de la baie. Il poursuivit :

« Au fond, tout ça manque de merveilleux. Une seule fois j'ai cru qu'Abee avait réussi. Tu te souviens ? Sur l'îlot des *carciofi* : le rayon bleu. Abee avait eu cette phrase splendide : " Maintenant, nous pourrions aussi bien démolir la structure, le but a été atteint. " Oui, ça, ça m'avait plu ! Ce jour-là, vous aviez réussi à m'amuser : Carel, tu te souviens, avait soulevé Siréna, je m'étais agenouillé devant David, le gosse merveilleux était apparu, David et Douchka, dans un simulacre de fuite, avaient pénétré dans la cabane où ils avaient buté sur le mourant. Quoi, pour une fois, reconnais-le, j'en avais pour mon argent ! J'avais l'impression que nous nous déplacions tous dans la folie logique d'un rêve. Non, ce jour-là, j'ai vraiment cru en vos pouvoirs. Et voilà que, depuis, tout est retombé : plus de féerie, plus rien. Sans la consolation du merveilleux gosse, il ne me resterait rien de ce *moment*. Sans Tognone et les délires de Carel, je serais mort de solitude et d'ennui. »

277

Missia vida son verre et se laissa tomber devant la coiffeuse. Elle pensait : Oh, mais moi aussi je meurs d'ennui ! Elle revit Tallahassee, la maison en dentelle de bois ajouré, le lac, dessous, bien plat entre les troncs de ce blanc si tendre des bouleaux. De nouveau ils se regardaient par le biais du miroir. Lentement Diamond s'avança et vint se placer derrière elle.

« Missia, j'aimerais te poser une question : Jusqu'où va ton pouvoir ? »

Elle pivota d'un coup et s'immobilisa, face à lui, superbement noire dans sa combinaison mauve. Les yeux levés, elle parut réfléchir un instant. Enfin elle dit, se forçant à rire :

« Je pourrais mentir et te dire : Ils sont sans limites. Mais il serait plus juste de reconnaître que ma magie ne peut que ce qui serait possible sans elle — s'il y a foi.

— Mais il y a foi. Il y a même totale crédulité.

— Alors, garde ta foi, ou ta crédulité — appelle ça comme tu voudras. Et je te promets la réalisation de tes désirs secrets.

— Tu te souviens, Siréna, le premier soir. (Il leva un doigt.) Promesse pas tenue !

— Mais je ne l'ai jamais souhaitée guérie. Pas plus que tu n'as souhaité David vraiment libre. Quel fut le contrat ce premier soir ? Je m'emparais d'elle pendant que toi et Abee vous vous arrangiez pour l'attraper, lui. Crois-tu que sans mon pouvoir les cartes me l'auraient si facilement donnée ? Crois-tu que sans ce pouvoir elle aurait accepté d'être emportée par d'autres bras que ceux de David ? Disons que mon pouvoir me permet de rendre crédule. Ils ont été tous les deux d'une merveilleuse crédulité. Sans ça, crois-tu que David aurait accepté de s'envoler avec toi pour aller accomplir là-bas ce qu'il appelle votre " forfait " ? Dès le premier instant où nous les avons vus émerger de l'escalier, je les ai pris sous influence. Et depuis je ne les ai jamais plus lâchés. Et ne les lâcherai jamais plus. Elle est à moi, et lui je te l'ai donné. »

Il eut un gémissement.

« Je le veux seul. Débarrasse-le des autres. Au diable les autres !

— Diamond, tu es ivre. Tu devrais aller te coucher.

— Missia, j'ai l'impression qu'Abee et toi vous êtes en train de me laisser tomber. Sans Tognone, je crèverais de solitude. Sans ce gosse merveilleux, il y a longtemps que j'aurais tout envoyé en l'air. Missia, je t'assure, tu ne t'occupes pas assez de moi.

— Et de qui alors ?

— De toi et... d'elle. »

Elle pensait : Elle ! Elle ! Elle avait envie de crier : Je perds patience ! Depuis le début des temps, je me tue à te passer tes caprices. Il me semble que ça n'a jamais commencé. Depuis Pretoria. Et même avant Pretoria, avant que Pretoria ne soit Pretoria. Depuis le fond de la forêt du temps. Mais elle se retint et, de nouveau, lui présenta son dos large, barré de fine soie mauve. Elle venait de pivoter. Elle chercha, puis d'un coup attrapa le regard de Diamond dans le miroir.

« Tu as désiré les plus belles pierres. Ne te les ai-je pas données ? N'ai-je pas utilisé pour toi seul mon " don de vue " ? N'as-tu pas, grâce à moi, fait des paris insensés sur des pierres brutes qui se sont révélées parmi les plus somptueuses une fois dégagées de leur gangue ? »

Il agita mollement ses mains longues et belles devant lui.

« C'est vrai, c'est vrai. Pour ça, tu as un flair extraordinaire.

— Pour ça ?

— Pour ça. Pour tout. Disons presque... Car enfin, reconnais qu'avec eux...

279

— Tu penses que je me suis trompée ?

— Tu ne t'es peut-être pas trompée pour toi. Mais pour moi, Missia, je suis terriblement insatisfait. »

Elle aurait aimé crier : Mais moi aussi je suis terriblement insatisfaite ! Elle dit :

« Alors arrêtons les frais.

— Au contraire, Missia, je double la mise, je la multiplie par dix. Je suis prêt à tout jeter sur le tapis, tout, oui, tout pour un mot de... d'amitié venu de lui. Un mot. Un seul mot. » Il se fit suppliant : « Tu peux bien obtenir ça. »

Il posa son verre qu'il venait de vider d'un trait. Son regard était devenu flou, on aurait dit qu'il suivait des figures qui se seraient déplacées au ralenti au-delà des murs laqués de l'hexagone.

« Missia.

— Oui, Diamond.

— Toi et Abee vous m'avez " aidé " à devenir riche, très riche. Vous avez splendidement organisé, disons, les décors et la mise en scène. Vous avez inventé l'île et le palais. Rien n'a manqué, ni les jeux d'eau ni la ronde des cargos et des tankers ni aux bons moments les plus fastueux avions de ligne que vous avez en quelque sorte déroutés pour notre plaisir. Et tout ça, comment dire ? grandeur nature, en marbre, en tôle, le delta en eau véritable avec levers de soleil brumeux et moustiques, non, rien n'y manque, même pas l'oiseau blanc qui passe à l'instant suprême de la perfection imposée, nommée. Attends, attends ! Et cette île et ce palais vous les avez peuplés, vous les avez...

— Diamond, tu es ivre. Tu dois aller te coucher, répéta-t-elle.

— ... vous les avez remplis de tensions humaines et autant que possible de souffrance. Tu te souviens de ce tableau de Bellini dont David était amoureux ? Eh bien, comme dans ce tableau, vous avez rempli l'île et le palais de traits, de flèches croisées, d'un dessin apparemment capricieux. Quoi, toute une folie de regards évités, un vaste schéma qu'une main froide aurait tracé au-dessus des têtes, en quelque sorte dans le ciel de l'île et du palais. Et le schéma de ces regards qui jamais ne se rencontrent dessine la figure musicale parfaite : l'hexagone qu'Abee a dérobé à Schönberg. Attends, laisse-moi finir ! Eh bien, malgré l'incontestable beauté de tout cela, je suis insatisfait. Vous m'avez trompé. L'œuvre est sans doute géniale en elle-même mais elle vous échappe. Elle échappe à la science d'Abee et elle échappe à ta magie. Nous avons beau être tous crédules, ta magie ne mord plus sur nous. Te rends-tu compte que vous avez fabriqué une machine à me faire souffrir. Moi ! Diamond ! Souffrir ! En tout cas il me semble que je souffre — et ce n'est pas du tout agréable.

— Chut ! » fit-elle.

XXXVII

Jusqu'à présent, jamais il ne lui serait venu à l'idée d'épier Diamond. Et voilà que depuis quelque temps — et ça, Abee ne peut l'admettre — quelque chose comme un attendrissement-sur-soi suinte de son ami. Allongé sur un lit de repos en cuir noir, Diamond ne bouge pas. Près du divan, sur une table basse, Abee distingue une coupe de cristal contenant des fruits, une carafe d'eau, une bouteille de whisky et, par terre, des fruits mordus, à peine entamés.

À tout moment, Abee éclaire l'écran témoin. Mais aussitôt, d'un doigt agacé, il l'éteint. Cette image de Diamond allongé, vu de profil, lui devient de jour en jour plus déplaisante. Il n'y reconnaît plus *son* Diamond. Pourtant, ce n'était pas la première fois que le mécène se retranchait de la communauté. Abee était habitué à ces dépressions. Il les respectait. D'habitude, Diamond s'enfermait tout en haut de la structure, dans l'hexagone qu'il s'était réservé. Il réapparaissait au bout de quelques jours, retrempé, souriant, bavard et plus dandy que jamais.

« Alors, où en sont-ils ? » disait-il.

Et tout repartait comme avant. La grinçante plaisanterie reprenait là où il l'avait laissée en suspens.

Jusqu'à présent, la transparence de la structure

avait excité Diamond : n'était-ce pas « sublime » de pouvoir d'un seul glissement de l'œil observer à plat ce qui se passait simultanément dans les différents alvéoles ? Il restait de longs moments devant la console à voir se débattre les deux couples, demandant à Abee de cadrer de plus ou moins près, passant d'un écran à l'autre à la poursuite du jeu angoissé qui se développait de lui-même au cœur des prismes translucides. Eux quatre vivaient dans l'ignorance de cet espionnage : les installations d'Abee étaient indétectables, et seul Carel — qui sous des formes différentes et plus grossières avait vécu *observé* — se comportait ici comme *là-bas*, s'adressant aux murs et aux plafonds pour lancer en hongrois, à tout hasard, des insultes à l' « espion » invisible.

Mais voilà que depuis le retour de David et Douchka, depuis le simulacre de leur rachat, Abee avait senti chez Diamond comme une baisse de vitalité, moins d'enthousiasme à participer. Il devenait taciturne. Il s'enfermait pendant des heures et parfois des journées seul ou, pire encore, avec Tognone, dans son hexagone. Il se désintéressait de plus en plus du « projet » et surtout ne montait plus chez Abee épier les mouvements qui rapprochaient ou éloignaient les deux couples disloqués.

« Ça ne va pas, avait dit Abee.

— En effet, ça ne va pas, avait répondu Missia. Il est sur le point de tout lâcher.

— Je le sais. Vous étiez d'une sentimentalité écœurante, l'autre nuit. Toi autant que lui. »

D'un coup elle était devenue grise.

« Comment ! Tu nous as écoutés ?

— Pas écoutés, entendus.

— Alors maintenant nous aussi !

— Pas toi vraiment, Missia. Lui, oui. Mais toi juste

comme ça pour être prêt, l'heure venue, à redresser la barre.

— L'heure venue ?

— Oui.

— Donc l'heure est venue ?

— Disons que nous sommes à moins dix... moins cinq. Ils l'ont non seulement contaminé lui, mais ils sont en train de te contaminer toi, et ça je ne l'admettrai pas. » Abee la fixait, massif, velu, dangereux. Il ajouta : « Je vais te montrer vos paroles de l'autre nuit. Quand tu les auras *vues* tu comprendras où vous en êtes. »

Missia ne bougeait pas. Elle ressemblait à un tank en panne contre un talus. Le front baissé, ramassée sur elle-même, elle réfléchissait. Enfin elle dit :

« Abee, tu es un salaud. Depuis quand me surveilles-tu, moi ?

— Mais je ne te surveille pas. *Ça* te surveille... de temps en temps. L'autre nuit, *ça* s'est mis à l'écoute dès les premiers mots que vous avez échangés. Le *ton*, la musique de vos paroles a déclenché l'écoute. Regarde. »

Il venait d'éclairer un écran sur la console et avait réglé l'intensité de l'image. Apparut une figure vaguement géométrique flottant dans un espace neutre. On aurait dit un morceau de verre ou de cristal mal taillé.

« Tu vois, les facettes de vos paroles sont relativement planes, elles correspondent aux périodes saines de vos phrases. Mais là, les arêtes des troncatures sont à la limite de l'acceptable. Et ça, Missia, c'est le spectre de votre sensiblerie... ou sentimentalité — comme tu préfères. »

Il s'amusa à manipuler la figure de synthèse, la reconstituant sous tous les angles possibles comme s'il la faisait tourner.

« Bon ! Et maintenant j'aimerais que tu voies où il en est, lui. »

Sur un des écrans, une silhouette pâle apparut, se précisa, assise sur le bord du divan de cuir noir. Diamond parlait au jeune albinos. Abee monta le son.

« Tu entends ? dit-il à Missia d'une voix dont il retenait difficilement la fureur. Écoute — ça ! Pas les paroles, mais la musique de ses paroles. Il y a quelque chose de si affaibli en lui, de si indigne, tout à coup. »

Penché près de Missia, il scrutait l'image du diamantaire tenant la main du jeune garçon au regard sans vie. Il éteignit puis ralluma l'écran, l'éteignit, le ralluma de nouveau comme s'il ne pouvait à la fois ni rejeter ni accepter cette image qu'il ressentait comme un « lieu commun », à la limite du supportable, de l'homme en perte de vitalité s'accrochant à quoi ? à qui ? Même pas à un adolescent en vie ! À un malade, un être transparent dont on voit le sang décoloré battre dans des artères de verre — comme si Diamond, conscient et honteux de son désarroi, et ne pouvant transmettre ce désarroi, s'était senti autorisé à la faiblesse par la faiblesse elle-même. Ce qu'il avait tenté de confesser à Missia, voilà qu'il le donne à Tognone.

Ne suis-je pas partial, se demandait dans un dernier sursaut Abee, de faire cette lecture au plus bas niveau de l'image et de la voix ? Peut-être joue-t-il avec l'adolescent, peut-être le provoque-t-il en s'abaissant à la parodie sentimentale ? Et il cadra en gros plan la main de Diamond refermée sur la main pâle du jeune malade. Que se dégageait-il de ces deux mains mêlées ? Trop d'attentive immobilité. Et saisi de colère, il alluma brusquement sur la console la totalité des écrans, ramassant d'un coup sous un unique regard l'imbrication complexe des différents plans de

285

la vaste architecture alvéolaire isolée sur les eaux du delta.

« Je ne supporterai pas qu'il casse le jeu. »

La respiration de Missia était devenue lourde, difficile. Elle dit, sortant lentement les mots :

« Abee, tu exiges trop de nous.

— Le projet exige. »

Elle insista, découragée, plaintive :

« Mais nous sommes tous épuisés.

— Tous ? Tu t'associes donc à eux ? »

Elle ne répondit pas tout de suite :

« Oui — peut-être. »

Il s'immobilisa devant un écran. Douchka jouait avec son enfant.

« Tu as vu ?

— Oui », dit-elle.

Il posa le doigt sur le verre bombé, frappant du bout de l'ongle l'image de la petite fille qui riait, couchée sur le dos.

Missia fit front de toute sa masse :

« Ah non ! Tu ne toucheras pas à *leur* enfant !

— Mais je n'y toucherai pas. Nous entrerons dans sa tête sans y toucher. »

XXXVIII

« Figurez-vous une longue canne de verre très effilée reliée par un tube souple à un bloc inamovible où s'effectuait le travail de conversion et de retransmission des images mentales. Abee tenait délicatement la canne à quelques centimètres de la tempe de la petite fille pendant que sur l'écran se formaient des phosphorescences qui doucement bougeaient. C'était un peu comme une poussière d'étoiles au mois d'août lorsque le ciel se couvre de ce voile de chaleur qui semble donner encore plus de profondeur aux nuits d'été.

« Après le dîner, nous nous réunissions tous dans la salle du premier étage. Missia tenait la petite fille ensommeillée sur sa poitrine et, avec un mélange de curiosité et d'effroi, nous suivions sur l'écran la projection de ce qu'Abee était en train de puiser à même le cerveau inachevé de l'enfant. Au début nous avions bien tenté de nous opposer à cette expérience, mais très vite nous avions été pris par la splendeur de ce que peu à peu nous découvrions. Aucun de nous ne parlait, nous étions tous conscients du caractère sacré de ce qu'Abee faisait remonter à la surface. Même les tensions qui jusqu'à présent nous avaient tant agités s'étaient relâchées, on aurait dit que nous communiquions tous à travers ces images en balbutiement, retrouvant, reconnaissant inconsciemment ce " paysage premier " qui, à l'aube de notre vie, avait occupé l'espace vierge de notre être.

« Pouvez-vous imaginer ça ? Le cerveau de *notre* enfant reconstruisait en quelque sorte l'univers. Par moments, il semblait que quelque chose allait prendre consistance dans ce grand vide brouillé. De pâles couleurs se mélangeaient en battant faiblement. La poussière d'étoiles se rassemblait mais des décharges de foudre disloquaient ces masses troubles, faisant apparaître par instants des traces de matière visqueuse. Et nous nous sentions tous gagnés par l'émotion d'être les témoins de ce qui nous apparaissait comme l'écho infiniment diminué de l'" instant premier ", une genèse assourdie, la trace à la fois oubliée et terriblement présente d'une histoire que chacun de nous, dans son lent éveil à l'existence, doit parcourir, je suppose, aveugle et en silence. Oui, nous étions tous conscients du caractère sacré de ce que nous découvrions », essaiera d'expliquer David à l'écrivain français, quelques jours après leur visite à la structure démolie, alors qu'ils se trouvaient tous les deux dans la cuisine de l'appartement du docteur Scaniari. Tout en parlant, ils observaient le gardien debout, à leur hauteur, sur la passerelle du mirador. Une petite mitraillette compacte, d'un noir mat, lui barrait la poitrine. David et l'écrivain se tenaient immobiles, une tasse de café à la main, dissimulés derrière le rideau d'une des fenêtres. Le gardien ne les avait pas remarqués. Il surveillait la cour de la prison. À côté, dans la grande pièce ensoleillée donnant sur le jardin aux grenadiers, Eleinad et Tognone parlaient. Tognone posait des questions et Eleinad répondait dans un italien maladroit et rieur que Tognone rectifiait en riant lui aussi.

« À l'époque, Tognone y voyait encore assez bien, et ces séances qu'Abee nous imposait — comme il nous avait imposé le sextuor de Schönberg — impressionnaient son imagination. »

Maintenant le gardien se penchait vers le quai. Il parlait avec une jeune fille dont les cheveux, nota l'écrivain, étaient retenus des deux côtés de la tête en touffes bizarres par des pinces à dessin.

« Peut-être était-ce le pressentiment de ce qui allait lui arriver lorsque Diamond le fera opérer. Car, figurez-vous, ces images du " paysage premier ", il les a en lui, constamment, depuis l'opération ratée. Et souvent, la nuit, il lui arrive de prononcer en rêve le nom de la petite fille de Douchka — comme si d'avoir assisté au lent éveil des images, qu'avec notre complicité Abee volait à mesure qu'elles surgissaient dans ce que nous supposions être la conscience de l'enfant, l'avait marqué à jamais. » Il s'interrompit, posa sa tasse vide et alluma une cigarette. Enfin il prononça, baissant la voix : « Vous ai-je dit qu'il aurait voulu être peintre ? À la suite de l'intervention qui lui a fait perdre le peu de vision qui lui restait, Diamond a tenté de lui faire étudier la musique. Que reste-t-il à un aveugle, si ce n'est la musique ? En vain. »

Il continuait à observer le gardien sur le mirador :

« Ce type a quelque chose de si enfantin avec sa mitraillette... Nous aurions dû dire non à ces expériences — surtout sur la petite fille —, mais il faut reconnaître qu'au début les images remontées au jour avaient de quoi exalter. Comprenez-vous ça ? Bizarrement, la machine, au lieu de nous diviser, nous réunissait. Le croirez-vous ? Nous nous sentions pleins de gratitude envers ceux qui avaient inventé ce moyen de pénétrer dans l'esprit tremblant de celle que nous considérions tous les quatre comme *notre* enfant.

« Nous étions persuadés de toucher au Grand

Secret, oui, à l'Esprit même de l'univers à travers les infimes lueurs qu'Abee captait avec sa canne de verre. Et voilà comment, avec notre consentement, peu à peu le temps de l'île s'organisa en fonction d'une sorte de *culte* de l'.'' image première '' — car Abee mettait maintenant la même obsession maniaque à sonder le petit cerveau, cette *melagrana* infime, qu'il en avait mis à fixer dans un solide la musique de Schönberg. Et chacun, sur Isola Piccola, participait avec une intensité presque mystique à ce '' culte ''. Et chaque soir, quand Abee frôlait de sa canne translucide la tempe de l'enfant, nous étions tous saisis d'une violente et inquiète curiosité. Qu'allait-il remonter du vide de cette tête fragile dont la fontanelle battait comme une gorge de grenouille ?

« Puis ce fut un peu comme un marécage, une boue visqueuse dont les couleurs changeaient lorsque l'enfant pleurait ou riait. Les variations de la lumière sur l'écran éclairaient par réflexion nos visages immobiles, autour. La petite fille tendait les mains vers l'image — ses propres images —, paraissant reconnaître tout à coup avec une sorte de doute effrayé la projection de son chaos. Et nous ressentions tous une peur, un vertige angoissé devant le désir presque indécent de cet être si frêle, si solitaire et démuni, qui semblait non seulement reconnaître *ses* '' images premières '' mais vouloir surtout vite vite les réabsorber. Il y avait dans la tension anxieuse de ses yeux une incrédulité ahurie presque comique.

« En tout cas, il faut croire que nous ressentions tous la honte d'être complices d'un tel viol : *Nous n'avons pas le droit*, nous nous le murmurions tous en nous-mêmes. Mais une avide curiosité, le besoin de savoir à n'importe quel prix — oui, même à ce prix-là ! —, de découvrir ce '' continent premier '' faisait taire notre murmure honteux et nous pencher d'autant plus sur cette boue informe où devaient, nous disions-nous, *prendre* les germes de la pensée. Voilà ! Nous étions devenus tous les quatre les complices d'Abee. C'est en nous-mêmes qu'il nous semblait pénétrer lorsque la canne de verre mettait au jour l'obscur marécage où se préparait le premier souffle d'une toute première pensée. Pour l'instant, ce n'était qu'une sorte de surface gonflée avec, très loin, très au-dessus, dans ce qu'on pourrait imaginer comme une réplique (ou un souvenir) du " ciel premier ", la poussière lumineuse, suspendue, animée par moments de brèves variations d'intensité. Un mouvement lent, à peine glissé, entraînait cette luminescence dans une large spirale qui, jour après jour, à mesure que cette spirale prenait de l'envergure, paraissait diminuer, s'enfoncer dans le vide.

« Puis il y eut la chose affreuse : l'apparition de la réplique de l'hexagone. Elle émergea, s'effaça, réémergea, puis de nouveau disparut. À peine eûmes-nous le temps de la deviner. Et c'est ce que nous en devinâmes, croyez-moi, qui nous poussa à nous enfuir, à quitter l'île. Rien n'aurait pu nous retenir. Il fallait arrêter ça. »

XXXIX

Carel est très agité, il marche à travers la chambre hexagonale, allant du lit à la baie et revenant au lit. Il ne cesse de parler. Allongée, le buste soutenu par des coussins, Siréna semble souffrir de chaque parole que prononce le peintre. Il jette les mots avec une exaltation malsaine vers David qui se tient debout, dos tourné, les mains enfoncées dans les poches de sa veste. Douchka est là aussi, assise près du lit. La petite fille dort contre sa poitrine. Comme toujours, les mots détraqués du peintre exaspèrent David.

« Faut-il nécessairement être deux pour qu'il y ait amour ? Et deux plus deux ? Et quatre moins un ? Et trois plus un ? Et de nouveau deux et deux ? Ou encore deux plus deux ? Amour peut-il se diviser, se multiplier, se soustraire ? Dis-moi, David, dites-moi, vous ! Amour respire-t-il ? S'essouffle-t-il ? S'il vit, alors il meurt, non ? Mais avant de mourir il lutte peut-être et peut-être se fortifie-t-il au moment de périr définitivement ?

— Ah, je t'en supplie, cesse, cesse ! gémit Siréna.

— Et Abee, que prétend-il capter avec son horrible appareil ? Que va-t-il capturer ? Après avoir transformé la musique en théorème et le théorème en structure habitable, il se grise de découvrir l'ignoble image réfléchie par *mon* enfant. Et nous, que faisons-nous dans ce théorème comme des mouches, nous quatre plus l'innocence ? (Il soulève l'enfant et, malgré ses pleurs, il se met à tourner avec elle.) Ma fragile petite fille, plus nous tous prisonniers de la musique ! La musique est-elle Amour ? Alors, si nous sommes prisonniers de la musique, nous sommes prisonniers de l'Amour. Prisonniers de l'hexagone d'amour ! » Il vient s'asseoir près de Siréna et délicatement lui remet l'enfant en pleurs. « Nous baignons dans un amour tranchant comme des couteaux. Partout des angles aiguisés, et *mon* enfant parmi les couteaux, pénétré par les premiers tranchants des hexagones. » Il s'approche de David qui, très droit, les deux poings serrés dans les poches de sa veste, se balance légèrement d'avant en arrière. « Alors, cet angle, cet objet mental — comme dit Abee — que nous avons vu émerger du lac intérieur ne vous fait pas peur ? Ne voyez-vous pas que *mon* enfant est en train de reconstruire la structure par réflexion ? *Là-bas*, c'était une bête visqueuse et noire avec des membranes mouvantes, c'était encore de la vie, comprenez-vous ? De la vie se noyait dans le lac intérieur. Ici c'est une figure de synthèse, la nuit transfigurée en hexagone, notre nuit jusqu'ici peuplée de chair envahie par un abominable diamant ! »

Le regard de David glisse sur le plan du delta, cherche au loin la ville invisible qu'il sait là-bas avec ses quais vivants, mouvementés, pendant que Siréna presse contre elle la petite fille, la tire vers ses lèvres, contenant cette force ramassée dans les brusques détentes des membres. L'enfant veut se libérer de l'étreinte. Et Siréna la hisse à bout de bras au-dessus d'elle : Elle nous ressemble, oh, oui ! Missia a raison, elle nous ressemble. Elle dit : « *Je suis* la vie, la vie »,

293

s'identifiant dans ce *je suis,* avec une ferveur nerveuse qui épouvante l'enfant. Mais de nouveau Carel s'en empare. Il la donne maintenant à David :

« Prends-la, emporte-la ! C'est elle qu'il faut sauver. » Jetant des regards inquiets autour de lui, il chuchote, suppliant Douchka : « Partez, vous deux, quittez-nous. Soustrayez-la. » Mais l'instant d'après, il reprend la petite fille et la pose de nouveau sur le corps de Siréna : « Non, toi ! Garde-la. Je te la donne. Toi, tu as besoin de sa vie. Hein, nous la lui donnons ? Regardez comme elle bouge sur elle. »

D'un revers de main, il essuie son grand front, puis arrache l'enfant et la tend à Douchka, mais se ravise. Et il l'emporte à travers les escaliers de la structure jusqu'à la jetée où il s'immobilise, la petite fille dans ses bras. Face à la grande étendue vide et plate, il dit en hongrois à l'enfant qui pleure :

« Nous allons partir, oui, oui, nous allons rentrer chez nous. »

Dans son dos, il sent la dure présence de la structure dressée avec ses multiples baies ; et derrière ces baies, il les sait tous, leurs regards sur lui.

Douchka descend rapidement les grandes marches. Elle rejoint le peintre. Elle reprend son enfant qu'elle apaise contre elle.

David et Siréna sont restés seuls. Siréna tend les mains vers David. Elle s'efforce de sourire mais ses lèvres tremblent :

« Oh, David, nous devons faire quelque chose. »

Il est venu s'asseoir au bord du lit, il serre entre les siens les doigts raidis de la jeune femme. Elle ajoute :

« Partez. Emmenez-la. Ce que nous avons cru voir en elle est abominable. Carel a raison. La structure se reconstruit en elle. Elle est contaminée par le rêve d'Abee.

— Mais nous sommes tous contaminés. N'avons-nous pas consenti à tout ?

— Oui, mais pas elle. »

Ils restent immobiles dans le soir. De lents nuages passent assez bas sur la surface cuivrée du delta. Voilà la nuit, pense Siréna. Tout à l'heure nous n'irons pas, consentants et même curieux, assister au viol de l'enfant. Douchka ne serrera pas la petite fille, ne la rassurera pas, et la petite fille ne rira pas délicieusement pendant qu'Abee, discret, férocement présent mais discret, maintiendrait au plus près la canne de verre. Et nous ne nous tairons plus, complices, oh non, nous ne nous tairons plus ! Ne plus voir, ne jamais plus voir la chose abominable : la première facette... la seconde... un angle... son arête tranchante... Oh, non ! Plus jamais !

XL

Il fit le simulacre de jeter le pain et la mouette se rapprocha, dressée en vol, presque verticale, frappant ses ailes — comme un nageur debout — dans un rapide mouvement voilé qui la maintenait face aux deux hommes, à hauteur de leurs visages. Il lança le pain. L'oiseau s'en saisit, glissa sur le côté et plongea vers l'eau, dessous.

« Combien ? » Bill venait de s'asseoir sur la balustrade. Tournant le dos aux jardins du consulat, il fixait David avec ironie : « Je te demande : Combien crois-tu que nous pourrions en tirer cette fois ?

— Cesse de te foutre de moi, Bill ! Je t'ai dit que nous sommes tous les quatre décidés. » Il attendit quelques secondes et ajouta : « Pour de bon. Complètement. *Sans espoir de rachat.*

— Tous les quatre ? Est-il possible que vous vous soyez mis d'accord sur ça ?

— Nous ne nous sommes pas mis d'accord — quelque chose nous a mis d'accord. »

Bill leva son cigare à contre-jour, paraissant s'absorber dans la contemplation minutieuse de l'épaisse cendre. Il prononça lentement, comme s'il craignait de heurter David par une question trop nette :

« Quelque chose ?

— Oui, quelque chose d'insaisissable, d'innommable, à la limite du possible.

— Mais tout ce qui se passe sur cette satanée *isola* n'est-il pas à la limite ? »

Ils étaient sur la terrasse où s'ouvraient les portes-fenêtres de l'appartement. Par-delà le *rio* étroit qui servait au trafic des barges de ravitaillement et aux canots à moteur de la police, on plongeait sur les jardins du consulat de France. David et Bill se tenaient debout devant la balustrade ajourée. Ils avaient posé leurs tasses de café sur le rebord plat — comme sur un bar — et ils fumaient, suspendus, dans la tiédeur estivale de ce matin d'automne. Bill était en robe de chambre de satin blanc à revers noirs, pieds nus, les cheveux en désordre. Il continuait à émietter du pain qu'il jetait aux mouettes.

« As-tu vu celle-là ? Observe-la, elle est très adroite. C'est une vieille cliente. Comme moi avec Diamond.

— Suffit, Bill ! Cesse d'ironiser. C'est très sérieux.

— Je n'en doute pas, mon vieux Dav. »

Enfin, il a besoin de moi, se disait Bill. Il se tourna vers les jardins et, à travers les vols incessants des mouettes, il plongea le regard dans cette sorte de jungle miniature où se mêlaient palmiers, magnolias, grenadiers chargés de fruits, cyprès et même quelques bouleaux. Une allée soigneusement entretenue et bordée des deux côtés de statues coupait droit entre les arbres. Elle prenait sous les marches d'une grande serre et s'arrêtait devant une grille aux fers d'un dessin compliqué. Cette grille ne s'ouvrait jamais, avait constaté Bill, elle interdisait l'accès par le *rio*, sans empêcher ceux qui passaient en barque d'apercevoir les vitraux de la serre illuminés presque chaque soir.

« Qu'attends-tu de moi ? »

Tournant le dos à David, Bill semblait interroger la

« vieille cliente » qui volait de nouveau sur place à sa hauteur, si près maintenant qu'il aurait pu la toucher.

« Tout, dit David.

— C'est-à-dire ?

— Tout. Tu dois nous aider à fuir. Tu es le seul à le pouvoir. »

Bill jeta un morceau de pain sur la tablette de la balustrade, près d'un lion de pierre qui marquait le coin de la terrasse. La mouette décrivit un arc brisé et se posa sur la tête du lion qu'elle recouvrit de ses ailes.

« Bien ! dit Bill en se retournant d'un coup. Et quelle est cette chose qui vous a si brusquement décidés ?

— Oh, tu ne pourrais comprendre.

— Très bien, très bien ! En effet, je ne vous comprendrai jamais. Surtout si vous vous êtes mis d'accord tous les quatre pour quitter l'île ensemble. Inutile, mon vieux, que tu m'en expliques davantage. Je ne veux rien savoir de vos histoires. Je suis là. Je ferai tout ce que tu veux — aveuglément —, pour toi, Dav. Et surtout ne te donne pas le mal d'expliquer ce que moi, Bill, je ne pourrais comprendre et ne tiens pas à comprendre. Si je me trouve encore dans cette ville, c'est que je ne désespère pas de te voir un jour arriver *seul*, ici... un matin comme celui-là — libéré, tu entends ? li-bé-ré d'elle... et aussi de l'autre, d'eux tous, mais d'elle surtout. Enfin te retrouver tel que mon amitié te garde, tel que je t'aime, tel que tu es au fond vraiment. » De nouveau il parlait, tourné vers les jardins, dessous, agacé de cette montée de furieuse sincérité : « Ne t'inquiète pas, je suis *avec vous*, parce que tu me le demandes. Contre moi, je suis avec vous quatre. Je suis prêt à tout pour toi, pour te sauver. » Il se retourna : « Se peut-il qu'elle t'ait cassé à ce point ? Non, non, ne te fâche pas ! N'en parlons plus, n'en parlons plus ! » Il traversa en biais la terrasse.

Ramassa le *New York Herald Tribune* sur une chaise longue : « Voilà ce que font nos milliardaires. Contre quelques millions de dollars, la NASA se charge de les jeter pendant trois jours en orbite. Enfermés dans un petit container, attachés à leurs sièges, et bien sûr malades à crever, ils auront eu la satisfaction — pour quelques millions de dollars — d'avoir été traités en singes de laboratoire. N'est-ce pas le niveau zéro de la situation limite ? Eh bien, en lisant ça hier soir, je m'étais fait la réflexion que Diamond, lui, grâce à son fric, est un immense artiste. Je t'assure, je suis sérieux. Peut-être même le génie le plus pervers que notre époque ait produit. Un prodigieux créateur qui pousse le vice jusqu'à infléchir le destin de ceux qu'il a décidé d'*inclure* dans sa création. Il a hissé à la limite son dandysme jusqu'à transmuer l'or, l'or merveilleux ! en plomb. Nul besoin d'y mettre la main. D'eux-mêmes les éléments qu'il a eu l'astuce de précipiter dans son creuset réagissent. Sous son regard, les choses se racornissent, se détruisent, tombent en morceaux. Toi, Siréna, les petits Hongrois, les tableaux, les pierres fabuleuses, tout, oui, tout, même l'enfant de ta merveilleuse petite Hongroise, tout sera détruit. Je t'assure, mon vieux Dav, je ne fais qu'entrevoir le génie de celui qui, de plus, a réussi à me rendre, moi, Bill, à travers toi, prisonnier de cette histoire. Sale histoire, non ? franchement.

— Toujours aussi cinglé ! »

David secouait la tête en riant sans bruit. Assis sur la balustrade, les genoux repliés entre ses bras, entouré du vol clair des mouettes, avec pour fond le jardin exotique peuplé de statues, Bill le trouva soudain d'une telle beauté qu'il s'immobilisa au centre de la terrasse. Il le voyait tout à coup d'un regard neuf — désencombré de tout ce qu'il savait de son ami —, comme on reçoit, quand on ne s'y attend pas, la révélation d'un cliché somptueux qu'on ne se souvenait pas d'avoir pris. Le soleil, levé depuis peut-être deux heures sur le delta, venait seulement de franchir la crête irrégulière d'un toit et frappait de biais David seul, sans toucher encore la terrasse où ils se trouvaient tous les deux. « Avec ses vêtements clairs, soulignés à chaque pli d'une lumière jaune, il semblait avoir été découpé par des ciseaux de feu et posé en l'air, à plat sur les arbres. » (Phrase que l'écrivain français cueillit avec amusement quelques jours plus tard au restaurant lorsqu'ils se retrouvè-rent, Eleinad et lui, en compagnie du journaliste.)

« Il y aurait de quoi le devenir, répondit Bill. Assister, impuissant, et pendant des années, à ton lent sacrifice. Ah, ne te fâche pas ! Pourquoi les entraîner avec toi ? Plante-les tous sur l'île et allons ! Si tu es venu ce matin, c'est que tu attends de moi l'impulsion qui te fera accomplir le premier acte sensé de ta vie. »

Bill disparut à l'intérieur de l'appartement, remplit deux verres qu'il rapporta.

« Comme tu le vois, j'espère encore te convaincre. Je bois à ta liberté. Détourne-toi de ce faux devoir. »

Bill regretta presque d'avoir lâché ces mots.

« Faux devoir ? »

David se tendit comme s'il venait de recevoir un coup. Bill hésita un instant et assena un second coup :

« Oui, ce devoir que tu t'es inventé, car personne n'a besoin de toi *là-bas*. »

David le regardait sans répondre, comme s'il cher-chait à bien pénétrer le sens des paroles de Bill.

« Pour qui es-tu resté sur Isola Piccola ? Pour Clare ? Ne réponds pas. Réfléchis.

— Au début pour elle... et pour moi.

— Vous pensiez que ce serait plus facile ?

— Oui, sûrement. Au début, c'est ce qu'elle pensait.

— Et ça n'a pas été plus facile ?

— Non.

— Alors ?

— Alors il y a eu le reste... et ensuite *notre* enfant, et cette chose abominable.

— *Votre* ?

— *Notre* enfant... à tous les quatre.

— Grotesque ! Permets-moi, mon vieux Dav, de trouver la chose du plus haut grotesque. Alors c'est donc ça l'insaisissable, l'innommable, l'abominable à la limite du possible ? *Votre* enfant ! Non, Dav, pas ça ! Non, non, pas ça ! »

XLI

« Qu'auriez-vous répondu à ma place ? » Ce fut la question que posa le journaliste américain lorsqu'il s'était assis à la table où l'écrivain et Eleinad finissaient de déjeuner. Ils étaient arrivés le matin même par le train et ils venaient de se réinstaller — comme chaque automne — dans l'appartement que leur louait le docteur Scaniari. Ils n'avaient même pas défait leurs bagages, trop impatients de retrouver le quai ensoleillé. « Vous vous souvenez de la membrane, de la poudre de diamant, de la musique de Schönberg dont l'architecte tirait en quelque sorte la marche à suivre pour l'édification de sa folie ? Eh bien, figurez-vous, cet hexagone cristallisé au milieu du delta, Dav prétend qu'ils — eux quatre — l'auraient reconnu, déchiffré, comme un reflet, un écho pervers, un parasite incrusté dans la tête ou, plutôt, sur la surface vierge — peut-on appeler ça l'âme ? — de l'enfant. »

Il fit un grand geste dans le soleil, chassant l'idée, renonçant à poursuivre sur ce sujet.

« Moi qui m'attendais à voir arriver d'un jour à l'autre Dav guéri d'*elle*, d'eux tous ! Eh, non ! Le voilà plus crédule, plus asservi qu'avant. » Brusquement Bill se pencha par-dessus la table : « Ce qui se passe est effrayant. Un véritable naufrage. Depuis quelques jours, ils se sont réfugiés chez moi. Oui, tous les quatre — plus l'enfant — chez moi, entassés dans un désordre épouvantable. Heureusement, l'arrière-saison est belle et j'ai une grande terrasse. » Il regarda Eleinad dans les yeux : « J'ai besoin de votre avis, Eleinad. Franchement, comment la trouvez-vous ?

— Qui ?

— Mais la petite Hongroise. Vous vous souvenez d'elle ?

— Oui, bien sûr. Très bien même.

— Alors ? Vous, une femme, vous devez pouvoir m'expliquer le pourquoi. Le pourquoi de cette incompréhensible attirance que je trouve morbide, non ? Seule une femme peut, je crois, percer le secret.

— Pourquoi voulez-vous qu'il y ait un secret ? Elle est très attirante, vous ne trouvez pas ?

— Pas du tout ! Elle n'est pas vraiment belle, non ?

— Au contraire, je la trouve plus que belle. Elle a un visage et un corps qu'on n'oublie pas.

— Un visage asymétrique, un nez pointu et toujours rose du bout, des yeux... leur couleur !... la bouche trop large, non ? Que lui trouvez-vous ? Je vous le demande à vous, Eleinad, que lui trouve Dav ? »

Massif dans son costume blanc il se tenait toujours penché par-dessus la table, et sa large main américaine venait d'enserrer, parmi les restes du repas, le long, le délicat poignet d'Eleinad. Elle riait, mal à l'aise.

« Dites-le, Dav ne peut pas aimer une fille comme ça, non ? Qu'elle en soit folle, elle, quelle femme n'en est pas folle ? Mais lui, lui ! Ma question est embarrassante ?

— Pas du tout. Ils sont merveilleusement attirants, l'un comme l'autre. Et je trouve bouleversante, dans la situation où ils se trouvent, la fatalité de cette attirance. Je trouve ça beau comme la vie. (Elle hésita.) Comme la survie. »

Il réfléchit un instant et prononça, pensif :

« Douchka ? Douchka ! Alors quoi ? Son corps démodé ? Sa sensualité ? Ce côté toujours un peu nu sous ses robes d'Europe centrale ? Quoi ? Son caractère ? Son intelligence ? L'accent, peut-être ?

— Mais oui, tout ça. Tout ça et tout ce que nous ne savons pas, répondit Eleinad de sa voix rieuse.

— Ah bon, vous croyez qu'on puisse tomber amoureux d'une femme pour sa façon de rouler les *r* et de sourire avec sa grande bouche asymétrique ? Expliquez-moi ça, je m'adresse à vous, la Femme, cette Autre que nous, les hommes, ne connaissons pas et ne connaîtrons jamais. Seule une femme peut porter un jugement, avoir un avis en quelque sorte *nu* sur une autre femme. Mais alors, s'ils s'aiment, pourquoi ont-ils accepté au printemps dernier de réintégrer l'île, d'entrer dans le jeu dégoûtant de Diamond — et dans le mien ? Pourquoi n'ont-ils pas tout envoyé promener ? Vous comprenez ça, des amoureux qui se laissent manipuler ?

— Vous faites l'idiot. Vous savez bien qu'ils ne pouvaient...

— Pas lâcher les deux autres ?

— Oui. (Elle réfléchit un instant.) C'est peut-être un peu plus subtil que ça. Ils sont chargés — ou disons qu'ils ont tous une charge trop forte.

— Vous voulez dire qu'ils sont prisonniers ? Elle du peintre... ou si vous préférez la Hongrie entre eux, c'est ça ? Et Dav, quoi ? De sa pitié ? L'horreur de la savoir condamnée ? Mais quoi ! Et voilà cet enfant maintenant dont ils sont tous cinglés ! Cette petite fille qui, au lieu de les remettre chacun à sa place, les unit plus fort qu'avant. Et figurez-vous qu'elle leur ressemble — à tous les quatre ! Comme si, à force d'intimité, à force de s'être depuis tant de mois cloîtrés ensemble, d'avoir tourné le dos à tout ce qui n'était pas eux, ils, tous les quatre, se seraient imprimés sur la face vierge de l'enfant. Au lieu de ne ressembler à personne, il faut que cette face de nouveau-né les réunisse tous les quatre — comme si on avait embouti quatre visages dans de la chair neuve pour n'en faire qu'un, et qu'ensuite on l'ait effacé, un peu comme le ferait un peintre avec un chiffon imbibé d'essence pour que la chose devienne plus floue. Ils l'ont nommée Sonia. Moi je l'aurais nommée Quatriona, leur ai-je dit. Mais pas question de plaisanter là-dessus avec eux ! On ne touche pas au sacré. Ma terrasse est devenue le sanctuaire, le saint des saints. L'enfant aux quatre visages est là, exposé bien au centre, dans les bras de la sirène, sous un drap tendu en forme de dais, et les naufragés sont en adoration devant eux-mêmes, devant leurs quatre faces en une. Et chacun guette l'apparition de ce qui pourrait être son reflet sur ce miroir vierge. Ils ne le savent pas, mais ils sont tous en lutte pour la possession de cette ressemblance. Mais peut-être n'est-ce pas eux-mêmes qu'ils guettent sur la face neuve de l'enfant, mais ce qu'ils prétendent avoir vu et reconnu derrière cette face ? À croire que la folie du peintre les a tous contaminés, non ? Pouvez-vous imaginer ça ? Un cristal dans le cerveau d'un enfant ! Un cristal que ces quatre obsédés auraient reconnu comme la reproduction de la structure. Vous imaginez dans quelle lutte obscure ils se sont tous jetés ? Ils ne parlent que de ça, de cette pétrification de la musique, ce cristal qu'ils s'efforcent de gommer maintenant à l'intérieur de l'enfant. *Leur* enfant ! Ou tout au moins, à force d'attention, à force d'amour, espèrent-ils empêcher que ne prenne, tout à fait, ce terrifiant cristal. Mais je vous le demande : Extirpe-t-on un cristal imaginaire de là où il n'est pas ? »

XLII

Maintenant, Siréna gît sur le divan bas que David et Carel tirent chaque matin sur la terrasse. Tout ce que demande Siréna, c'est qu'on laisse l'enfant jouer près d'elle. Elle est en tension vers cette petite présence. La vitalité de l'enfant passe en elle, réveille l'imagination de ses nerfs. Il lui semble bouger par l'enfant. Elle la veut là, en mouvement, comme si l'enfant n'était pas un être autonome mais une part, devenue miraculeusement active, de son corps inerte. Comme c'est délicieux, je bouge, je revis ! Et elle ferme les yeux, captant de toute sa peau les secousses, les chocs légers sur le divan. Elle aimerait rester seule avec la petite fille. Qu'ils la lui abandonnent complètement. Elle pense à Tallahassee, elle s'y voit, au bord du lac, sauvée par Missia et la petite fille. Mais ils sont là, inquiets, autour du divan. Carel, surtout, s'est fixé sur l'enfant. Il en est fou d'amour. Il la veut à lui. Il est jaloux de Siréna, jaloux de tous. Il tend les mains en gémissant pour toucher, caresser au passage son enfant, « ma petite fille à moi », son enfant à lui, à lui seul (ce qu'il dit sans cesse).

David et Douchka observent. Ils voient avec frayeur la petite fille devenir cet enjeu de santé.

Bill couvre les deux couples et l'enfant de son regard sarcastique. David est là, chez lui, c'est ce qui importe. Bill attend. Il leur a abandonné l'appartement et la terrasse, se réservant juste une petite chambre à l'écart. Parfois il apparaît à la porte-fenêtre, le temps de lancer vers David une remarque pleine d'ironie. David se détourne pendant que Bill allume un cigare.

Les yeux mi-clos, Siréna réfléchit. Où aller maintenant ? Pas question de rester plus de quelques jours chez Bill. Louer encore une fois le *pianoterra* ? Trop petit pour eux tous. Rentrer aux États-Unis ? Avec quel argent ? Se mettre à l'écriture d'un nouveau livre ? Obtenir une avance des éditeurs ? Avec l'enfant, là, contre elle, elle se sent capable de reprendre en main son existence. En même temps elle sait que plus rien ne dépend d'elle. Elle n'est qu'un poids mort accroché aux autres. Elle qui longtemps avait occupé le centre, qui s'était de toutes ses forces maintenue au centre, sait qu'elle a perdu tout pouvoir. Maintenant que l'enfant est entré dans le cercle, elle doit accepter ce mouvement de glissement qui peu à peu l'expulse. Qu'ils ne m'abandonnent pas ! Déjà elle regrette l'île. Au fond, elle se trouvait bien dans le corset de la structure. Chacun y avait sa place, son alvéole. Pourquoi ai-je contribué à briser cela ? Qu'allons-nous devenir ? Demain s'ouvre comme un trou.

Mais elle se réconforte du présent jusqu'à l'ivresse. La petite fille est là, en ce moment collée contre sa hanche, et Siréna la serre fort sur elle pendant que Carel cherche à s'en saisir. « Laisse-la, elle dort », murmure-t-elle. Elle lève les yeux. Douchka la regarde avec amitié, tendresse. Et soudain Siréna prend conscience que tout repose maintenant sur Douchka. Il suffit qu'elle fasse un faux mouvement pour que tout s'écroule, pour que rien de ce qui les a réunis ne subsiste, pour que s'achève la chute. Elle en ressent le vertige.

Alors qu'elle se trouvera seule avec David, elle le lui dira. Il ne répondra rien. Elle insistera :

« Nous sommes entre ses mains. Elle le sait et en a l'effroi. Ne vois-tu pas sa panique ? Nous sommes maintenant tous suspendus à elle. Elle se dérobe, elle craint d'imposer, elle sait que, quelque décision qu'elle prenne, ce sera une décision violente, meurtrière pour nous tous. Elle ne veut pas décider, comprends-tu ? David, elle veut rester dépendante, elle se refuse à imposer. Au lieu d'agir, elle se met en recul. Ne la forçons pas à décider. Tu dois lui parler, lui dire.

— Mais pourquoi devrait-elle agir, elle ?

— Parce que ni toi ni Carel n'avez le pouvoir de décider pour elle, pour l'enfant — donc pour nous tous. Elle est seule en elle-même, elle souffre, elle hésite. Tant que nous étions tous sur l'île, elle faisait partie de l'ensemble, elle se laissait porter, aspirer ou refouler par les tensions que d'autres qu'elle mettaient en mouvement. Elle se trouvait là, dans la structure, sans jamais en avoir eu la volonté. Elle était là *pour* Carel. Oh, David, David aide-la ! Toi seul peux nous sauver. Toi seul peux l'empêcher de prendre la décision qui serait *de santé*, la décision *normale*, attendue. Elle ne doit pas nous abandonner, elle ne doit pas nous enlever l'enfant, elle doit rester avec nous.

— Mais qui parle de ça ?

— Personne. Mais je sais qu'un matin le berceau sera vide. Elle ne t'aura pas prévenu, ni Carel. J'aurais été la seule à le savoir parce que seule une femme pouvait le savoir. Tu dois lui parler, David, tu dois prévenir tout geste de sa part. L'équilibre est si fragile entre nous, un rien et nous nous trouverons écrasés sous les décombres de notre vie. »

Des mouettes les frôlent, certaines volent sur place dans l'espace aéré, entre la balustrade et les jardins du consulat. David ramasse quelques restes de pain sur le plateau du déjeuner et va les jeter aux grands oiseaux dont les vols tournants s'accélèrent. De voir David debout, à contre-jour, entouré du vol clair des mouettes, remplit Siréna d'une émotion qu'elle ne peut dominer. Elle détourne la tête et se dit que tout repose non sur Douchka, mais sur la splendeur de David, qu'aucune raison ne sera jamais assez puissante pour qu'elle abandonne David — et donc eux (elle et Carel) avec lui —, qu'aucune raison ne sera jamais assez urgente pour que Douchka s'enfuie avec *leur* enfant — ce qu'elle, Siréna, aurait immédiatement fait à sa place. Et elle regrette d'avoir inutilement parlé. Si bien qu'un peu plus tard, à la tombée de la nuit, tandis que David la soulève pour la descendre jusqu'à la spacieuse entrée où l'attend son fauteuil, elle chuchotera alors que sa joue vient au contact de la joue de David :

« Mon amour, oublie ce que je t'ai dit tout à l'heure. Elle n'agira pas. »

Et au moment où il la déposera sur l'étincelante et froide réalité de sa chaise mobile, elle ajoutera avec conviction, son regard devenant fixe et buté :

« Nous resterons tous à jamais indissociables. »

Il faisait nuit maintenant et ils s'en allèrent, comme chaque soir de nouveau, le long du quai. David, légèrement penché sur Siréna, elle, le visage levé vers lui, tels que l'écrivain et Eleinad en avaient eu l'inoubliable vision la première fois sur ce même quai. À quelques pas en arrière marchent les deux Hongrois. Le peintre porte, collé contre lui, l'enfant dans une sorte de harnais américain. Ils avancent tous les quatre, avec à leur gauche l'eau noire. Au centre du delta, ils savent Isola Piccola, invisible dans la nuit. Ils dépassent les quelques pontons où, profitant du soir tiède de cette arrière-saison, de nombreux consommateurs s'attardent en bavardant. (Parmi eux l'écrivain français et Eleinad, dans l'ombre.) Ils vont jusqu'aux guichets de la douane, font demi-tour et reviennent. Siréna rit tout à coup, se renverse et, allongeant le bras au-dessus d'elle, caresse du bout des doigts la joue de David. Pourquoi ce rire brutal? pense l'écrivain, en portant une cuillerée de glace à sa bouche, a-t-elle *vu* l'image... comment la qualifier?... disons pathétique, qu'ils forment tous les quatre sur ce quai illuminé de lanternes roses à trois branches?

« Mais vous le savez bien, mon vieux, tout est à vendre chez moi. Sauf que, cette fois, c'est eux qui ne le voudront pas. »

La voix bien connue, non loin des deux Français. Elle vient de répondre au *How much?* de Diamond. En se retournant brièvement, l'écrivain et Eleinad viennent de découvrir deux ombres derrière eux, à quelques tables.

« Proposez toujours. Tenez, vous ne voulez pas de Diavolo? Je vous le fourgue. Mais soyez prévenu, vous feriez une sale affaire : il vous déteste.

— Voulez-vous dire qu'ils...

— Non, non! Je ne dis rien! »

L'écrivain déplaça un peu sa chaise de telle sorte qu'il puisse apercevoir les deux hommes attablés à l'extrême bord du ponton. Eux ne pouvaient le voir, un groupe de consommateurs le dissimulait lorsque par hasard le journaliste ou Diamond tournaient la tête de son côté. Entre les éclats de rire et les exclamations du groupe agité qui faisait écran, l'écrivain captait de temps en temps quelques phrases.

« Mais je vous dis qu'ils se trouvent bien chez moi.

310

— Leur avez-vous transmis ma dernière offre ?

— Pas encore, mon vieux, nous avons le temps. Mais vous pouvez faire mieux, non ? »

L'Américain, cette fois, a toutes les cartes, se disait l'écrivain, voilà pourquoi ils se vouvoient.

« Où ils veulent ! insistait Diamond. Qu'ils choisissent l'endroit, le pays, ce qu'ils veulent. Dites-le à David : sans limites, sans restriction... »

Un groupe de jeunes gens vint s'ajouter à celui qui se trouvait déjà là. Il y eut des remous, des chaises furent tirées à grand bruit. Agacé, l'écrivain tendait le cou, s'obstinant à ne rien perdre de la conversation des deux hommes.

David et Siréna, suivis des Hongrois, repassaient lentement sur le quai.

« Dites-lui aussi que Diamond les approuve d'avoir abandonné Isola Piccola. Dites-lui que Diamond était comme eux la victime d'Abee. Dites-lui que Diamond est prêt à s'incliner devant toutes ses volontés et que dorénavant... »

La suite se perdit, recouverte par les rires de la tablée voisine. Lorsque la voix de Diamond émergea de nouveau, elle avait changé de ton. Le mot *dollar* fut prononcé plusieurs fois.

Avec Bill, Diamond reprend confiance, car ensemble — dirait l'Américain — ils parlent « la divine langue du dollar ». Comme si les dollars de Diamond servaient de médium aux jeux de mots entre eux, aux sarcasmes. Le journaliste est là, en quelque sorte agenouillé, furieux mais agenouillé devant ce tas d'or qu'il voit dressé derrière la silhouette aux gestes spasmodiques du diamantaire.

« Dites-lui que Diamond est prêt à vous enrichir, *vous*, Bill. Diamond est prêt à toutes les extravagances. Dites-lui aussi que, demain, nous allons lui donner une sérénade. Qu'en pensez-vous ? Sous vos fenêtres ! Demain soir, une fête pour lui. Qu'il sache que c'est pour lui seul que Diamond... »

Ici encore leurs voix furent couvertes.

« Abee est reparti. Je l'ai renvoyé à Pretoria. Il m'ennuyait. Quant à Missia, elle attend... »

Le groupe bruyant se leva. Au même moment, Diamond se séparait de Bill. Eleinad et l'écrivain le virent s'en aller le long du quai et disparaître dans la nuit. Bill resta seul à fumer puis d'un coup se retourna en riant :

« Alors ? Vous pensiez que je ne vous avais pas vus ? Cette fois, je le tiens. Enfin ! Des années de patience, d'humiliation, de fidélité envers Dav vont m'être comptées. Mon attentive et discrète présence, enfin justifiée, non ? Et avec quel éclat ! L'unique, le seul être — à part Diavolo — qui ait jamais occupé ma vie va comprendre pourquoi, moi, Bill, ce grrrrand sentimental à la mâchoire large et aux épaules d'avant-centre, moi, le solide Bill, ne me suis pas effacé, n'ai jamais accepté que Dav soit sacrifié... ou plutôt que Dav se donne avec cette totale limpidité à tous ceux qui prétendent avoir besoin de son secours. Pourquoi suis-je ici, si ce n'est, moi aussi, par besoin de lui ? Combien d'années à contempler Dav en silence ! Pouvez-vous comprendre ça ? Cet attrait, ce fatal ! Qui admettra qu'un personnage comme moi, apparemment si " réaliste ", se soit fixé pour ainsi dire à vie sur l'Ange qui passe, hein ? dites-moi. » Il traîna sa chaise pour se rapprocher de leur table. Au même moment arrivait l'orfèvre. « Tiens, vous voilà ! Venez, venez, mon vieux. Vous vous connaissez ? »

L'orfèvre traversait le ponton.

« Bien sûr, hier soir encore nous dînions ensemble chez le docteur Scaniari. D'un côté la prison, de l'autre la splendeur des jardins aux grenadiers, n'est-ce pas ? À propos, Bill, savez-vous que nos amis Pat et

Carol sont de retour pour une semaine ainsi que Moshe et les trois autres ? Ils terminaient une tournée en Autriche lorsque votre ami Diamond les a fait contacter alors qu'ils s'apprêtaient à quitter Vienne. Il leur a envoyé son avion personnel.

— Et ils vont jouer ? demanda l'Américain.

— Oui, dit Eleinad, au consulat de France.

— Au consulat de France ! C'est donc ça ! »

L'orfèvre riait :

« On dit que Diamond veut donner la sérénade sous le balcon d'une personne qui lui est d'une extrême préciosité.

— Parfaitement grotesque ! » fit l'Américain. Une allumette vivement enflammée l'éclaira.

Eleinad et l'écrivain en profitèrent pour se lever, abandonnant l'Américain en compagnie de l'orfèvre.

XLIII

Lorsque les deux silhouettes eurent disparu derrière les halos roses des lanternes qui bordaient le quai, Bill dit :

« Drôle de type, ce Français, non ? Un peu détraqué, il me semble, à la suite d'un procès ou je ne sais quelle censure. Folie de la persécution — quelque chose comme ça. Depuis, il aurait, paraît-il, de grandes difficultés à écrire. Je le soupçonne (il baissa comiquement la voix) de venir ici pour pomper.

— *Scusi* ?

— *Niente*, mon vieux. *Pompare, attirare, aspirare*. Ça n'existe pas chez vous ? Entre orfèvres, vous ne pompez pas ?

— *Pompare* ? Non, je ne vois pas. Vous savez, l'orfèvrerie est un métier très minutieux et secret.

— Justement. Vous ne vous inspirez pas les uns des autres ? Vous ne cherchez pas à percer les secrets des concurrents ?

— Non. Dans notre métier, il n'y a pas de concurrents. Il n'y a que des associés. Notre métier est de solidarité. Tout est là. Pas de papiers : l'or, les pierres précieuses circulent sans laisser de trace.

— Eh bien, chez ceux qui écrivent, ce n'est hélas pas le cas. Tout aboutit sur le papier. Mais voilà, il est

314

parfois plus facile de parler que d'écrire. Figurez-vous que moi, le bavardeur, moi, la mauvaise langue, je n'ai jamais réussi à faire vivre *ça* sur le papier. Tous les articles que vous voulez, les potins, les trucs qui circulent par la ville, tant que vous voulez. Mais l'essentiel *im-possi-bi-le*. Et pourtant il s'en passe des choses sublimes sous la surface, non ?

— *Certo*.

— Alors, un jour... Oh, vous ne devez pas vous en souvenir... un jour... vous étiez avec moi... il s'est trouvé que nous déjeunions vous et moi... il y a de ça trois ans, peut-être... à la terrasse du restaurant du quai. Et ce type, l'écrivain français, était là, avec sa femme. J'ai tout de suite senti qu'il se mettait à pomper. Et chaque fois qu'il réussissait à se trouver dans mes parages, il continuait à pomper comme un forcené. À propos, dites-moi : Aurait-il par hasard, au cours de ce dîner, parlé d'un livre en chantier ? » Il ajouta en riant : « Un livre dont je serais virtuellement le coauteur.

— Non. Pas spécialement. Mais du procès qui l'a frappé, oui, car à Vienne, justement, il s'est produit une histoire analogue. Les musiciens ont rencontré là-bas un écrivain autrichien dont le dernier livre aurait été attaqué en justice — et je crois censuré sur l'instigation ou par la faute, je ne sais plus, d'un critique littéraire en vue. Mais vous savez, chez nous, en Italie, nous n'attachons pas cette valeur quasi mystique à la chose écrite. Nous autres, nous nous plongeons en entier, nous sommes un peuple qui aime se plonger dans la Beauté, nous aimons nous déplacer dans la Beauté, oui, être dedans, parmi, au milieu de la chose belle, nous voulons à tout moment de la Beauté à notre disposition pour le regard et pour la main. Pour en user. »

315

La braise vive du cigare américain fit une sorte de *z* dans la nuit. Le journaliste dit :

« Et pourtant, il arrive que la destruction de la Beauté soit plus belle que la Beauté.

— Curieuse conception.

— Voyons, n'est-ce pas ce que vous faites en *usant* de la Beauté ? En vivant avec elle ? Savez-vous qu'en France il existe une grotte préhistorique mondialement célèbre pour ses fresques ? Eh bien, figurez-vous que pour la " sauver " ils l'ont murée après en avoir fait une copie parfaite en matière plastique, je crois. Le souffle des visiteurs corrompait les peintures. Alors ils ont préféré la replonger dans la nuit plutôt que d'en user. N'est-ce pas le comble de l'avarice intellectuelle ? Imaginons cette ville reproduite en...

— On fait de même avec certains bijoux uniques qu'on ne voit jamais hors des coffres. Celles qui prétendent les posséder en portent les copies tellement parfaites que même un professionnel peut s'y tromper.

— Que c'est laid !

— C'est en effet la chose la plus laide du monde.

— Ah, vous voyez à quoi on en arrive ! Pour ne pas risquer la Beauté, on l'enferme et on n'en exhibe que la copie. On pourrait imaginer un monde de totale avarice où tout ne serait plus que copie du monde réel. Comme pour cette grotte de France. Imaginez cette ville confisquée...

— *Certo !* Sauf que, pour les bijoux, ils changent quand même de temps en temps de mains. Diamond, par exemple, non ? Il s'est permis de rectifier la taille de certaines pièces qui maintenant sont à jamais perdues.

— Attendez, le jour viendra où un particulier n'aura plus l'autorisation, la permission de posséder de la Beauté. La Beauté sera décrétée " patrimoine de l'humanité " — quoi, ce genre de grand mot! — et retirée du circuit, murée, confisquée. Et nous n'aurons accès qu'aux copies. Comme pour certains tableaux déjà. Imaginez un peu les souffrances de l'esthète doué d'ironie, imaginez un dandy comme Diamond exclu de la possession des chefs-d'œuvre. Plus de droit de vie et de mort sur les chefs-d'œuvre. À quoi bon la richesse, alors ? »

L'orfèvre hésita un moment.

« *Certo!* Je vous suis fort bien. Qu'on détruise un tableau, un Tintoretto, un Rembrandt, je veux bien. Mais une pierre ! Une pierre qu'aucune main d'homme, qu'aucune alchimie ne pourra jamais recréer ! Franchement non !

— Eh bien, mon vieux, figurez-vous que j'approuve. Moi qui me suis farouchement rebellé contre toutes ces destructions, là-bas, aujourd'hui j'approuve. Et voyez-vous, si j'étais Diamond, si j'avais sa fortune, je crois que je finirais par faire comme lui.

— Vous détruiriez ?

— Sans doute. »

Ils se turent et restèrent, à fumer, l'un en face de l'autre dans la nuit tiède.

XLIV

Eleinad et l'écrivain avaient traversé rapidement la foule rassemblée dans les serres autour de grandes tables chargées de boissons et de nourriture. Puis ils avaient pénétré dans les jardins illuminés où devait se donner le concert. Des sièges dorés avaient été disposés dans l'allée centrale, entre les deux rangs de statues. Contre la grille fermant les jardins du côté du *rio* se dressait une petite estrade drapée de tissu rouge surmontée de six chaises et de six pupitres.

Le matin même, Eleinad et l'écrivain avaient reçu un mot du journaliste, accompagnant un carton d'invitation : *Ne ratez pas ces quelques pages. Ce soir, ultime sérénade. Ah! Ah!*

Ils avançaient sous les arbres. Des projecteurs croisés illuminaient les feuillages de cette sorte de jungle miniature, donnant l'impression d'un décor découpé dans des plaques de tôle. Tout était trop net, comme peint au pochoir. La plupart des hommes étaient en blanc et les femmes en robe de soirée.

Près de l'estrade, encore inoccupée, se tenait Diamond. Il parlait avec Bill. Tous deux aussi étaient en blanc, ainsi que le jeune albinos que Diamond tenait par l'épaule. Au moment où Eleinad et l'écrivain pénétraient dans les jardins, Diamond riait fort, et l'écrivain eut la désagréable impression que ce rire ne s'adressait à aucune des personnes présentes dans le jardin mais à ceux qui, dans la nuit, se tenaient sans doute immobiles au-delà des arbres illuminés. Levant les yeux, il crut deviner au-dessus de l'estrade, de l'autre côté du *rio*, une balustrade claire, un lion sculpté et quelques présences diffuses. Vit-il vraiment cela ? Imagina-t-il cela, sachant qu'*ils* devaient se trouver là-haut, sur la terrasse ? Eleinad lui serra le bras. Elle aussi avait vu — ou pressenti.

« Nous sommes engagés dans une rude partie, Diamond et moi, avait dit l'Américain en s'avançant vers eux, les bras largement écartés. Jusque sous mes fenêtres, il vient établir ses batteries. » (Il avait employé la même métaphore qu'utilisera David bien des années plus tard, pense l'écrivain en rédigeant ces lignes.)

Diamond avait demandé à Eleinad :

« Connaissez-vous le poème de Richard Dehmel ? Existe-t-il une histoire plus belle ? » Et, tourné vers l'écrivain : « Bill est un impossible bavard. Il ne faut pas l'écouter : il détruit avec sa langue. C'est pour notre plaisir que nous donnons cette sérénade. Sans autre raison que la célébration d'un chef-d'œuvre. Il se trouve que le consul de France est un vieil ami. Mais n'est-ce pas sur des barques dorées que nous aurions dû improviser ce divertissement et convier nos invités ? Sur ce *rio* même ! En quelque sorte plus près de la nuit. »

À travers les diffractions des lumières suspendues, Eleinad et l'écrivain cherchaient à préciser ce qu'ils n'étaient pas sûrs d'avoir vu en arrivant. Se peut-il qu'ils se tiennent là-haut dans l'ombre, immobiles, muets et, bien qu'invisibles, offerts en spectacle ? Il y avait là quelque chose de désagréablement décalé, un peu comme si les personnages penchés au-dessus des jardins, maintenant remplis de monde, étaient plus grands que nature. Pourquoi cette impression ? Était-ce qu'on ne pouvait les voir ? Était-ce l'idée, lancée par le journaliste, d'un siège, et que, se substituant à la réalité, s'imposait l'image primitive (si souvent reprise par les enlumineurs en marge des vieux manuscrits) d'une forteresse blanche où les assiégés se tiennent penchés par-dessus des créneaux, hors de proportion, dominant de leur splendeur géante les assiégeants, réduits, par l'aspect uniforme de leurs cuirasses, à une houle d'insectes ?

Enfin, les musiciens étaient sortis de la serre. Applaudissements. Ils traversent rapidement la foule, levant comiquement au-dessus d'eux leurs instruments. Ils passent devant Diamond et montent sur l'estrade. Avec eux est arrivée une grande négresse en robe d'un rouge somptueux. Coup d'œil rapide, aigu, fixé sur Eleinad puis sur l'écrivain, et, comme si elle suivait tout naturellement le sens de leur préoccupation, son regard monte, fouille l'ombre au-dessus de l'estrade, par-delà le petit *rio*, pour découvrir les fugitifs, invisibles, là-haut.

La foule s'est tue. Eleinad et l'écrivain vont s'asseoir sur un banc dans un renfoncement un peu à l'écart parmi les cyprès et, tandis que les musiciens essaient leurs cordes, la femme noire vient tout naturellement près d'eux. Pendant tout le sextuor, elle semblera chercher à percer la nuit au-dessus du petit *rio*.

D'en haut, le peintre avait assisté aux préparatifs de la fête. Toute la journée il lui avait fallu supporter les coups de marteau, les plaintes des scies électriques, et ce n'est que vers le soir, lorsque l'estrade terminée se dressa pareille à un échafaud enveloppé de tissu pourpre et que les six chaises et les six pupitres furent hissés et disposés en demi-cercle sur cette estrade rouge par des valets en livrée, que le peintre eut l'intuition de ce qui allait se passer ce soir-là.

Depuis le matin, debout près du lion de pierre marquant le coin de la terrasse, il avait suivi les allées et venues des ouvriers et des domestiques dans les jardins du consulat, jusqu'au moment où Bill était venu annoncer (confirmant l'intuition de Carel) que c'était *pour eux* tout cela.

« Une sérénade ? Que signifie une sérénade ? demanda Carel. Mais c'est un échafaud ! » Peu lui importait que sur cette estrade prennent place des musiciens — comme l'affirmait Bill. Lui voyait une chose dangereuse se dresser *contre eux* dans les jardins — ce qu'il tenta de dire aux autres, mais les mots lui manquèrent. Seule Douchka remarqua sa panique. Et lorsque Diamond apparut, dessous, accompagné de Bill et de Tognone, et que le peintre les vit s'approcher de l'estrade, il prononça, dans sa langue, quelques paroles auxquelles Douchka répondit en suppliant.

Ils se trouvaient, tous les quatre, suspendus dans la nuit, avec sous eux, de l'autre côté, la foule murmurante qui maintenant envahissait les jardins éclairés. Le peintre cherchait à comprendre ce qui bougeait sous lui mais son esprit n'était plus en mesure de rétablir les déformations créées par la perspective. Sous les branches aux feuilles aplaties par le feu des projecteurs, rampaient en raccourci des présences d'un blanc cru ou à demi nues, des êtres écrasés dont les têtes bizarrement enfoncées dans les épaules n'avaient ni formes précises ni expression. Et le peintre se souvint — et il en eut la douleur — de Douchka et David entr'aperçus un soir depuis le haut de la structure alors que Diamond, par jeu, les rapprochait front contre front.

Il se leva et se pencha à mi-corps, par-dessus la balustrade. Douchka le tira et l'obligea doucement à se rasseoir près d'elle. Mais lorsque les musiciens eurent pris place devant leurs partitions, il se leva de nouveau et resta, tendu, penché sur le vide. Le moindre faux mouvement aurait pu le faire basculer au fond du *rio* étroit.

Dans les jardins, le silence s'était fait. On entendait seulement le choc assourdi des cordes que les musiciens réglaient. Enfin accordés, ils marquèrent un temps, et ce furent les quatre longues et douloureuses vagues, les premiers balbutiements d'un élan impossible. Puis il y eut la coulée des doux balancements dont les enroulements apaisèrent peu à peu le peintre. Il retomba sur sa chaise, ferma les yeux et écouta pour la première fois cette musique dont les plaintes et les ruptures le saisirent jusqu'à le faire se plier sur lui-même. Il en reçut le parfait bonheur.

Le peintre *voyait* une poussière de particules phosphorescentes qu'un lent mouvement tournant entraînait. Des spirales s'ouvraient en pulsant sur l'Espace. À chaque reprise, à chaque poussée des cordes, elles s'étendaient, gagnaient en ampleur et le peintre gémissait sourdement, le front contre le marbre de la balustrade. À un moment, il prit la main de Douchka qu'il garda contre ses lèvres. Il reconnaissait, dans ce balancement, ce battement, comme une musique d'avant la musique. La grande nuit du monde était musique depuis l'Éternité. Et le frottement des cordes sur l'estrade pourpre n'était qu'illusion, malentendu de l'art. Les sons passaient, spacieux, en pulsant, d'un bord à l'autre de l'Éternité, sans être jamais produits. Ils dérivaient comme un grand vent charnel traversant le Vide, l'immense Vide minéral où chaque particule scintille de la lumière morte du cristal.

Soudain la musique eut un vacillement et le peintre entendit un son inconnu, une dissonance qui, par poussées successives, commençait à s'introduire entre les six lignes mélodiques. Il se dressa. Écouta. Une septième « voix » entrait dans *Verklärte Nacht*. Elle s'insinuait dans le balancement, elle en tenait les brèves ruptures, elle s'emparait de la musique, la menait, l'entraînait dans un abîme de sons hideux. Il pivota sur lui-même. *Son* enfant pleurait. Il se pencha et se mit à crier vers les musiciens. Douchka le saisit, le tira en arrière.

Le petit orchestre avait cessé de jouer. Seul maintenant l'enfant pleurait dans son berceau. Dessous, la foule s'agitait. Puis la musique reprit. Et de nouveau les cordes enveloppèrent les pleurs de l'enfant. Dans son égarement, le peintre voyait, se substituant à la musique, *la forme*, l'abominable structure. Comme si la cristallisation qu'il s'imaginait avoir aperçue dans l'esprit de son enfant l'avait cette fois réellement envahi.

Il dit à Douchka :

« Il est temps de rentrer *chez nous*. »

XLV

« Qu'espérait Diamond en offrant ce divertissement dans les jardins que le consul avait mis à sa disposition ? Marquer sa présence encore une fois ? Nous administrer à travers *Verklärte Nacht* une sorte de rappel — comme on le dit d'un vaccin — en venant jusque sous la terrasse de Bill nous imposer cette sublime, et qui m'est devenue odieuse, musique ? Vous y étiez. Vous vous souvenez de ce moment affreux ?

— Bien sûr, dira l'écrivain. Votre ami américain nous avait invités la veille. Nous l'avions rencontré sur le ponton du glacier.

— N'était-ce pas diabolique de venir jusque sous la terrasse nous assiéger avec le sextuor ? Diamond aurait pu aussi bien dresser une batterie et nous démolir tous, à bout portant. Nous étions là, comme dans une loge de théâtre — et sous nous l'eau noire du *rio* où de temps en temps passait une vedette de la police avec son gyrophare bleu.

« Il me semble encore aujourd'hui que rien ne m'a échappé de cette soirée, que tout est là, à sa place, enfermé pour toujours dans la prison de ma mémoire. Douchka se tenait près de moi, Carel près de Douchka, Clare sur sa chaise, près de Carel et, un peu en retrait, l'enfant dans son berceau recouvert d'une moustiquaire. Nous étions tous les quatre penchés sur la foule et vous ne pouvez vous figurer combien tout était net, vu d'en haut : un monde réduit, et à la fois chaque détail semblait dessiné avec une pointe sèche. Je me souviens, vous vous étiez assis tous les deux à l'écart, et Missia était venue près de vous sur la partie restée libre du banc. Elle était en rouge, et elle tenait un petit sac à main incrusté de pierres. Pendant tout le premier mouvement, elle était restée tendue, le visage levé vers... j'allais dire nous, mais non, c'était Clare qu'elle fixait intensément. Bien que je sois certain qu'elle ne pouvait la discerner, là où elle se trouvait. Oui, pourtant, c'était bien Clare qu'elle fascinait de son regard de lionne noire — comme si la nuit qui nous dissimulait pouvait être transpercée par la prodigieuse fixité de son regard.

« Pendant tout le premier mouvement, elle garda Clare dans ses yeux, ne relâchant à aucun moment la tension, lui parlant par ce regard sur elle, oui, pareille à une grande lionne sortie de la forêt et qui se fige, éblouie tout à coup sous un poste de chasse aux projecteurs braqués. Elle était là, entière, souple et lourde, son visage large levé. Vous étiez près d'elle. Diamond, Bill et Tognone, debout, près de l'estrade. Et partout autour le public somnolent tourné vers le sextuor dont les archets luisaient par moments comme des épées. Et cette foule absente dont les visages pâles et mous semblaient nous contempler, sans pourtant nous voir à travers la végétation déréglée des jardins, me replaça brusquement *là-bas*, par cette horrible, cette irrespirable nuit indienne. Et lorsque l'enfant se mit à geindre dans son berceau, je ne sais si ce fut la superposition de ce pleur sur les cris restés en moi pendant ces dernières années, ou s'il entra en dissonance avec la musique de Schönberg, mais j'eus la sensation qu'à l'instant tout se brisait, oui, tout ! Comme si nous nous trouvions tous dans une immense coupe de cristal qui tout à coup vole en éclats. Une charge de dynamite déchiquetant le public, vous deux, Missia, Diamond, Bill, Tognone, les musiciens, nous, voilà ce que fut pour moi ce pleur de bébé. Et en même temps tout restait étrangement à sa place pendant que s'étirait ce pleur et que continuait *Verklärte Nacht*. Personne ne semblait l'entendre jusqu'au moment où le peintre se mit à crier. Il était là, véhément, penché par-dessus la balustrade, et il criait vers la foule, lançant des imprécations incohérentes dans sa langue. Et vous, dessous, vous leviez la tête vers nous, et vous tentiez de faire écran avec vos mains, cherchant à voir, à travers l'éblouissement des projecteurs, d'où partaient ces cris.

« Les musiciens avaient cessé un instant de jouer, mais Diamond s'était précipité vers eux et ils avaient repris, malgré la confusion, achevant l'œuvre avec cette même sorte de flegme qu'on prête aux orchestres de ces grands transatlantiques illuminés en train de sombrer en musique. Oui, je vous assure, d'en haut, cette foule en habit et en robe de soirée, dressée grimaçante sous les projecteurs, avait ce quelque chose de grotesque, de mortel.

« Et soudain j'avais pris conscience que, Clare et moi, nous étions maintenant seuls sur la terrasse en désordre. Le berceau était vide. Carel et Douchka avaient disparu avec l'enfant. » Il se tut un moment puis ajouta : « *Leur* enfant.

« Ensuite, Missia avait surgi dans sa somptueuse robe rouge. Comment avait-elle réussi à trouver le chemin, à sortir du jardin, à traverser le *rio* et à découvrir dans la nuit l'escalier qui menait à la terrasse ? Elle avançait vers Clare, ses mains aux paumes claires ouvertes devant elle... »

Les coudes sur les genoux, David resta penché en avant pendant que ses mains fortes, aux ongles nets, décollaient le mince ruban de cellophane d'un paquet de cigarettes neuf.

Relevant la tête il conclut :

« Voilà. »

Les Zattere
La Béate
Les Zattere
1983-1985.

DU MÊME AUTEUR

Romans

LES ANNÉES-LUMIÈRE (*Flammarion-Points-Seuil*).

LES ANNÉES LULA (*Flammarion-Points-Seuil*).

LE PORTRAIT OVALE (*Gallimard*).

MILLE AUJOURD'HUI (*Stock-10/18*).

FEU (*Stock-Poche*).

LE CANARD DU DOUTE (*Stock-Poche*).

LA TABLE D'ASPHALTE (*Ramsay*).

LE TESTAMENT AMOUREUX (*Stock-Points-Seuil*).

LA LOI HUMAINE (*Seuil*).

LA NUIT TRANSFIGURÉE (*Seuil*).

VARIATIONS SUR LES JOURS ET LES NUITS (*Seuil*).

J'AVAIS UN AMI (*Bourgois*).

LE 8e FLÉAU (*Julliard*).

PHÉNIX (*Gallimard*).

LA TRAVERSÉE DES MONTS NOIRS (*Stock*).

LES *REPENTIRS* DU PEINTRE (*Stock*).

Théâtre

CAPITAINE SHELL, CAPITAINE EÇÇO (*Stock*).

LE CAMP DU DRAP D'OR (*Stock*).

LE PALAIS D'HIVER (*Bourgois*).

LA MANTE POLAIRE (*Bourgois*).

NA et JUSQU'À LA PROCHAINE NUIT (*Actes Sud-Papiers*).

LES FAUCONS À LA SAISON DES AMOURS (*Actes Sud-Papiers*).

DÉCOR : NÉANT et LES ENFANTS DE LA NUIT (*Actes Sud-Papiers*).

*Composition Bussière
et impression S.E.P.C.
à Saint-Amand (Cher), le 13 août 1993.
Dépôt légal : août 1993.
Numéro d'imprimeur : 1393-1309.*
ISBN 2-07-038712-7./Imprimé en France.